HEDWIG
COURTHS-MAHLER

Die Bettelprinzeß

HEDWIG COURTHS MAHLER

Die Bettelprinzeß

WELTBILD VERLAG

Das für den Einband verwendete Foto stammt aus dem Filmhistorischen Bildarchiv Peter W. Engelmeier und zeigt eine Szene aus dem Film „Unbezähmbare Angelique".

Genehmigte Lizenzausgabe für
Weltbild Verlag GmbH, Augsburg 1996

Einbandgestaltung: Peter Engel, München
Gesamtherstellung: Presse-Druck Augsburg
Printed in Germany
ISBN 3-89350-956-9

Es war an einem regnerischen Sommerabend der Vorkriegszeit. Wie in Dunst und Nebel gehüllt lag das Thüringer Land. Von den Bäumen herab tropfte es noch naß und schwer.

Am Eingang des hübschen Dörfchens Bodenhausen, an der großen Fahrstraße, die vom Bahnhof nach dem Schlosse führte, das den gleichen Namen trug, lag der einzige Gasthof des Örtchens. In schwarzen Lettern prangte stolz über der Tür: ›Gasthof zur Weißen Taube‹. Das konnte man selbst jetzt in der Dämmerung noch erkennen. Das Haus bot einen sauberen, freundlichen Anblick mit seinen weiß gestrichenen Wänden und grünen Fensterläden. Es lag inmitten eines großen Gartens. Die eine Hälfte dieses Gartens war mit Tischen und Bänken versehen und zur Aufnahme von Gästen eingerichtet. Die andere Seite jedoch war mit Obstbäumen und Gemüse bepflanzt und stand dem Verkehr nicht offen.

Die ›Weiße Taube‹ gehörte der Witwe des früheren Besitzers, Frau Martha Schulz. Das war eine saubere, behende Frau, die ihrem Anwesen tüchtig vorstand und auf Ordnung und Wohlanständigkeit hielt, wie sie selbst zu sagen pflegte. In den letzten Jahren hatte sie sogar zuweilen Sommergäste im Hause, die es sich ein paar Wochen wohl sein ließen in der schönen, waldreichen Gegend. Und außerdem kamen sonntags wohl auch aus der zwei Stunden entfernten Stadt einige Ausflügler, die in der ›Weißen Taube‹ guten Kaffee und selbstgebackenen Kuchen verzehrten. Bei Frau Martha Schulz war alles gut, frisch und nicht teuer.

Es war einige Zeit, nachdem der letzte Zug von Bodenhausen abgefahren war, als sich dem noch unbeleuchteten Gasthof eine schlanke junge Frau in Trauerkleidern näherte. Sie führte ein etwa fünfjähriges Kind an der Hand. Die Kleine schmiegte sich schlaftrunken an die Mutter.

»Ich bin so müde – so müde, liebe Mutter«, sagte sie schläfrig und gähnte herzhaft. Die schlanke Frau beugte sich liebevoll herab und küßt die Kleine.

»Nur noch ein wenig Geduld, meine kleine Liselotte, gleich wirst du in einem weichen Bettchen liegen und schlafen«, sagte sie mit sanfter Stimme.

Mutter und Kind betraten nun den schon dunklen Hausflur des Gasthofs. Kein Mensch war zu hören und zu sehen. Um diese Zeit war man in der ›Weißen Taube‹ nicht gewohnt, Gäste zu empfangen.

Trotzdem eilte sofort die Wirtin herbei.

»Wer ist da?« fragte sie, in dem Halbdunkel niemand erkennend.

»Verzeihen Sie, ich wollte nur fragen, ob ich bei Ihnen für einige Wochen ein bescheidenes Zimmer bekommen könnte. Mir wurde gesagt, daß Sie an Sommergäste vermieten«, sagte die Fremde.

Ein wenig mißtrauisch lief die Wirtin tiefer in den Flur hinein und öffnete eine Tür.

Der Schein der Lampe beleuchtete eine blasse, aber schöne junge Frau, deren dunkelblaue Augen wie in tiefem Leid emporsahen. Auf ihren Armen hielt sie ihr jetzt schlafendes Kind.

Frau Martha wurde es ganz seltsam weich ums Herz. Jede Spur von Mißtrauen verflog sofort. Sie fühlte unbewußt, daß sie hier eine Unglückliche vor sich hatte, die wohl Mitleid, aber kein Mißtrauen verdiente.

Tief aufatmend strich sie über ihre weiße Schürze.

»Jawohl, meine Dame, ein Zimmer können sie bekommen. Es ist noch alles frei in diesem Jahre. Gleich lasse ich Ihnen das Giebelstübchen richten, wenn es Ihnen gefällt. Ich habe freilich nur ganz schlichte Zimmer zu vermieten. Das Giebelstübchen hat die hübscheste Aussicht und liegt am ruhigsten. Dort hören Sie vom Gasthofsbetrieb gar nichts.«

»Das ist mir lieb. Ich will ein einfaches Zimmer. Nur sauber und ruhig soll es sein.«

»Dann sehen Sie es sich bitte an, meine Dame. Heinrich, bring eine Lampe!«

Die Fremde erhob sich und der Hausknecht leuchtete.

Kurz entschlossen nahm Frau Martha der Fremden das schlafende Kind ab.

»Die Kleine ist zu schwer für Sie. Ich will sie tragen. Was ist das für ein schönes Kindchen, ein Engel.«

Heinrich nickte, als müsse er das bestätigen.

»Ich hätte das Kind doch vom Bahnhof hierhertragen können«, sagte er ein bißchen unbeholfen.

Die Fremde sah ihn freundlich an.

»Lieselotte ist bis hierher gelaufen, nun war sie müde«, sagte sie.

»Ach, Sie hätten den kleinen, molligen Plumpsack auch nicht so weit tragen können, meine Dame. Ist ja ein gutes Stück Weg. Wenn ich gewußt hätte, daß Sie kämen, hätte ich freilich den Heinrich nach der Bahn geschickt. Wie fest die Kleine schläft. – Genügt Ihnen das Zimmer, meine Dame?« fragte die Wirtin.

»O ja, es ist so freundlich und sauber. Wenn es nicht zu teuer ist, möchte ich es wohl mieten«, antwortete die Fremde mit ihrer wohllautenden Stimme.

Sie wurden nun schnell handelseinig und die Wirtin bettete das schlafende Kind sorgsam und sanft auf den Diwan.

Dann richtete sie selbst schnell das Bett, während Heinrich Wasch- und Trinkwasser herbeiholte.

Kaum eine halbe Stunde war vergangen, da lag die kleine Liselotte ausgekleidet und gewaschen in den weichen Kissen.

Die Fremde ging mit hinunter, um in dem völlig leeren Gastzimmer ein einfaches Abendessen zu verzehren. Heinrich wurde inzwischen nach dem Bahnhof geschickt, um das Gepäck abzuholen.

Die Wirtin bediente die junge Frau selbst und plauderte freundlich mit ihr.

Sie erfuhr nun, daß sie Frau Maria Hochberg hieß und vor kurzem erst ihren Gatten durch den Tod verloren hatte. Maria Hochberg wollte sich einige Wochen in dem stillen friedlichen Dörfchen erholen und versuchen, ihr Leid zu überwinden. Sie stand mit ihrem Kind ganz allein im Leben und gestand ganz offen, daß sie nur ein sehr kleines Vermögen besitze. Sobald sie sich erholt und gekräftigt habe, müsse sie für sich und ihr Kind arbeiten, sagte sie. Ihre bisherige Wohnung habe sie aufgegeben und die Möbel verkauft, um einige tausend Mark in den Händen zu haben. Aber sie habe als Mädchen ihr Brot durch allerlei Malereien auf kunstgewerblichen Gegenständen verdient und wolle dies auch in Zukunft tun.

Teilnahmsvoll hatte Frau Martha zugehört. Nun sprach sie der jungen Frau, die so rasch ihr Herz gewonnen hatte, Mut zu.

Maria fragte, ob die Wirtin gewillt sei, sie mit ihrem Kinde in volle Verpflegung zu nehmen. Sie verlange nur eine einfache, kräftige Kost und reichlich frische Milch für ihr Kind.

Frau Martha ging gern darauf ein und berechnete einen mäßigen Preis. Darauf bezahlte Frau Maria Hochberg gleich für einen ganzen Monat im voraus. So waren beide Teile zufrieden.

Gleich, nachdem die junge Frau ihr Abendessen verzehrt hatte, ging sie wieder hinauf zu ihrem Kind.

Noch lange saß sie am offenen Fenster des Giebelstübchens, vor dem ein großer Apfelbaum seine Zweige ausstreckte. Träne um Träne rann über ihr blasses, schmerzbewegtes Gesicht.

»Siehst du vom Himmel auf mich und dein Kind herab, mein geliebter Mann? Ach, warum hast du mich allein gelassen? Wie schwer ist das Leben ohne dich. So glücklich war ich an deiner Seite. Aber das Glück war zu groß, ich durfte es nicht behalten. Und nun kann ich es nicht fassen, daß du nie mehr bei mir sein wirst, bei mir und deiner kleinen Liselotte, die du so zärtlich liebtest.« – So hielt die Unglückliche Zwiesprache mit dem geliebten Verstorbenen. – Vom Kirchturm herüber schlug ein dünnes Glöcklein die elfte Stunde. Da erhob sich Maria Hochberg seufzend und begab sich zur Ruhe, nachdem sie am Lager ihres Kindes in die Knie gesunken war und um Kraft gebetet hatte.

Früh am nächsten Morgen war sie schon wieder wach. Sie erhob sich leise, um das Kind nicht zu stören, und kleidete sich an. Dann begann sie behutsam ihre Koffer auszupacken und ihre Sachen in Schrank und Kommode zu ordnen.

Dabei erwachte die kleine Liselotte.

Erstaunt richtete sich sich vom Lager auf und rieb sich den Schlaf aus den Augen. Dann sah sie sich verwundert im Zimmer um.

»Mutter! Ach Mutter, wo sind wir denn? Dies ist doch nicht unser Schlafzimmer zu Hause«, sagte sie mit drolliger Miene und schüttelte die dunklen Locken aus dem schlafgeröteten Gesichtchen.

Maria trat schnell zu ihrem Kinde heran und umschlang es zärtlich mit den Armen.

»Weißt du denn nicht mehr Liebling, daß wir gestern eine große Reise gemacht haben und nun nicht mehr zu Hause sind?« fragte sie, sich zu einem Lächeln zwingend.

Lieselotte schmiegte das rosige Köpfchen an die Mutter und nickte.

»Ja, das weiß ich, wir sind weit mit der Bahn gefahren und wollten in den schönen grünen Wald und auf die Wiesen, wo viele bunte Blumen blühn.«

»Ja, Liselotte, und da sind wir nun.«

»Aber hier ist doch kein Wald und keine Wiese.«

»Oh, du brauchst nur nachher zum Fenster hinauszusehen, dann siehst du den Wald und die Wiesen. Wenn du angekleidet bist und mit Mutter gefrühstückt hast, dann gehen wir auf die Wiese und in den Wald.«

Liselotte klatschte in die Händchen.

»Oh, wie schön! Dann pflücke ich Blumen und winde dir einen Strauß, wie ihn Vater oft gebracht. Werden wir nun endlich hier unsern lieben Vater finden?«

Die arme Mutter schluckte krampfhaft ihre Tränen hinunter.

»Ich habe dir doch gesagt, mein Herzkind, unser Vater macht eine weite, weite Reise.«

»Nun, die haben wir doch auch gemacht, da müßte mein lieber Vater doch hier sein.«

»Nein, mein Kind – er ist viel weiter fort. Wir werden ihn lange, lange nicht wiedersehen.«

»Ach, Mutter, nun bist du wieder so traurig. Wie lange Vater auch ausbleibt! Er hat mir doch gesagt, ehe er abreiste, daß er bald wiederkommen würde.«

»Aber du weißt doch, er wird länger aufgehalten, als er glaubte.«

Liselotte ahnte nicht, daß es von der Reise, die ihr Vater angetreten hatte, keine Rückkehr mehr gab. Sie wußte auch nicht, wie ihre kindlichen Worte der Mutter das Herz zerrissen. Der Vater hatte zu ihr gesagt, als er Abschied nahm, um eine notwendige Reise zu unternehmen: »Ich komme bald wieder, Maus, sei hübsch artig und lieb.«

Nun, sie war artig gewesen und hielt sich an das Versprechen des Vaters. Daß er bald darauf, fern von Weib und Kind, den Tod gefunden, hatte man Liselotte nicht gesagt. Sie hätte es auch nicht verstanden.

Maria hielt nur mühsam ihre Tränen zurück. Sie sprach schnell von etwas anderem, um das Kind abzulenken. »Nun komm, Maus, jetzt wollen wir dich schnell waschen und ein Kleidchen anziehen. Hast du nicht Hunger?«

»Ja, sehr. Bekomme ich Milch und Brötchen?«

»Gewiß, sobald du fertig bist.« Liselotte sprang von ihrem Bettchen herab. Jetzt erblickte sie den Apfelbaum am Fenster. Jubelnd streckte sie die Händchen danach aus.

»Schau, Mutter, wie schön, da wächst uns ein Baum in das Zimmer!« »Ja, Liselotte, ein Apfelbaum.«

»Ein Apfelbaum? Ach, was sind da für winzige Äpfel dran – und so viele, viele!«

Liselotte kletterte schnell auf den Sessel am Fenster und sah hinaus in den schönen großen Obstgarten mit den weiten Rasenplätzen. Gleich hinter dem Garten begann der Wald und auf der anderen Seite sah man die roten Ziegeldächer des Dörfchens liegen.

»Ach, Mutter, Mutter, schau doch – der schöne große Garten. Und da ist auch eine grüne Laube! Dürfen wir da hineingehen?«

»Ich will unsere Wirtin fragen. Aber nun komm, daß du fertig wirst. Wir wollen hinaus in die warme Sonne!«

Frau Martha Schulz empfing sie am Fuße der Treppe im Hausflur und aus einer Tür lugte der flachsblonde Kopf Heinrichs.

Die Wirtin erkundigte sich freundlich, wie ihre Gäste geschlafen hatten, und plauderte lebhaft mit der kleinen Liselotte.

Maria Hochberg fragte die Wirtin, ob sie wohl mit ihrem Kinde in den Garten gehen könne.

»Aber ja, Frau Hochberg, ich habe schon in der Laube den Frühstückstisch decken lassen. Sie können alle Mahlzeiten dort einnehmen, da sind Sie ganz ungestört.« Das war Maria Hochberg sehr angenehm, sie saß viel in der kleinen hübschen Laube. Zuweilen leistete ihr Frau Martha ein Stündchen Gesellschaft und erzählte ihr allerlei aus dem Dorf und aus dem Schlosse. Oder sie saß allein mit einem Buche oder einer Handarbeit. Liselotte spielte dann auf dem großen Rasenplatz und durfte an warmen Tagen zu ihrer Wonne barfuß in dem weichen Rasen laufen..

Die Bewohner der ›Weißen Taube‹ hatten die kleine Liselotte fest ins Herz geschlossen und die blasse junge Frau dankte mit einem rührenden Lächeln für jede kleine Aufmerksamkeit. Heinrich hätte für dieses Lächeln freudig die schwersten Arbeiten vollbracht.

Die Bauern aus dem Dorfe waren gewohnt, daß sich die Sommerfrischler, die in der ›Weißen Taube‹ wohnten, zuweilen zu ihnen gesellten und ein Späßchen mit ihnen machten. Maria Hochberg aber ging mit gesenktem Kopf an ihnen vorüber und erwiderte nur stumm die Grüße der ihr Begegnenden.

Das mißfiel den Bauern sehr. Sie forschten die Wirtin nach ihrem Gaste aus und erfuhren, daß sie nur eine arme Witwe sei, die darauf angewiesen war, sich ihr Brot zu verdienen, und nur erst Kräfte dazu sammeln wollte. Die Bauern von Bodenhausen waren meist wohlhabende Leute. Der fruchtbare Boden brachte ihnen eine reiche Ernte. Und sie schlugen protzig auf ihre Taschen, in denen die harten Taler klapperten, und stießen sich an und redeten von unberechtigtem Hochmut, wenn Maria stumm an ihnen vorüberging.

Klein-Liselotte fühlte sich glückselig in Bodenhausen. Der große Obstgarten war ihr Königreich. Er lag längs der Fahrstraße, die durch das Dorf nach dem Schlosse führte. Man konnte durch den weiß- und grüngestrichenen Lattenzaun alles sehen, was auf der Dorfstraße geschah.

Am liebsten sah Lieselotte den Wagen aus dem Schlosse, der täglich einigemale vorüberfuhr. Manchmal ritt auch der Herr Baron v. Bodenhausen mit seiner Gemahlin auf schönen, schlanken Pferden vorbei und zwischen ihnen auf einem hübschen Pony Junker Hans.

Zuweilen saß aber der Junker neben seiner kleinen Schwester, der Baroneß Lori, im Wagen.

Frau Martha hatte erzählt, daß Junker Hans und Baronesse Lori die einzigen Kinder des Barons seien, der in Schloß Bodenhausen wohnte. Der Junker zählte bereits dreizehn Jahre, die kleine Baronesse aber war, wie Liselotte, fünf Jahre alt.

An einem heißen Sommertag stand Liselotte wieder wartend an der schmalen Pforte am Zaun. Sie war barfuß und hatte gepflanzt und gegraben auf einem kleinen Beet, das ihr Heinrich zurechtgemacht hatte. Ihre Händchen und ihr Schürzchen zeigten die Spuren ihrer Arbeit, und ihre dunklen Locken hingen ein wenig zerzaust um das glühende Gesichtchen.

Sie wußte, daß der Wagen aus dem Schlosse bald kommen mußte, und stand nun sehnsüchtig wartend da.

Endlich kam er heran und jubelnd winkte Liselotte den beiden Kindern zu, die mit der Erzieherin der kleinen Baronesse im Wagen saßen. Zu Liselottes Freude fuhr dieser heute einmal sehr langsam.

Junker Hans lachte über den drolligen Anblick des kleinen Barfüßchens und nickte ihm mit freundlichem Gesicht zu. Aber seine kleine Schwester, die wie eine kleine Dame im Wagen lehnte, sah hochmütig auf sie herab und sagte entrüstet:

»Pfui, Hans – laß doch das schmutzige Kind.«

Klein-Liselotte verstand diese Worte nicht. Sie lachte und winkte und freute sich, daß der Junker ihr zugenickt hatte. Und als der Wagen verschwunden war, eilte sie zu ihrer Mutter.

»O Mutter, sie sind wieder vorbeigefahren, das kleine Mädchen und der liebe große Junge. Er hat mir zugenickt und gelacht. Warum fahren sie nur immer vorüber? Sie sollen halten und mit mir spielen. Ich will es so gern.«

Maria nahm ihr Kind auf den Schoß und sagte mit mattem Lächeln:

»Ei, wie werden sie sich über das kleine, schmutzige Barfüßchen gewundert haben! Da schau die Händchen an! Sie sind voll

Erde. Und das Schürzchen so naß und schmutzig. Da spielt niemand mit dir, der sich sauber hält. Komm, mein kleines Barfüßchen, wir müssen dich schnell saubermachen.«

Liselotte sah an sich herab und betrachtete ihre Hände.

»Ja – sie sind sehr schmutzig, aber ich habe doch auch Blümchen gepflanzt in meinem Garten.«

Willig ging sie mit der Mutter ins Haus und ließ sich saubermachen. Dabei plauderte sie immer noch aufgeregt von dem kleinen Mädchen im weißen Kleide und von dem lieben, großen Jungen. –

Am nächsten Tag dehnte Maria Hochberg ihren Spaziergang im Wald mit Liselotte etwas weiter aus als sonst. Und plötzlich tauchte vor ihnen ein Parkgitter auf, hinter dem sie von fern Schloß Bodenhausen liegen sahen.

Liselotte hatte auf dem Wege Blumen gepflückt, die sie fest in ihren Händchen hielt.

Mutter und Tochter gingen langsam am Parkgitter entlang und nach einer Weile erblickten sie drinnen auf einer Parkwiese Junker Hans und Baronesse Lori beim Reifenspiel.

Liselotte jauchzte auf und eilte dicht an das Gitter heran.

»O Mutter, sieh doch, da ist ja das kleine Mädchen im weißen Kleid und der liebe große Junge. Ich will mit ihnen spielen!« rief sie der Mutter zu.

Und den beiden Kindern im glühenden Eifer zuwinkend rief sie froh:

»Da bin ich, laßt mich mit euch spielen!«

Die kleine Baronesse sah mit verächtlicher Miene herüber und wandte sich dann auffällig ab. Junker Hans stand halb lachend, halb verlegen, er wußte nicht, was er tun sollte. Sein gutes Herz sträubte sich, der Kleinen wehe zu tun, und doch sah er ein, daß man ihren Wunsch nicht erfüllen konnte. Während er noch im Kampfe mit sich selber unschlüssig herübersah, streckte Liselotte die Hand mit den Blumen durchs Gitter.

»Liebes, kleines Mädchen, da nimm meine schönen Blumen, ich schenke sie dir!« rief sie mit ihrem lieben, weichen Stimmchen.

Aber Baronesse Lori machte nur eine verächtliche Bewegung

und sah so recht hochmütig auf die blonde Frau im schlichten, schwarzen Kleide, die nicht einmal einen Hut trug, und auf die bittende Liselotte. Sie hatte von den Dienstboten im Schlosse aufgeschnappt, daß die Fremde, die im Gasthofe zur ›Weißen Taube‹ wohnte, eine arme Witwe sei, die sich aber Gott weiß was einbilde.

Spöttisch maß sie Mutter und Kind und warf hochmütig den Kopf zurück. Sie wollte ihnen schon zeigen, daß sie nichts mit ihnen zu tun haben wollte.

Liselotte konnte nicht verstehen, daß das kleine Mädchen nicht antwortete.

»Nimm du die Blumen, lieber, großer Junge«, bat sie ganz verzagt. Junker Hans vermochte kaum dem flehenden, weichen Stimmchen zu widerstehen. Er war gar nicht so hochmütig, wie sein Schwesterchen. Die Kleine gefiel ihm wohl und tat ihm leid. Sie meinte es gewiß gut. Er gab sich einen Ruck und wollte schon zu Liselotte herangehen, um ihr einige freundliche Worte zu sagen. Da rief Lori mit schriller Stimme verächtlich:

»Laß doch, Hans, geh nicht hin! Das ist ja die Bettelprinzeß!« Junker Hans wurde dunkelrot. Er schämte sich vor der Schwester und sah verlegen zu der blassen, blonden Frau hinüber, die herankam, um Liselotte fortzuholen. Aber nach Jungenart schüttelte er trotzig den fremden Einfluß ab, wandte sich ebenfalls um und lief mit der Schwester tiefer in den Park hinein. Er schämte sich und wollte es sich nicht eingestehen.

Liselotte blickte ganz betrübt zu der Mutter empor, als könne sie das nicht fassen.

»Sie wollen meine Blumen nicht, mögen nicht mit mir spielen, Mutter!« Maria Hochberg nahm ihr Kind empor und herzte und küßte es. In ihren Augen lag ein seltsam herber Ausdruck.

»Meine arme kleine Bettelprinzeß«, flüsterte sie mit wehem Herzen. Dann führte sie ihr Kind davon und suchte es abzulenken von diesem Erlebnis, das sich so tief in die Kinderseele eingeprägt hatte.

Jetzt müssen wir erst etwas erzählen, was sich einige Zeit vor dem Eintreffen der kleinen Liselotte mit ihrer Mutter in der ›Weißen Taube‹ zugetragen hatte.

In einem schönen alten Schlosse, das stolz auf einem hohen, bewaldeten Berge lag, wohnte Graf Armin v. Hochberg-Lindeck. So alt und vornehm sein Geschlecht war, so stolz war Graf Armin darauf, und sein höchstes Bestreben war stets gewesen, daß nicht ein leiser Schatten auf seinen Stammbaum fiel.

Er bewohnte jetzt das riesengroße Schloß ganz allein mit seiner Gemahlin, der Gräfin Katharina, und der zahlreichen Dienerschaft. Bis vor sechs Jahren war im Schloß Hochberg immer reges, festliches Treiben gewesen. Zahlreiche vornehme Gäste kamen und gingen, und es wurden große Jagden abgehalten und glänzende Feste gefeiert. Hauptsächlich geschah das, wenn der junge Graf Botho, der einzige Sohn des Grafen Armin, zu Hause war.

Der junge Graf Botho war gar nicht nach seinem Vater geraten, sondern nach seiner milden, gütigen Mutter, die alle Menschen gleich gelten ließ, wenn sie nur ein gutes Herz hatten. Das durfte sie aber ihren adelsstolzen Gemahl nicht merken lassen, und sie mußte sich beugen unter seinen herrischen Willen.

Graf Armin wollte seinen Sohn durchaus mit einer ebenso vornehmen, jungen Aristokratin verheiraten, die dieser aber nicht leiden mochte. Trotzdem der Vater allerlei Feste veranstaltete, um Graf Botho mit der jungen Reichsgräfin zusammenzubringen, wich dieser ihr aus, wo und wie er nur konnte. Und eines Tages gestand er seinem Vater, daß sein Herz schon lange einer armen, bürgerlichen Waise gehöre, die er auf einer Reise kennengelernt hatte. Er bat den Vater flehentlich, zu gestatten, daß er sie zu seiner Frau machen dürfe. Einer anderen Frau würde er niemals seine Hand reichen. Graf Armin war außer sich. Er wollte nichts von dieser Heirat hören und verbot seinem Sohn jeden weiteren Verkehr mit dem Mädchen.

Graf Botho war aber auch ein Mann mit festem Willen. Er weigerte sich, dieses Verbot anzuerkennen, und versicherte, daß er nie und nimmer von dem Mädchen lasse, das bereits seine Braut sei.

Es kam zu schlimmen, erregten Szenen zwischen Vater und Sohn. Graf Botho reiste ab, und wider den Willen seines Vaters verheiratete er sich kurz darauf mit der armen Waise. Graf Armin aber sagte sich von Stund an los von seinem Sohne.

Da Graf Armin seine Hand von dem Sohne gezogen hatte, mußte dieser ein sehr bescheidenes Leben führen, da er selbst nur ein geringes Vermögen besaß. Trotzdem lebte er sehr glücklich mit seiner jungen Frau, die ihm bald ein Töchterchen schenkte. Nur eines bedrückte ihn immer wieder – daß sein Vater ihm unversöhnlich grollte. Er hatte gehofft, dieser würde sich der vollendeten Tatsache fügen und ihm eines Tages verzeihen. Aber all sein Bitten blieb wirkungslos. Nur einmal antwortete ihm der Vater auf all seine flehenden Briefe. Es waren nur wenige Worte: »Löse die Bande, die Dich an die Frau fesseln, die Dir nicht ebenbürtig ist, dann will ich Dich wieder als meinen Sohn aufnehmen. Sonst bist Du tot für mich.«

Graf Botho liebte seine Frau aber viel zu sehr, um je in eine Trennung von ihr zu willigen. Und deshalb blieb alles beim alten.

So lagen die Verhältnisse bis wenige Monate vor dem Beginn unserer Geschichte. Nun hatte aber Graf Botho einen guten, ehrlichen Freund, den Baron Rainau, dessen Besitzungen an die des Grafen Armin v. Hochberg-Lindeck grenzten. Dieser kannte auch flüchtig die junge Frau desselben, deren Güte und Schönheit ihn verstehen ließ, daß der Freund alles um diese Frau aufgegeben hatte. Baron Rainau war früher viel gereist, hatte sich dann verheiratet und lebte nun auf seinen Gütern. Gar zu gern hätte er dem Freund geholfen, sich mit dem Vater auszusöhnen. Er versuchte alles mögliche, Graf Armin milder zu stimmen, jedoch ohne Erfolg. Schließlich empfing ihn der alte Herr gar nicht mehr.

Aber Baron Rainau gab die Hoffnung noch nicht auf. Eines Tages schrieb er an den Freund:

»Lieber Botho! Leider kann ich bei Deinem Vater nichts mehr für Dich tun, er nimmt meine Besuche nicht an. Nur Deine Mutter sehe ich zuweilen auf einen Augenblick. Von ihr soll ich Dir sagen, daß sie Dich unentwegt von Herzen liebt und nie die Hoffnung aufgibt, daß Dein Vater eines Tages Erbarmen haben wird. Sie hofft, daß es vielleicht von Nutzen sein könnte, wenn Du plötzlich vor Deinem Vater ständest und ihn um Verzeihung anflehst. Und so haben wir einen Plan geschmiedet. Komme, sobald es möglich ist, auf einige Zeit nach Rainau als mein Gast. Ich habe ohnedies Sehnsucht nach Dir, und ein frischfröhlicher Pirschgang im Wald wird Dir gut tun. Die Hauptsache aber ist, daß Du eine Begegnung mit Deinem Vater herbeiführst. Er geht jetzt stets allein auf die Jagd, höchstens der alte Förster darf ihn begleiten, und der ist Dir treu ergeben und wird von der Bildfläche verschwinden, wenn es not tut. Stehst Du Deinem Vater erst einmal gegenüber, da müßte er doch von Stein sein, wenn er Dir nicht verzeihen würde. Deine verehrungswürdige gute Mutter, die unter der Trennung von Dir sehr leidet, hofft sehnlichst auf Dein Kommen. Also schreib mir, wann ich Dich erwarten darf. Empfehle mich Deiner Frau Gemahlin. Ich hoffe, sie schickt Dich schnell zu mir. Der Tag, an dem Du mit Weib und Kind in Hochberg einziehst, wird ein Glückstag sein für

Deinen Freund Herbert Rainau.«

Graf Botho zeigte den Brief seiner jungen Frau. Diese war in allem Glück doch sehr betrübt, daß sie Schuld trug an dem Zerwürfnis ihres Gatten mit seinem Vater. Sie hatte ihn aber zu sehr geliebt, um von ihm lassen zu können. Nun redete sie ihm dringend zu, die Einladung Baron Rainaus anzunehmen und zu versuchen, den Vater zu versöhnen, damit auch dieser Schatten von ihrem Glück genommen würde. So sagte er zu.

Nach einem zärtlichen, innigen Abschied von Weib und Kind reiste Graf Botho ab.

Es kam dann auch wirklich zu einer Begegnung zwischen Vater und Sohn im Walde. Heimlich war seine Mutter vorher nach Rainau gekommen, um den heißgeliebten Sohn wiederzusehen.

Sie vermochte sich nachher kaum von ihm zu trennen. Auf ihren Wunsch gab er ihr eine Photographie seiner Frau und seines Kindes, die er bei sich trug. Ein Bild wollte sie wenigstens von ihrer Enkelin haben. Und als sie das liebe, schöne Antlitz ihrer Schwiegertochter sah, verstand sie den Sohn. Um eine solche Frau konnte ein Mann alles aufgeben.

Gräfin Katharina verriet dann dem Sohn, daß der Vater am nächsten Tag einen Hirsch schießen wollte. Da sollte er versuchen, ihn zu sprechen.

Vater und Sohn trafen am nächsten Tag zusammen. Graf Botho flehte den Vater in herzbewegenden Worten an, ihm zu verzeihen und ihn in Gnaden wieder aufzunehmen. Aber Graf Armin schien wirklich wie von Stein. Er blieb dabei, daß er die unebenbürtige Heirat seines Sohnes nicht anerkenne, und daß er dem Sohn nur verzeihe und ihn wieder aufnehmen werde, wenn er sich von der bürgerlichen Frau lossage.

»Du kannst sie ja mit Geld abfinden«, sagte er schroff.

Graf Botho verlor nun seine Ruhe.

»Wie wenig kennst du meine Frau, wenn du meinst, daß sie mit schnödem Geld abzufinden sei. Entweder du heißt sie mit meinem Kind an meiner Seite willkommen, oder ich muß dem Vaterhaus fernbleiben«, sagte er erregt.

»So bleibe fern – ich habe dich nicht gerufen«, erwiderte Graf Armin hart und wandte sich zum Gehen.

»Vater, ist das dein letztes Wort?« rief ihm der Sohn schmerzlich nach.

»Mein letztes. Ich habe keinen Sohn mehr, wenn er nicht allein zu mir zurückkommt.«

Damit war Graf Armin zwischen den Stämmen verschwunden. Ganz so ruhig und steinern, wie er erschien, war er aber doch nicht. Aber er wollte seinen Willen durchsetzen. Niederschlagen kehrte Graf Botho nach Rainau zurück.

»Mein Vater ist unerbittlich«, sagte er zu seinem Freund. Dieser suchte ihn zu trösten, so gut es ging.

»Verzage noch nicht. Deine Mutter wird schon deine Sache führen, wenn dein Vater etwas ruhiger geworden ist. Die Zeit wird ihn auch milder stimmen. Wir versuchen es später noch einmal«, sagte er.

Graf Botho wollte sofort wieder abreisen, aber der Freund ließ ihn nicht fort.

»Du bleibst noch einige Tage. Mein Förster hat einen kapitalen Sechszehnender auf dem Rohre. Morgen wollen wir ihm zu Leibe gehen.«

Als Baron Rainau das gesagt hatte, ließ sich eben sein Förster melden und berichtete zornig und aufgeregt, daß die im Forst seit einiger Zeit hausenden Wilderer den Sechszehnender weggeschossen hätten. Der Baron war wütend.

»Jetzt lasse ich mir Tag und Nacht keine Ruhe, bis ich die Kerle ertappt habe. Sie schießen mir frech das beste Wild vor der Nase weg«, sagte er.

Graf Botho erbot sich, den Wilderern ebenfalls mit aufzulauern.

Das geschah dann auch. Die beiden Herren und der Förster bezogen Wachposten im Walde. Es kam zu einem Zusammenstoß mit den Wilddieben. Dieser Zusammenstoß fand an der Grenze zwischen Hochberger und Rainauer Gebiet statt, nicht weit entfernt von Schloß Hochberg. Es gab einen Kampf auf Leben und Tod – und die Kugel eines Wilderers durchbohrte Graf Botho das Herz. Was half es nun, daß sie einen der Wilddiebe gefangen hatten? Es war nicht einmal der, welcher den Schuß auf Graf Botho abgegeben hatte.

Während der Förster den gefangenen Wilddieb davonführte und die anderen entflohen, brachte Baron Rainau, bis ins Innerste erschüttert, die Leiche seines Freundes mit einigen Wildhütern nach Schloß Hochberg.

Es war im Morgengrauen, alles schlief noch im Schloß, man mußte die Bewohner wecken.

Als man den Toten in der großen Schloßhalle niedergelegt hatte, erschien Gräfin Katharina im Nachtgewand und ganz verstört.

Ohnmächtig brach sie über der Leiche ihres Sohnes zusammen.

Auch Graf Armin kam herbei. Seine hohe Gestalt schwankte, und sein Anlitz glich selbst dem eines Toten – aber er verlor die Haltung nicht vor all den Leuten, die ihn umgaben.

Welchen Kampf er später in der Stille seines Zimmers mit sich ausgefochten hatte, das erfuhr nie ein Mensch.

Gräfin Katharina lag bewußtlos in schwerer Krankheit, als man die Leiches ihres Sohnes in der Gruft der Schloßkapelle beisetzte. Niemand außer dem Baron Rainau dachte in dieser schrecklichen Zeit an die junge Gräfin Hochberg-Lindeck, die nun Witwe geworden war. Er wäre am liebsten selbst zu ihr geeilt, um ihr das Unglück schonungsvoll zu melden. Aber er konnte nicht abkommen, da die eingetroffenen Gerichtspersonen seine Anwesenheit verlangten. So schrieb er an die junge Gräfin, so schonungsvoll er nur konnte. Gräfin Katharina sei schwer erkrankt und ohne Bewußtsein, und Graf Armin weigere sich selbst an der Bahre seines Sohnes, sie und ihr Kind anzuerkennen. Sie möge ihm mitteilen, was er für sie tun könne.

Erst nach einigen Wochen bekam Baron Rainau auf diesen Brief eine Antwort. Diese lautete:

Sehr geehrter Herr Baron!

Erst heute bin ich imstande, Ihnen auf ihren Brief zu antworten und Ihnen für ihre Güte zu danken. Wenn Sie mir nicht den Tod meines unvergeßlichen, treuen Gatten gemeldet hätten, so hätte ich es wohl erst aus den Zeitungen erfahren. Ich konnte bisher nicht schreiben, weil ich wie von Sinnen war, nicht fähig, einen Gedanken zu fassen. – Sie wissen ja, wie wir einander geliebt haben. – Aber nicht von meinem Leid will ich sprechen – das ist unaussprechlich tief und schwer. Daß Graf Armin auch jetzt noch sich weigert, mein Kind und mich anzuerkennen, nimmt mich nicht wunder. Warum sollte er es auch jetzt noch tun? Wenn er sich nicht aus Liebe zu seinem Sohn entschließen konnte, uns anzuerkennen, so hat er jetzt keine Veranlassung dazu. Wir sind ihm fremde, lästige Menschen, nichts weiter. Mein und meiner Tochter Schicksal wird in Zukunft ganz losgelöst sein von Graf Armin. Es schmerzt mich qualvoll, daß es mir nicht einmal vergönnt ist, am Grabe meines geliebten Mannes zu beten. Aber ich muß es verwinden, Graf Armin würde mich wie eine Bettlerin von der Tür weisen, wenn ich ihn darum bitten wollte. Und so muß ich mich fügen. Ich trage das Bewußtsein in mir, daß die Seele meines geliebten Toten überall bei mir sein wird, daß wir auch über den hinaus unzertrennlich sind.

Ich muß leben – um meines Kindes willen – wenn es mich auch unsäglich schwer dünkt. Und ich werde leben, werde für mein Kind und mich arbeiten, wie ich es früher nur für mich getan. Deshalb danke ich Ihnen für Ihr freundliches Anerbieten, das, wie ich weiß, aus ehrlichem Herzen kommt. Aber auch Graf Bothos Frau darf kein Almosen annehmen und ist auch viel zu stolz, es zu tun. Sorgen Sie sich nicht um uns. Vorläufig besitze ich noch genug um zu leben. Auch einen Notgroschen werde ich haben. Ich will irgendwo in Stille und Einsamkeit untertauchen und um den Frieden meiner qualzerrissenen Seele ringen. Den Grafentitel werde ich nicht mehr führen, er paßt nicht zu meiner bescheidenen Existenz, und Graf Armin soll nicht zu fürchten brauchen, daß eine Gräfin Hochberg-Lindeck ums Brot arbeiten muß.

Ich danke Ihnen für die treue Freundschaft, die Sie meinem geliebten Gatten allezeit bewiesen haben. Sie sollen sich nicht, wie Sie mir schrieben, einen Vorwurf machen, daß Sie Botho nach Rainau einluden. Wir sind alle hilflose Werkzeuge einer himmlischen Macht, die unsern Weg bestimmt. Und Sie haben es gut gemeint. Dafür danke ich Ihnen herzlich.

Wenn Sie an die Gruft meines geliebten Mannes gehen können, so legen Sie bitte die beiden Rosen, die ich Ihnen gleichzeitig sende, zu seinen Füßen nieder mit einem stillen Gruß von mir und meiner Tochter. Wir haben sie bei einem Gärtner selbst gepflückt und sie an unsere Lippen, an unsere Herzen gedrückt. Sind sie auch welk geworden, bis sie Ihr Ziel erreichen – unsere Liebe, die mit ihnen geht, bleibt frisch und stark. Nehmen Sie meinen herzlichsten Dank im voraus und leben Sie wohl für immer.

Ihre Maria Hochberg.«

Bald nachdem Baron Rainau diesen Brief erhalten hatte, konnte er sich für einige Tage losmachen und beeilte sich, Bothos Witwe aufzusuchen. Er hoffte, sie zu bestimmen, Hilfe anzunehmen von ihm oder von Gräfin Katharina, die sicher nach ihrer Genesung wünschen würde, in aller Stille etwas für ihre Schwiegertochter und ihre Enkelin zu tun. Aber er kam schon zu spät. Die junge Gräfin war mit ihrem Kind abgereist, niemand wußte wohin. In ihrer Wohnung hielten schon fremde Menschen ihren Einzug. Er konnte nur in Erfahrung bringen, daß sie ihre Möbel an einen Händler verkauft hatte. Baron Rainau kehrte betrübt nach Hause zurück. Er hätte so gern etwas für die junge Gräfin und ihr Kind getan. Aber er konnte auch ihren Stolz verstehen. Er konnte sich jedoch nicht versagen, der Gräfin Katharina später den Brief der jungen Frau zu übergeben.

Vorläufig war die Gräfin allerdings noch schwer krank, sie genas nur sehr langsam. Und ihr schwacher Wille schien durch die Krankheit vollends gebrochen zu sein. Stumm lebte sie neben ihrem Gemahl dahin. Sie fühlte freilich, daß dieser auch innerlich darunter litt, daß er den einzigen Sohn in der Blüte seiner Jahre verloren hatte. Aber er gab die Schuld an allem, was geschehen war, der Frau, die ihm den Sohn abtrünnig gemacht hatte. Wenn dieser nicht gegen seinen Willen diese Ehe geschlossen hätte, dann wäre alles anders gekommen. Davon war er nicht abzubringen.

Sehr betrübt war die Gräfin, als sie nach ihrer Genesung von Baron Rainau erfuhr, daß ihre Schwiegertochter und ihre Enkelin verschwunden seien. So gern hätte sie im stillen etwas für die beiden getan. Ach, wie gern hätte sie sich aufgemacht, um nach ihrem Enkelchen zu suchen. Aber der strenge Wille ihres Gemahls bannte sie an seine Seite. Sie konnte nichts tun als beten, daß Gott das harte Herz ihres Gemahls rühren möge.

Seit mehreren Wochen schon weilte Maria Hochberg mit iher kleinen Tochter im Gasthof zur ›Weißen Taube‹ in Bodenhausen. Die Ruhe und Stille tat ihren Nerven wohl, aber das Leid, das in ihrer Seele wohnte, wollte nicht zur Ruhe kommen.

Klein-Liselotte aber fühlte sich von Tag zu Tag wohler und heimischer in der ›Weißen Taube‹. Noch immer stand sie täglich am Gartenzaun und wartete auf den Wagen aus dem Schlosse.

Glückstrahlend sah sie aus, wenn es ihr gelang, einen verstohlenen Gruß des Junker Hans zu erhaschen. Er winkte ihr auch immer lächelnd zu, wenn er auf seinem Pony vorüberritt. Dann war die hochmütige kleine Schwester nicht dabei, die ihn ausschalt, wenn er freundlich mit der Bettelprinzeß war.

Dieser Name, den Baronesse Lori für Liselotte aufgebracht hatte, war durch die Dienerschaft aus dem Schlosse bald im ganzen Dorf verbreitet.

Maria ahnte nicht, daß die Leute im Schloß und im Dorfe so unzufrieden mit ihr waren. Sie tat niemand etwas zuleide, lebte nur still vor sich hin und wollte nichts als Ruhe.

Dann glaubte sie aber, nun lange genug die Hände in den Schoß gelegt zu haben. Sie schrieb an die große Firma, für die sie früher gearbeitet hatte, ob man ihr wieder Aufträge geben wollte, die sie in Bodenhausen ausführen konnte. Sie bekam sofort zusagenden Bescheid. Die zarten, duftigen Blumenstücke, die sie zu malen verstand, waren sehr beliebt gewesen. Nun hatte Maria eine lange, ernste Unterredung mit der Wirtin. Sie sagte ihr, daß sie gern dauernden Aufenthalt in der ›Weißen Taube‹ nehmen möchte, weil sie sich da nicht um die Wirtschaft zu kümmern brauche und den ganzen Tag ungestört malen könne. Ob ihr unter diesen Umständen Frau Martha Schulz den Preis noch etwas herabsetzen könne. Sie würde gern mit noch einfacherer Kost zufrieden sein.

Die gutmütige Wirtin freute sich, daß Maria mit dem Kind für immer bleiben wollte. Sie hatte schon mit Schrecken an die Zeit der Trennung gedacht. Und sie wollte sich gewiß nicht an Maria bereichern.

»Meine liebe Frau Hochberg«, sagte sie, mit Herzenstakt vermeidend, Maria zu demütigen, »wenn Sie das ganze Jahr bei mir wohnen wollen, dann kann ich Ihnen ganz natürlich andere Preise machen. Ob das Giebelstübchen leersteht oder ob Sie darin wohnen, ist gleich. Sie machen uns so wenig Arbeit, daß wir Sie kaum bemerken. Und wenn Sie gar noch mitessen wollen, was ich für mich und meine Leute koche, dann merken wir Sie kaum. Ich werde Ihnen also dann den Preis um die Hälfte ermäßigen. Ist es so recht?«

Maria wollte das erst nicht annehmen, aber die Wirtin setzte ihr so überzeugend auseinander, daß sie dabei immer noch nicht zu kurz käme, daß Maria sich dankbaren Herzens fügte.

»Sie sind so gut zu mir, liebe Frau Schulz. Ich danke Gott, der mich in meiner Verlassenheit gerade zu Ihnen geführt hat«, sagte sie bewegt.

Maria Hochberg schrieb nun wieder an die Firma und bat um Zusendung von Aufträgen.

Dann ging sie am nächsten Tage zu Pfarrer Helmers, der mit seiner Familie in dem kleinen freundlichen Pfarrhaus neben der Kirche wohnte. Sie hatte den alten Herrn und seine Gattin kennengelernt, als sie sonntags aus der Kirche kam.

Sie bat ihn um eine Unterredung. Er führte sie voll Freundlichkeit in sein Studierzimmer und fragte sie, womit er ihr dienen könne.

Sie teilte ihm mit, daß sie für immer in Bodenhausen ihren Wohnsitz aufschlagen wolle, und bat ihn, ihr kleines Vermögen, das sie als Notpfennig zurücklegen wolle, zu verwahren.

Sie übergab dem Pfarrer zehntausend Mark in Wertpapieren und sagte, daß sie sich die Zinsen vierteljährlich abholen wolle.

Außerdem händigte sie ihm noch einen dicken versiegelten Umschlag aus.

»Er enthält Familienpapiere und dergleichen, Herr Pastor. Ich möchte es auf alle Fälle für meine Tochter sicher verwahrt haben. Erst an ihrem achtzehnten Geburtstag soll er ihr ausgehändigt werden, ich habe das auf dem Umschlag zur Sicherheit vermerkt«, sagte sie.

Der Pfarrer verwahrte alles an sicherer Stelle und stellte Maria eine Bescheinigung darüber aus. Eine Weile sprach er dann der jungen Frau noch Mut und Trost zu und führte sie dann hinüber ins Wohnzimmer zu seiner Frau und seinen Töchtern.

Die baten Maria, ab und zu auf ein Plauderstündchen ins Pfarrhaus zu kommen. Sie merkten sehr wohl, daß sie eine feingebildete Frau vor sich hatten.

Maria dankte, bat aber, sie in nächster Zeit noch zu entschuldigen Sie sei noch gar nicht fähig, sich wieder im Leben zurechtzufinden. Später wolle sie von der gütigen Erlaubnis gern Gebrauch machen.

»Das tun sie nur, Frau Hochberg, und versuchen Sie ab und zu ein Wort mit unseren Bauern zu reden. Die haben mit ihren dicken Köpfen keine Ahnung von seelischem Einsamkeitsbedürfnis und halten Ihre Zurückhaltung für Hochmut.«

»Ja, ja, meine verehrte Frau Hochberg, die Bauern sind Kindsköpfe. Also tun Sie als geistig Überlegene ein übriges und reden Sie am Sonntag nach der Kirche mit den Bauernfrauen einige Worte. Meine Frau muß es auch tun und wird Ihnen dabei helfen.«

Maria versprach es mit einem matten Lächeln und verabschiedete sich herzlich von den guten Menschen. Als Maria in die ›Weiße Taube‹ zurückkehrte, fand sie Liselotte mit dem langen Heinrich in eifriger Arbeit in dem Garten. Heinrich hatte das Gras gemäht und Liselotte half es zusammenharken mit einer kleinen Harke, die ihr Heinrich gemacht hatte.

Mit vor Eifer gerötetem Gesicht jubelte sie der Mutter zu: »Wir machen Heu für die Kuh, Mutter. Ach, was haben wir gearbeitet, Heinrich und ich!« Maria drückte ihr Kind an sich, dann schafften die beiden Erntearbeiter fröhlich weiter. –

Maria bekam schon in den nächsten Tagen Aufträge für Malereien und machte sich unverzüglich an die Arbeit. Bei schönem Wetter malte sie in der Laube. Heinrich stand dann oft sprachlos vor Staunen und Bewunderung, wenn die duftigsten Blumen unter Marias Händen entstanden. Und Frau Martha Schulz brachte die schönsten Rosen aus dem Garten zum Malen herbei.

In der stetigen Arbeit fand die junge Frau eine wohltätige Ablenkung von ihrem Schmerz.

Auf des Pfarrers Rat hatte Maria schon am nächsten Sonntag nach dem Gottesdienst einige der angesehensten Bäuerinnen freundlich angesprochen. Die Frau Pfarrerin hatte vermittelt. Die Bäuerinnen machten erst seltsame Gesichter, aber als die Frau Pfarrerin dann erklärte, daß Frau Hochberg bis jetzt zu sehr von ihrem Kummer beherrscht gewesen wäre, da schlug die Stimmung plötzlich zu Marias Gunsten um.

So saß Maria wieder eines Tages in der Laube bei ihrer Malerei. Liselotte hatte neben der Laube im Rasen gespielt, hatte ihrer Puppe aus Heu ein Bettchen gemacht und mit ihr wie ein zärtliches Mütterchen geplaudert.

Es war jetzt die Zeit, da der Wagen aus dem Schloß vorüberzukommen pflegte.

Liselotte gebot ihrem Puppenkind, artig zu sein und zu schlafen, Mutter müsse einstweilen eine große Reise machen. Diese große Reise führte die kleine Puppenmutter jedoch nur bis zur schmalen Gartenpforte, wo sie auf den Wagen warten wollte.

Ihre Geduld wurde heute auf eine harte Probe gestellt. Sie konnte von der Zauntür auch gar nicht weit sehen, da die Straße hier eine Biegung machte.

Wenn sie hinüberging auf die andere Straßenseite, dann konnte sie ein gutes Stück weiter sehen, das hatte sie schon ausprobiert.

So ging sie auch heute über den Fahrweg hinüber, um Ausschau zu halten. Und kaum war sie drüben, da erblickte sie auch schon den Wagen.

Laut aufjauchzend wollte sie schnell wieder an die Zauntür hinüber, um von da Junker Hans zu winken.

Maria blickte von ihrer Arbeit auf, als sie Liselotte jauchzen hörte, und erschrack, als sie das Kind jenseits des Fahrwegs sah, denn sie hörte den Wagen herankommen. Erschrocken sprang sie auf, denn sie sah, daß Liselotte wieder herüberlaufen wollte. In der Eile strauchelte das Kind und fiel mitten auf dem Fahrweg nieder.

Unglücklicherweise hatte der Baron Bodenhausen gerade heute ein paar besonders junge und feurige Pferde zum ersten Male einspannen lassen. Sie rasten im stürmischen Tempo daher.

Wie ein Pfeil schoß Maria, von Entsetzen getrieben, hinüber, um Liselotte aufzuheben.

Schon waren die Pferde dicht herbeigekommen, da gelang es Maria noch, im letzten Augenblick ihr Kind zurückzureißen und beiseitezuschieben. Aber leider fiel sie dabei selbst hin und so unglücklich, daß die aufbäumenden Pferdehufe ihren Kopf trafen.

Im Wagen hatten der Baron, seine Gemahlin und Junker Hans

gesessen. Die kleine Baronesse war eines Schnupfens wegen mit der Erzieherin zu Hause geblieben. Erschrocken waren die drei Insassen aus dem Wagen gesprungen. Auch der Kutscher sprang herab, um seine Pferde zu beruhigen, damit nicht noch mehr Schaden angerichtet wurde. Liselotte hatte laut aufgeschrien in höchster Not. Das hatte Heinrich gehört, der hinter dem Hause zu tun hatte. Mit großen Sätzen kam er herbeigeilt. Hinter ihm erschien die Wirtin. Auch einige andere Leute kamen herbei und scharten sich um die Unfallstelle.

Heinrich beugte sich über die leblose Gestalt der jungen Frau. Wie ein Kind hob er sie auf seinen starken Armen empor, und die hellen Tränen liefen ihm über das blasse Gesicht.

Der Baron rief dem Kutscher zu, sofort den Arzt im Wagen herbeizuholen. Dann folgte er mit seiner Gattin Heinrich und Frau Martha Schulz in die ›Weiße Taube‹.

In all dem erschreckten Trubel hatte jetzt niemand auf die kleine Liselotte geachtet. Sie stand erschrocken und bitterlich weinend auf der Straße vor der geschlossenen Gasthoftür und rief verzweifelt nach ihrer lieben Mutter.

Da neigte sich Junker Hans zu der untröstlichen Kleinen herab. Sein Antlitz war auch leichenblaß, er zitterte selbst vor Schrecken über den furchtbaren Unfall, an dem vor allem die stürmisch dahinrasenden Pferde schuld gewesen waren. Mit bebender Hand streichelte er das dunkle Lockenköpfchen, das sich so weich und seidig anfaßte, und trocknete mit seinem eigenen Taschentuch die Tränen der armen Liselotte.

»Arme kleine Bettelprinzeß«, sagte er voll heißen Mitleids. Schluchzend sah sie zu ihm auf, als könne er helfen.

»Ich will zu meiner süßen, armen Mutter, lieber Junge. Die bösen Pferde haben ihr weh getan«, jammerte sie.

Er brachte kein Wort hervor als immer nur: »Arme Kleine!«

Aber er öffnete die schwere Tür und trat mit ihr in den Hausflur. Weiter wagte er sich nicht. Er zog Liselotte zu sich heran und sagte leise: »Bleib nur hier, bis man dich zu deiner Mutter ruft.«

Frau Schulz lief mit einer Schüssel voll Wasser und leinenen Tüchern vorbei, ohne auf Liselotte zu achten. Auch über ihr

Gesicht liefen unaufhaltsam die Tränen. Drinnen wusch sie behutsam das blasse Gesicht der Verunglückten und legte nasse Tücher auf das blutende Haupt. Die konnten keinesfalls schaden. Bevor der Arzt nicht da war, konnte man nichts weiter tun. Man wußte ja nicht einmal ob noch Leben in der jungen Frau war.

Der Baron half ihr selbst dabei. Er machte sich bittere Vorwürfe, daß er die jungen, ungestümen Pferde hatte einspannen lassen.

Die Wirtin erzählte weinend mit leiser Stimme, daß Maria Hochberg ganz allein im Leben stehe mit ihrem Kind, und daß sie sich ihren Unterhalt mit Malereien verdient habe. Sie sei eine so liebe, feine Frau, die sicher eine sehr gute Bildung genossen habe.

Zum Glück hatte der Kutscher den Arzt schon unterwegs getroffen. So war dieser bald zur Stelle. Aber sein Gesicht war sehr ernst und bedenklich.

Als er seine Untersuchung beendet hatte, richtete er sich auf.

»Da ist keine Hoffnung mehr! Wohl ist das Leben noch nicht erloschen, aber es wird bald zu Ende sein, die Schädeldecke ist zertrümmert«, sagte er ernst.

Frau Schulz schluchzte laut auf. Es war, als ob dieser Laut Maria Hochberg noch einmal von der Schwelle der Ewigkeit zurückrufe. Auch die Baronin kam erschrocken näher.

Da hob Maria müde und schwer die Lider von den schönen blauen Augen. Ihr Blick irrte umher.

»Mein Kind!« lallte sie.

»Es ist gesund und wohlbehalten«, versicherte der Baron.

Sie sah ihn an mit seltsam flehendem Blick, als wollte sie etwas fragen.

»Mein Kind!« rief sie nochmals.

Heinrich stand an der Tür und wischte sich mit der verkehrten Hand die Tränen aus den Augen. Er verstand den Sehnsuchtsruf der Frau, die er so schrankenlos bewundert und verehrt hatte. Schnell ging er hinaus, um Liselotte zu holen.

»Liselotte wird gleich kommen«, sagte Frau Schulz, sich zu Maria neigend.

Die sah zum Arzt empor.

»Muß ich sterben? Bitte – Wahrheit!«

»Sie sind schwer verletzt, sehr schwer«, antwortete dieser ernst.

Wie in heißer Angst blickte Maria die Menschen an, die ihr Lager umstanden. »Mein armes Kind!« stöhnte sie.

Der Baron und die Gattin sahen sich an. Dann beugte sich der Baron herab.

»Sorgen Sie sich nicht – was auch geschehen mag, ich sorge für ihr Kind. Wenn es schutzlos ist, soll es ins Schloß kommen, ich verspreche Ihnen, daß ich für seine Erziehung sorge. Meine Pferde waren Schuld an dem Unglück. Bitte beruhigen Sie sich ihres Kindes wegen, es wird nicht verlassen sein.«

Ein überirdisches Lächeln glitt über Marias Antlitz.

»Dank – Pastor Helmers – Papiere«, hauchte sie.

Jetzt kam Heinrich mit Liselotte herein. Er hatte sie dringend ermahnt, nicht zu weinen, weil das Mutter weh tue. Nun schluckte sie tapfer ihre Tränen hinunter und eilte an das Bett.

»Mutter – meine arme, süße Mutter!« Aller Augen füllten sich bei diesem kindlichen Notschrei mit Tränen.

Maria tastete nach dem Haupte ihres Kindes.

»Meine Liselotte – ich gehe nun – zu Vater – sei brav – Gott – segne dich.«

Kaum vernehmbar erklangen diese Worte. Dann ging es wie ein Ruck durch den schlanken Frauenkörper. Er streckte sich langsam aus.

Und die schönen blauen Augen, die der Tod brach, wurden sanft von dem Arzt geschlossen. Maria Hochberg war dem geliebten Gatten in die Ewigkeit gefolgt. Die kleine Liselotte war eine Waise.

Heinrich hob das Kind empor und trug es hinaus. Neben ihm stand Junker Hans in tiefster Ergriffenheit und trocknete immer wieder mit seinem feinen Tuch die Tränen Liselottes. Der vornehme Junker in seinem feinen Anzug und der schlichte Bauernbursche im derben Arbeitskittel vereinten sich zu einem Werke der Barmherzigkeit.

Drinnen im Schlafzimmer der Wirtin lag mit friedlich verklärten Zügen die tote Mutter der kleinen Waise, als sei sie allem Leid, allem Weh entrückt. Frau Martha Schulz ging in den Garten und schnitt Rosen ab. Die streute sie weinend über die tote Frau, die ihr im Herzen so lieb geworden war.

Der Arzt hatte inzwischen in dem leeren Gastzimmer noch eine Unterredung mit dem Baron und seiner Gemahlin. Inzwischen kam Pastor Helmers herbei, der von dem Unglück gehört hatte.

Diesem erklärte der Baron Bodenhausen, daß er der Verstorbenen versprochen hatte, Liselottes Erziehung zu übernehmen. Der Pastor teilte ihm mit, daß Frau Hochberg ihm Wertpapiere in Höhe von zehntausend Mark und ein Päckchen Papiere in einem versiegelten Umschlag übergeben, und welche Wünsche sie dabei geäußert habe. Da der Baron doch nun die Vormundschaft über das Kind erhalte, möge er auch die Papiere zur Verwahrung an sich nehmen.

Baron Bodenhausen erklärte sich dazu bereit. Das Geld wollte er für Liselotte verwalten, damit sie später, wenn ihre Erziehung vollendet sei, einen Notpfennig habe. So lange werde er für sie sorgen. Den versiegelten Umschlag wolle er verwahren, bis Liselotte achtzehn Jahre alt sei. Der Pfarrer möge die Papiere am nächsten Tag ins Schloß bringen.

Bald darauf kehrte der Baron mit seiner Gemahlin und seinem Sohn ins Schloß zurück. Neben Junker Hans aber saß jetzt die kleine Liselotte, die man gleich mitnehmen wollte, damit sie auf andere Gedanken kam. Darum hatte Junker Hans gebeten, der sich jetzt nicht von der armen Kleinen losreißen konnte.

Frau Martha Schulz tat das Herz weh, als Heinrich Liselotte in den Wagen hob, und der brave Bursche wischte immer wieder verstohlen die Tränen ab. Sie gingen beide ganz niedergeschlagen ins Haus zurück.

Als dann am andern Tag die Leiche aufgebahrt war, plünderte Heinrich den ganzen Garten und schleppte alle Blumen herbei. Frau Schulz wand Kränze daraus, die auf den Sarg gelegt wurden.

Der Wagen des Barons hielt vor der Freitreppe des Schlosses Bodenhausen. Die kleine Baronesse Lori stand am Fenster neben ihrer Erzieherin. Sie sahen den Wagen kommen. Erstaunt erblickte Lori neben ihrem Bruder die kleine Liselotte auf dem Rücksitz.

»O Fräulein Herter – sehen Sie doch – was soll denn das heißen? Da sitzt gar die Bettelprinzeß in unserem Wagen! Wie kommt denn die da hinein?« rief sie entrüstet und machte ihr hochmütiges Gesicht.

Fräulein Herter war eine schlanke Dame von etwa dreißig Jahren. Sie hatte glattgescheiteltes, aschblondes Haar und graue Augen, war weder schön noch häßlich, und trug ein graues Kleid mit weißem Leinenkragen um den Hals.

Auch sie war sehr erstaunt, das kleine Mädchen, das sie so oft am Zaun der ›Weißen Taube‹ hatte stehen sehen, im Wagen zu erblicken.

»Ich weiß es nicht, Lori. Aber du solltest das Kind nicht immer Bettelprinzeß nennen, es klingt so verächtlich.«

Lori warf den Kopf zurück. »Sie ist eben doch eine Bettelprinzeß, Fräulein Herter.«

»Nein es ist ein Schimpfwort. Mama hat es auch schon gehört und mir nicht verboten. Sie müssen mir immer alles verbieten, was mir Spaß macht, Fräulein.«

»Ich verstehe nicht, daß es Spaß macht, das Kind so zu nennen.«

»Ach, Fräulein, machen Sie doch nicht solch Aufhebens von dem Bettelkind. In unseren Wagen gehört es sicher nicht. Ich verstehe Papa und Mama nicht. Und sehen Sie nur, jetzt hebt mein Bruder es gar aus dem Wagen und führt es ins Haus. Was soll das nur heißen?«

Baronesse Lori war in ihrer ganzen frühreifen Sprechweise schon völlig die große Dame. Jetzt wollte sie hinauslaufen, aber Fräulein Herter hielt sie fest.

»Du sollst doch heute deiner Erkältung wegen im Zimmer bleiben, Lori!«

Widerwillig fügte sie sich, sah aber sehr ungeduldig nach der Tür. Sie öffnete sich endlich. Loris Eltern und Bruder traten ein. Der letztere führte Liselotte an der Hand.

»Mama, was soll denn die Bettelprinzeß hier im Schloß?« fragte Lori entrüstet. Die Baronin strich sich über die Stirn und zerrieb Kölnisches Wasser in den Händen, um sich zu erfrischen. Sie schob Lori achtlos beiseite und wandte sich an Fräulein Herter.

»Es hat ein Unglück gegeben, Fräulein. Sie müssen sich der Kleinen annehmen. Die Mutter des Kindes ist fast unter unseren Wagen gekommen, als sie die Kleine, die gefallen war, aufheben wollte. Dabei haben sie die Pferde schwer am Kopf verletzt und sie ist gestorben. Die kleine Waise soll nun im Schloß erzogen werden. Sie wissen aber, liebes Fräulein, daß ich zu viel in Anspruch genommen bin. Ich kann mich nicht viel um das Kind kümmern. Und deshalb übergebe ich es Ihnen. Neben Ihrem Zimmer ist ein leeres Kämmerchen, das lassen Sie als Schlafzimmer für die Kleine zurechtmachen, damit sie doch jemand in der Nähe hat. Und dann kann sie mit Lori zusammen lernen und spielen. Das macht Ihnen dann nicht viel Umstände, nicht wahr, liebes Fräulein?«

Lori hörte alles erstaunt und entrüstet an.

»Wie Mama? Mit diesem schmutzigen Kind soll ich spielen? Das tue ich nicht, ich mag es nicht, es soll wieder fortgehen.«

Der Baron, der durch den Unfall ebenso aufgeregt worden war wie seine Gemahlin, faßte Lori unsanft an der Schulter.

»Du schweigst jetzt still und fügst dich in das, was Mama anordnet«, sagte er streng.

Lori verzog unartig das Gesicht und ihre Augen blickten zornig und verächtlich auf Liselotte, die sich ängstlich an die Hand des Junkers klammerte. Aber sie schwieg doch, weil sie merkte, daß die Eltern erregt waren und nicht mit ihnen zu spaßen sei. Daß sie aber mit Liselotte nicht spielen würde, stand in ihrem eigensinnigen Kopfe fest.

Fräulein Herter hatte etwas beklommen den Ausführungen

ihrer Herrin gelauscht. Auch sie war nicht erbaut von dem fremden Zuwachs. Sie hatte schon mit der eigenwilligen, verzogenen Lori genug Arbeit und Verdruß, hatte kaum eine freie Stunde für sich. Und nun sollte ihr auch noch die Sorge für das fremde Kind aufgebürdet werden.

Sie wagte jedoch nicht zu widersprechen. Die Frau Baronin war eine sehr bestimmte Dame und hielt darauf, daß ihre Befehle erfüllt wurden. So verneigte sich Fräulein Herter und erklärte sich bereit.

Mit einem gnädigen Kopfneigen verließ die Baronin mit ihrem Gemahl das Zimmer. Sie glaubte nun das Ihre für Liselotte getan zu haben, indem sie die Sorge für deren Wohl Fräulein Herter aufbürdete. So leicht machen sich die Menschen oft übernommene Pflichten.

Fräulein Herter sah unbehaglich auf ihren neuen Pflegling, der noch von Zeit zu Zeit tief aufschluchzte.

»Was soll ich nun mit ihr tun?« fragte sie halb unwillig, halb mitleidig den Junker.

Dieser strich zum Entsetzen seiner kleinen Schwester fast zärtlich und mitleidig über Liselottes Köpfchen.

»Ich glaube, zuerst muß sie mal gewaschen werden, Fräulein. Sie hat so geweint und sich den Staub im Gesicht herumgewischt. Und dann glaube ich, wird es das beste sein, sie schlafen zu legen. Sie muß todmüde sein von dem vielen Weinen. Seien Sie doch ein bißchen gut zu ihr, Fräulein. Wenn Sie das schreckliche Unglück mit angesehen hätten, würde Ihnen die Kleine gewiß auch sehr leid tun.«

Der Junker wurde ganz blaß in Erinnerung an den furchtbaren Unfall.

Fräulein Herter fühlte sich durch seine Worte fast beschämt. Sie beugte sich zu Liselotte herab.

»Soll ich dich zu Bett bringen, kleine Liselotte, willst du schlafen?« fragte sie.

Diese schluchzte trocken auf, weinen konnte sie schon nicht mehr.

»Ich will zu Mutter – Mutter will ich haben«, jammerte sie.

Fräulein Herter sah hilflos zu dem Junker auf.

»Gehen Sie nur mit ihr, liebes Fräulein, und lassen Sie ihr das Kämmerchen zurechtmachen, während Sie sie waschen und auskleiden. Geh, Liselotte, geh mit dem guten Fräulein Herter, sie wird gut mit dir sein«, sagte er dann.

Liselotte klammerte sich an seine Hand.

»Bleib du bei mir«, flüsterte sie bittend.

Er streichelte sie sanft.

»Wenn du ausgeschlafen hast, spiele ich mit dir. Jetzt mußt du aber artig sein und tun, was ich sage.«

Da ging Liselotte folgsam mit Fräulein Herter aus dem Zimmer.

Junker Hans trat zu seiner kleinen Schwester.

»Was macht deine Erkältung, Lori?« fragte er und wollte sie mit brüderlicher Zärtlichkeit umfassen. Sie stieß ihn aber heftig von sich.

»Rühr mich nicht an, du hast mit deinen Händen das schmutzige Ding angefaßt!«

Der Junker sah sie groß und vorwurfsvoll an.

»Pfui, Lori, wie herzlos bist du. Hast du denn gar kein Mitleid mit der armen Kleinen?«

Lori blieb in ihrer eigensinnigen Abwehr.

»Sie mag im Dorf bleiben bei den Bauernkindern oder in der ›Weißen Taube‹. Ins Schloß gehört sie nicht, ich mag sie nicht.«

»Du hast doch gehört, daß Papa und Mama anders bestimmt haben. Und die Eltern haben recht getan. Durch unsere Pferde ist Liselottes Mutter getötet worden. Sie wollte das Kind retten und starb selbst.«

»Oh, sie hat gewiß auf dem Weg herumgelungert. Was hat sie immer an unseren Wagen heranzulaufen. Sie ist so aufdringlich und sicher war sie selber schuld, daß ihre Mutter verunglückt ist.«

»Pfui, Lori, schäme dich.«

»Pfui, Hans, schäme du dich, daß du dich so gemein machst mit einem Bettelkind«, äffte sie ihn nach.

Junker Hans zuckte die Schultern. Er wußte nicht, was er noch zu Liselottes Gunsten sagen sollte. Aus Erfahrung wußte er, daß Lori allen Menschen, die unter ihr standen, mit diesem Hochmut begegnete, der gerade bei einem Kind so häßlich wirkt.

Er gab es also auf, Lori eines Besseren zu belehren, nahm sich aber fest vor, immer gut zu der armen kleinen Liselotte zu sein. Sie tat ihm so sehr leid in ihrer Verlassenheit.

Das Kämmerchen neben Fräulein Herters Zimmer war schnell zurechtgemacht worden.

Als es fertig war, bat sie das Mädchen, für die Kleine ein Glas Milch und ein Butterbrot zu bringen.

Fräulein Herter wusch nun Liselotte und hüllte sie in ein abgelegtes Nachthemd von Baronesse Lori, denn man hatte Liselottes Sachen noch nicht aus der ›Weißen Taube‹ geschickt.

Als die Milch gebracht wurde, redete das Fräulein Liselotte zu, etwas zu sich zu nehmen. Liselotte wollte sich auch artig dazu zwingen. Aber dabei übermannte sie der Jammer wieder und sie legte sich in das schmale Bett und barg ihr Gesicht in den Kissen. Dieses trostlose Weinen rührte Fräulein Herter ungemein. Sie vergaß alle Mißstimmung über die Erkenntnis, was dieser Tag dem armen Kind geraubt hatte. Sie beugte sich herab über das schluchzende Kind und sagte liebevoll:

»Weine doch nicht mehr, mein armes Kind. Du machst dich ganz krank. Deine Mutter ist bei den Engeln im Himmel und sie wird sehr betrübt sein, wenn sie sieht, daß ihre kleine Liselotte weint.«

Da richtete sich Liselotte empor und sah mit erwachendem Vertrauen in das Gesicht des Fräuleins. Es war nicht schön und fein, wie das ihrer süßen Mutter. Aber die Augen blickten doch sanft und gut und nicht so kalt wie die der Baronin und der kleinen Baronesse.

»Mutter hat gesagt, sie geht zu Vater. Ist sie nun bei ihm?« fragte sie leise.

»Ja, mein Kind, Mutter und Vater sind zusammen im Himmel.«

»Vater macht doch eine große Reise.«

»Ja, ja, bis in den Himmel. Und da ist Mutter auch und blickt herab auf ihr kleines Mädchen.«

»Sieht mich Mutter jetzt auch?« forschte Liselotte schluchzend.

»Gewiß, Liselotte.«

»Aber ich sehe sie nicht. Liegt sie nicht mehr in Tante Schulz' Bett?«

»Nein, sie ist weit fort und du kannst sie nicht sehen. Aber sie ist sehr traurig, wenn du weinst, und du willst doch die arme Mutter nicht betrüben?«

»Nein.«

»Nun siehst du. Und wenn du nun artig einschläfst, dann kommt sie mit all den lieben Engelein zu dir und tröstet dich.«

Liselotte wischte sich die Tränen ab.

»Dann will ich schnell schlafen. Bringt Mutter denn auch Vater mit?«

»Ja, Kind, sie werden immer um dich sein, auch wenn du sie nicht siehst. Nun komm, trink noch ein Schlückchen Milch, sonst grämt sich Mutter, daß du hungrig schlafen gehst.«

Da trank Liselotte gehorsam und ein wenig getröstet die Milch zur Hälfte aus. Dann legte sie sich nieder und schloß die Augen, nachdem sie, wie sie es gewohnt war, ihr Gebet gesagt hatte.

Als die Erzieherin an diesem Abend zur Ruhe ging, da trieb es sie noch einmal in das Kämmerchen hinüber zu der kleinen Waise. Sie tastete sich leise im Dunkeln nach dem schmalen Bettchen. Lauschend beugte sie sich hinab, um den Atemzügen zu lauschen.

Plötzlich fühlte sie sich von zwei weichen Ärmchen umschlungen. »Süße Mutter, bist du endlich da? Ich habe die Augen ganz fest zugemacht. Das gute Fräulein Herter hat mir gesagt, daß du kommst. Bist du nun ein Engel, süße, liebe Mutter?«

So flüsterte ein leises Stimmchen an ihrem Ohr, und ein weiches, warmes Kinderkörperchen schmiegte sich an sie.

Fräulein Herter war es ganz wunderlich zumute. Sie brachte es nicht über sich, dem armen Kind den frommen Wahn zu rauben. Zärtlich streichelte sie die dunklen Locken – wie nur Mutterhände streicheln – und küßte die weiche Wange des Kindes.

»Schlaf, mein Kind, wenn du sprichst, muß ich fortgehen«, flüsterte sie wie ein Hauch, um sich nicht zu verraten. Da legte sich Liselotte aufatmend zurück.

Und Fräulein Herter blieb regungslos sitzen, streichelte das Lockenköpfchen und wartete, bis das Kind eingeschlummert war.

So ging das nun viele Tage lang.

Jeden Abend huschte Fräulein Herter noch einmal an das Bettchen Liselottes. Meist schlief das Kind bereits. Aber wenn es einmal wachte, dann wurde es stumm und zärtlich von Fräulein Herter geherzt und geküßt, wie das sonst nur eine Mutter tut.

In Fräulein Herters Herz hatte sich die kleine Waise schnell ein warmes, sicheres Plätzchen erobert und auch Junker Hans war stets lieb und gut zu ihr, wenn er einmal Zeit für sie hatte. Um seine Schwester nicht noch mehr gegen Liselotte aufzureizen, erwies er ihr aber nur ganz verstohlene kleine Liebkosungen.

Sonst war aber auch kein Mensch im ganzen Schlosse lieb und gut zu ihr. Der Baron und seine Gemahlin kümmerten sich gar nicht um ihren Schützling. Ihre Zeit war anderweitig in Anspruch genommen. Sie führten ein großes Haus, gaben viel Gesellschaften und lebten ziemlich verschwenderisch. Das Geld wurde für äußeren Glanz mit vollen Händen hinausgeworfen, und dann fehlte es manchmal am Nötigsten.

Die Mahlzeiten sollte Liselotte vorläufig mit Fräulein Herter zusammen auf deren Zimmer einnehmen«, bis das Kind erst einmal sich gesittet bei Tisch benehmen kann,« sagte die Baronin.

Fräulein Herter hatte schon herausgefunden, daß Liselotte ihre Mahlzeiten viel »gesitteter« einnahm als die kleine Baronesse, die oft recht unartig war. Aber natürlich sagte die Erzieherin das nicht. Aber als die Baronin dann fortfuhr: »Sie sorgen dafür, liebes Fräulein, daß die Kleine sich so benehmen lernt, daß man sie um sich dulden kann«, antwortete das Fräulein höflich: »Frau Baronin verzeihen, aber das Kind ist außerordentlich gut erzogen. Man merkt, daß seine Eltern gebildete Menschen waren.«

Dieser Einwurf störte die Baronin jedoch.

»Mag sein, Fräulein, aber sie wird doch noch manches lernen müssen, vor allem auch den nötigen Ton uns gegenüber. Man muß ihr begreiflich machen, daß allzu große Vertraulichkeit nicht angebracht ist. Sie verstehen mich, Fräulein?«

Fräulein Herter vertsand, daß man recht deutlich unterstreichen wollte, daß Liselotte nicht zu der vornehmen Familie des Barons gehörte, sondern daß sie nur das Gnadenbrot im Schlosse aß. Diese

Gewißheit nahm Fräulein Herters Herz noch mehr für die Waise ein.

Ich verstehe, Frau Baronin«, sagte sie, sich verneigend. – Ihr Mitleid mit Liselotte wurde nach dieser Unterredung noch viel stärker, und dieses Mitleid vertiefte ihre Liebe zu dem verlassenen Kinde.

Ach, und wie nötig hatte die arme kleine Liselotte jetzt ein wenig Liebe. Es begann eine schlimme Zeit für sie. Sie, die bisher mit so viel Liebe umgeben worden war, schien allen Bewohnern von Schloß Bodenhausen, mit Ausnahme des Junkers und des Fräuleins, ein Dorn im Auge zu sein. Die Dienstboten, die sehr wohl merkten, wie lästig der Herrschaft im Grunde das fremde Kind war, ließen alle schlechte Laune an Liselotte aus. Der Baron und seine Gemahlin bekümmerten sich nicht um sie und Baronesse Lori quälte und kränkte sie ohne Unterlaß. Mit gehässigen Worten, mit Stößen und Püffen rächte sie sich an Liselotte dafür, daß sie die Eltern zwangen, mit Liselotte zu lernen und zu spielen.

Wenn sie einmal sah, daß ihr Bruder lieb und freundlich zu Liselotte war, dann war sie doppelt garstig zu ihr und schalt sie: »Abscheuliche Bettelprinzeß«. Wie tat der armen kleinen Waise da manchmal das Herz weh. Liselotte lernte aber bald, ihre Tränen zu unterdrücken und stumm zu leiden, denn sie merkte, daß ihr niemand half gegen die böse Lori. Ihr ganzer Trost war, wenn Junker Hans zuweilen verstohlen ihre Locken streichelte und ihr ein gutes Wort sagte.

»Sei tapfer, kleine Liselotte, weine nicht«, sagte er zu ihr, wenn er merkte, wie böse Lori zu ihr war.

Dann fühlte sich Liselotte wunderbar getröstet und der ganze Liebesreichtum ihres verlasssenen Gemüts gehörte dem Junker.

Sie merkte aber auch bald, daß sich ihr noch ein Herz in Liebe zugewandt hatte – das gute Fräulein Herter, wenn diese es auch nicht in Gegenwart der anderen Menschen zeigte, wie lieb sie Liselotte gewonnen hatte. Wenn sie aber allein waren, konnte das Fräulein so liebevoll trösten und beruhigen wie eine Mutter.

»Sei nicht traurig, meine kleine Liselotte. Lori meint das gar nicht so schlimm. Man muß sich mancherlei im Leben gefallen lassen, wenn man arm ist. Daran wirst du dich gewöhnen. Aber ich habe dich lieb und Junker Hans auch. Daran denke, wenn dich Lori kränkt, und schweige still dazu.«

Damit tröstete sich die Kleine und kam zugleich den Befehlen der Baronin nach. Wenn die Herrschaft zuweilen mit Lori fortgefahren war, dann ging auch Fräulein Herter schnell einmal mit Liselotte in die »Weiße Taube«. Da wurde das Kind von »Tante Schulz« und dem »guten Heinrich« voll Liebe aufgenommen.

Als Liselotte erst ein wenig verständiger wurde, führte sie Fräulein Herter auch zuweilen an das Grab ihrer Mutter. Liselotte durfte es mit selbstgepflückten Blumen schmücken und lernte langsam begreifen, was es heißt, wenn ein Mensch »tot« ist.

Aber bis es soweit kam, weinte Liselotte des Abends in ihrem Bettchen noch manche Sehnsuchtstränen, schlang noch manchmal schlaftrunken ihre Arme um das gute Fräulein und nannte sie in zärtlichen Lauten »süße Mutter«.

Da wurde Fräulein Herter immer so weich und warm zumut, als sei Liselotte wirklich ihr eigenes Kind.

Jahre waren vergangen.

Liselotte hatte ihre süße Mutter nicht vergessen, aber sie hatte sich nun schon lange daran gewöhnt, mit allen Sorgen und Kümmernissen ihres kleinen Herzens zu Fräulein Herter zu flüchten, die zum Glück noch immer im Schlosse war. Liselotte zählte jetzt zehn Jahre. Sie durfte schon lange mit Fräulein Herter mit am Tisch der Herrschaft essen, saß am unteren Ende der Tafel und wußte, daß sie sich sehr still und bescheiden zu verhalten hatte und nur reden durfte, wenn sie gefragt wurde.

Einen großen Schmerz hatte Liselotte gehabt, als Junker Hans von zu Hause fortging. Er war zu einem Gymnasialprofessor in Pension gekommen und besuchte das Gymnasium. Nur in den Ferien kam er nach Hause. Später sollte er studieren, bis er eines Tages seines Vaters Nachfolger werden würde.

Niemand freute sich so sehr, wenn Junker Hans nach Hause kam, als Liselotte. Tagelang vorher lief sie schon mit verklärten Augen umher. Und noch geduldiger als sonst ließ sie sich von Lori quälen und kränken und von den Dienstboten herumstoßen. Heimlich schmückte sie immer sein Zimmer mit Blumen, um ihn zu erfreuen.

Baronesse Lori war mit zehn Jahren durchaus nicht liebeswürdiger geworden, als mit fünf. Doch ihre Mutter fand an Lori alles recht und gut, und so konnte Fräulein Herter nicht viel tun, um diese Untugend zu unterdrücken. Beschwerte sie sich je einmal bei der Baronin, dann sagte diese, die selbst sehr stolz war:

»Lassen Sie Lori nur gewähren. Sie hat sehr viel Eigenart und sie soll sich ja auch bewußt sein, daß sie auf ihren Namen stolz sein kann.«

Lori nahm sich das Recht, Liselotte wie ihre Sklavin zu behandeln. »Heb mir den Ball auf!« – »Geh mir aus dem Wege!« – »Du sollst meine Spielsachen einräumen!« so schwirrten Loris Befehle für Liselotte durcheinander.

Fräulein Herter durfte um Himmelswillen nicht merken lassen, daß sie Liselotte lieb hatte.

So war die arme Liselotte eine Art Prügelknabe im Schlosse.

Ihre Augen blitzten manchmal wie in heißem Stolze auf, wenn sie so namenlos gedemütigt wurde. Sie war keine knechtische Natur. Das Blut in ihren Adern wehrte sich oft genug gegen die Demütigungen. Dann warf sie das Köpfchen zurück wie in stolzer Abwehr, rasche, zornige Worte wollten über ihre Lippen und ihre schönen dunklen Augen flammten auf. Aber dann brauchte Fräulein Herter nur verstohlen den Finger zu heben und sie bittend anzusehen, dann bezwang sie sich rasch und ließ gelassen alles über sich ergehen.

Wenn sich Liselotte dann zuweilen bei Fräulein Herter darüber beschwerte, so tröstete das gute Fräulein wieder.

»Unrecht leiden ist besser, als Unrecht tun, mein liebes Kind. Ich weiß, daß du keine Strafe verdient hast, weiß, daß Lori schuldig ist. Gräme dich nicht darum, der liebe Gott sieht in die Herzen der Menschen und weiß, weshalb er dir diese Prüfung auferlegt.« –

Es war wieder einmal die Zeit herangekommen, da man Junker Hans in den Ferien erwartete.

Liselotte war glückselig. Ganz früh am Tage seiner Ankunft war sie aufgestanden und mit einem Körbchen am Arm ins Dorf gegangen.

Nur Fräulein Herter wußte, was sie vorhatte.

Zuerst ging sie ans Grab ihrer Mutter, um zu beten. Das tat sie, so oft sie im Schlosse abkommen konnte. Wie immer war das Grab schön gepflegt und geordnet. Das ließen sich Frau Martha Schulz und der lange Heinrich nicht nehmen. Sie schmückten und hielten das Grab, als sei es das eines lieben Angehörigen. Auch Liselotte schmückte es oft mit frischen Wiesenblumen. Meist tat sie das in den frühesten Morgenstunden, wenn Lori noch schlief. Nachdem Liselotte ihr Gebet verrichtet hatte, nahm sie ihr Körbchen wieder auf und eilte in die »Weiße Taube«. Heinrich stand am Gartenzaun, im Begriff, die Planken neu zu streichen.

»Guten Morgen, lieber Heinrich!« rief ihm Liselotte zu.

Der große starke Mensch richtete sich hastig auf und sah sich mit strahlenden Augen nach ihr um.

»Ei, das Liselottchen! So früh bist du schon wieder auf den Beinen!« rief er vergnügt. – Sie lachte froh über das Wiedersehen mit dem alten guten Freund.

»Wie du siehst, Heinrich. Wo steckt denn Tante Schulz?«

»Drinnen im Gastzimmer, Liselottchen, geh nur zu ihr. Aber hör mal, eh du wieder fortgehst, kommst du nochmal in den Garten. Die Kirschen sind reif, ich will dir gleich ein paar Hände voll pflücken für den Heimweg.«

Sie dankt ihm warm: »Guter, lieber Heinrich!«

Liselotte nickte ihm zu und ging ins Haus. Als sie ins Gastzimmer trat, sah sie Frau Schulz über ihren Rechnungsbüchern sitzen. Die lederne Geldtasche lag neben ihr.

»Guten Morgen, Tante Schulz!«

Frau Schulz sprang sogleich auf.

»Ach, die Liselotte! Guten Morgen, mein liebes Kind, bist du endlich mal wieder da? Wir haben schon alle auf dich gewartet. Machst dich ja so rar?« sagte sie, Liselotte in ihre Arme nehmend.

»Ach du weißt ja, Tante Schulz, ich kann nicht so oft fort. Nur früh, wenn Lori noch schläft.«

Frau Schulz streichelte ihre Wangen.

»Sie quält dich natürlich immer noch, die stolze Baronesse, nicht wahr?«

Liselottes Augen trübten sich, aber hastig strich sie darüber hin.

»Ich bin es schon gewöhnt, Tante Schulz.«

»Du armes Mäuschen – wenn das deine gute Mutter wüßte!« entfuhr es den Lippen der Wirtin.

»Aber Tante Schulz, Mutter weiß das alles, sie sieht und hört alles, was mit mir geschieht, und hält schützend ihre Hand über mich. Sie schickt mir gute Menschen, wie dich und Heinrich. Fräulein Herter und Junker Hans, damit ich nicht verzage.«

Frau Schulz nickte hastig und gerührt.

»Natürlich, mein Mäuschen, ich meine nur so. Und warte nur, wenn du groß bist, dann wird alles anders. Warst du schon an deiner guten Mutter Grab?«

»Ja, Tante Schulz. So schön ist's dort. Die Vergißmeinnicht, die Heinrich ringsum gepflanzt hat, sind aufgeblüht.«

»Oh, wir sorgen schon dafür, daß das Grab immer mit Blumen geschmückt ist. Aber was willst du mit dem Körbchen Liselotte?«

»Ach, Tante Schulz – ich habe eine große Bitte an dich.«

»Nun, dann heraus damit, Liselotte. Du weißt, wenn ich kann, erfülle ich sie dir gern.«

»Hast du nicht ein paar Rosen für mich, Tante Schulz? Heute kommt Junker Hans nach Hause und ich möchte ihm ein paar Rosen auf sein Zimmer stellen. Er freut sich sicher darüber. Im Schloßgarten darf ich keine pflücken, das ist verboten, und der Gärtner gibt mir auch keine. Du hast doch so schöne Rosen im Garten.«

Frau Schulz nickte.

»Und ob ich die habe, Mäuschen. Du sollst die schönsten kriegen, die aufgeblüht sind.«

»Ich habe aber nicht viel Zeit, Tante Schulz.«

»Ja, ja, ich weiß schon. Warte nur einen Augenblick, ich will nur meine Bücher wegschließen und meine Tasche umhängen. So – nun komm, ich schneide dir Rosen ab und Heinrich soll dir schnell noch Kirschen pflücken.«

Liselotte lachte.

»Das tut er schon, Tante Schulz, er hat mich schon gesehen.«

»So? Nun, dann wird er wohl eilig mit seinen langen Beinen auf den Kirschbaum geklettert sein.«

Sie gingen in den Garten, und Liselotte durfte sich selbst die schönsten Rosen aussuchen. Frau Schulz schnitt sie ab und legte sie sorglich zwischen taufrisches Gras in das Körbchen.

»So, Mäuschen, die bleiben frisch, bis du nach Hause kommst«, sagte sie befriedigt.

Nun kam auch Heinrich herbei mit frischgepflückten Kirschen. »So, Liselottchen, da hast du eine tüchtige Menge. Nun laß sie dir gut schmecken, so feine Kirschen gibt's im ganzen Dorf nicht nochmal«, sagte er und schüttelte die Kirschen sorglich neben die Rosen. Liselotte dankte herzlich für beides, nahm Abschied und eilte ins Schloß zurück. Lori war noch nicht sichtbar. Schnell stellte sie die Rosen in eine Vase mit frischem Wasser und trug sie in das Zimmer des Junkers. Das lag denen seiner Schwester gegenüber. Da, gerade, als sich Liselotte wieder leise aus dem Zimmer schlich, wurde gegenüber die Tür geöffnet, Lori stand vor ihr.

»Was tust du denn da in meines Bruders Zimmer?« fragte diese schroff.

Liselotte war vor Schrecken dunkelrot geworden.

»Ich – ach – ich habe nur – etwas hineingetragen«, stotterte sie.

»Lüge! Du hast drinnen herumgestöbert.«

Lori traute immer anderen Menschen zu, was sie selber zu tun pflegte.

Liselotte hob stolz den Kopf.

»Ich lüge nie, Lori, du weißt es«, sagte sie mit bebender Stimme.

»Schweig! Natürlich lügst du. Jedenfalls hast du nichts in meines Bruders Zimmer zu suchen. Warte nur, ich werde ihm sagen, daß du in seinem Zimmer herumspionierst.«

Liselotte biß sich auf die Lippen. Sie wurde ganz bleich vor Angst, daß Lori ihre Drohungen wahrmachen und Junker Hans etwas Schlechtes denken könnte. Sie brachte kein Wort mehr über die Lippen und sah nur ihre Peinigerin mit einem wehen Blick an.

Liselotte trat ins Schulzimmer und legte für sich und Lori die Bücher zurecht. Ein Blick in diese Schulhefte hätte genügt, um festzustellen, daß Lori die bei weitem schlechtere Schülerin war. In ihren Heften sah es betrüblich aus. Wie sauber und ordentlich waren dagegen Liselottes Hefte.

Fräulein Herter stellte Liselotte der Baronesse nicht gern als Muster hin, um Loris Groll nicht zu verstärken, aber einmal, als sich die Baronin beschwerte, daß Lori so schlechte schriftliche Arbeiten lieferte, sagte sie doch zu dieser:

»Nimm dir doch ein Beispiel an Liselotte, du könntest wirklich sehr viel von ihr lernen.«

Da warf Lori den Kopf zurück.

»Ich bin die Baronesse Bodenhausen und brauche mir kein Beispiel zu nehmen. Ich werde es Mama sagen, daß sie mir Liselotte immer vorziehen.«

»Das wirst du nicht tun, denn eine Baronesse Bodenhausen darf vor allen Dingen nicht lügen, und wenn du das sagen würdest, wäre es eine Lüge«, antwortete das Fräulein bestimmt.

Liselotte hatte sich, als sie alle Vorbereitungen zum Unterricht getroffen hatte, still hinter ihr Schulpult gesetzt. Es war dasselbe, das früher Junker Hans gehört hatte. Lori trat mit Fräulein Herter zusammen ein.

»Muß denn heute unbedingt Unterricht sein, Fräulein, da doch mein Bruder erwartet wird? Wenn er Ferien hat, kann ich doch auch welche haben«, sagte Lori mißmutig.

»Dann hättest du vorher besser lernen sollen, Lori. Du bist noch so weit zurück, daß ich keine Stunde ausfallen lassen kann.«

Lori zog ein Mäulchen.

»Ach, wenn Mama will, bekomme ich doch frei.«

»Sie will aber zum Glück nicht. Nun setz dich.«

Liselotte vermochte heute nicht so aufmerksam wie sonst zu folgen, sie mußte immer an Junker Hans denken, und daß er nun bald da sein würde. Ob er noch immer lieb und gut zu ihr sein und ob er sich ein wenig über die Rosen freuen würde?

»Liselotte, du bist unaufmerksam«, tadelte Fräulein Herter.

Sie tadelte mit Absicht selbst den kleinsten Fehler an Liselotte, damit Lori keine Veranlassung finden sollte, zu sagen, daß sie Liselotte bervorzuge. Liselotte wußte auch, daß ihr liebes gutes Fräulein das nicht schlimm meinte. Aber heute erschrak sie doch. Sie war wirklich sehr unaufmerksam gewesen.

»Verzeihung, Fräulein Herter, ich will besser acht geben«, sagte sie bittend.

Endlich war die Unterrichtsstunde zu Ende. Und da kam auch schon der Wagen mit Junker Hans vom Bahnhof zurück.

Lori ließ alles stehen und liegen und eilte hinaus, um den Bruder zu begrüßen, den sie wirklich auf ihre Art liebhatte.

Fräulein Herter hatte das Zimmer schon verlassen. Liselotte räumte nun schnell die Bücher fort und ging dann mit klopfenden Herzen hinaus. Oben von der Treppe aus blickte sie in die große Halle hinab und sah, wie Junker Hans von seinen Eltern und Lori begrüßt wurde.

Ihre Augen hingen sehnsüchtig an der schönen schlanken Jünglingsgestalt da unten. Junker Hans zählte jetzt achtzehn Jahre. Er war groß und kräftig gewachsen, zu seinem dunkelbraunen Haar und dem gebräunten Gesicht wirkten die warmen, grauen Augen hell und freundlich.

Als er Eltern und Schwester warm und herzlich begrüßt hatte, sagte er, sich umsehend:

»Wo ist denn Liselotte?«

Am liebsten wäre diese die Treppe hinabgeeilt, um ihn zu begrüßen. Aber sie wagte es nicht. Wußte sie doch, daß es sich für sie nicht schickte, sich in den Familienkreis zu drängen. Aber sie war glücklich, daß Hans nach ihr fragte.

Als die andern die Treppe heraufkamen, floh sie leise in ihr Kämmerchen zurück. Dort saß sie mit klopfendem Herzen und lauschte hinaus. Sie hörte Stimmen in lautem Gespräch, Loris schrille Stimme klang seltsam spitz gegen den warmen dunklen Ton des Junkers, dann wurden Türen geöffnet und geschlossen, und nun war es still.

Liselotte atmete tief auf. Jetzt saßen sie wohl alle zusammen drüben im Zimmer der Frau Baronin und unterhielten sich. Ob Junker Hans sie wohl ein ganz klein wenig vermißte? Endlich hielt sie es in dem engen Kämmerchen nicht mehr aus. Zu Fräulein Herter hinüber durfte sie jetzt nicht, die verbesserte Hefte und wollte nicht gestört sein.

So trat Liselotte wieder auf den langen Gang hinaus.

Und sie hatte Glück. Junker Hans wollte sich eben in sein Zimmer zurückziehen, um sich umzukleiden, und begegnete ihr. Mit seinem guten, freundlichen Lächeln streckte er ihr die Hand entgegen.

»Da bist du ja endlich, Liselotte! Willst du mir denn gar nicht guten Tag sagen?«

Sie faßte aufatmend seine Hand und sah ihn mit leuchtenden Augen an.

»Ach, ich bin so froh, daß du wieder einmal daheim bist, lieber Hans.«

Er lachte gerührt.

»Wirklich? Und doch hast du dich noch gar nicht sehen lassen, um mich zu begrüßen?«

Sie wurde rot.

»Ich stand hier oben an der Treppe und habe dich schon gesehen. Aber ich wagte es nicht, zu dir zu kommen.«

Er streichelte verstehend ihr seidiges Haar.

»Ach so! Arme, kleine Bettelprinzeß, darfst nicht einmal tun, wozu dein Herz dich treibt. Lori hält dich wohl immer noch im Bann? Nun, gräme dich nicht, ich freue mich desto mehr, daß ich dich wiedersehe, wenn es auch ein wenig später geschieht. Du bist wahrhaftig schon wieder ein Stück gewachsen, seit ich zuletzt zu Hause war.«

»Du aber auch – du bist groß wie ein richtiger Herr«, sagte sie.

Wieder lachte er gutmütig.

»Da fehlt noch viel, Liselotte. Aber nun muß ich mich umziehen. Bei Tisch sehen wir uns wieder. Und ich habe dir auch etwas mitgebracht, das lege ich dir in dein Zimmerchen, wenn ich auspacke.«

Sie drückte schmeichelnd seine Hand an ihre heiße Wange.

»Guter, lieber Hans.«

Wieder streichelte er sie lächelnd.

»Liebe kleine Liselotte! Also auf Wiedersehen nachher.«

Er nickte ihr zu und verschwand in seinem Zimmer.

Glückselig ging Liselotte in ihr Kämmerchen zurück. Ihr war zumute, als scheine die Sonne viel heller, seit Hans wieder in Bodenhausen war.

Bei der Mittagstafel, die heute ein festliches Gepräge trug, herrschte eine sehr frohe Stimmung. Die Eltern und Lori freuten sich, daß Hans zu Hause war. Liselotte saß stumm und bescheiden, wie immer, am unteren Ende der Tafel neben Fräulein Herter. Aber wenn auch selten jemand das Wort an sie richtete, so konnte sie doch Hans wenigstens ansehen und zuweilen einen freundlichen Blick von ihm erhaschen. Kein Wort entging ihr, das er sprach.

Nach Tisch pflegte sich der Baron und seine Gemahlin zu einem

Ruhestündchen zurückzuziehen. Fräulein Herter hatte noch zu tun, und so sagte Hans, als sich seine Eltern zurückgezogen hatten, zu ihr:

»Ich werde mit Lori und Liselotte in den Park gehen!«

Lori ärgerte sich, daß Liselotte mitgehen sollte.

»Dich können wir eigentlich gar nicht brauchen«, sagte sie schroff.

Liselotte wollte sich betrübt zurückziehen, aber Hans hielt sie scherzend an ihrem dicken Zopf fest, den er wohlgefällig betrachtete.

»Nichts da – hier wird nicht ausgerissen, Liselotte, du kommst mit.«

»Ach, laß sie doch«, schmollte Lori.

Junker Hans zog aber Liselotte an der Hand mit sich fort und übersah Loris Schmollen.

Sie suchten das hübsche, offene Gartenhaus auf im Park, und Lori warf sich dort, noch immer mit trotzigem Gesicht, wie eine große Dame in einen Korbsessel. Ihr Bruder nahm ihr gegenüber Platz und zog Liselotte freundlich an seine Seite.

Dazu machte Lori böse Augen.

»Sei nur nicht so gut zur Bettelprinzeß, sie verdient es nicht«, sagte sie gehässig. Liselotte saß nur schüchtern auf der Ecke ihres Stuhls und sah Lori erschrocken an.

»Warum verdient das Liselotte nicht, Lori?« fragte Hans ruhig.

»Weil sie in deinem Zimmer herumstöbert. Ich habe sie erst heute morgen dabei erwischt.«

Liselotte wurde dunkelrot und preßte die Hände krampfhaft zusammen. Sie war es gewöhnt, von Lori verleumdet zu werden, und verteidigte sich nie gegen solche Angriffe. Aber heute kam es sie besonders hart an, zu schweigen, denn um alles in der Welt wollte sie Hans nicht verächtlich erscheinen.

Sie sah mit ihren großen, schönen Augen flehend zu Hans empor. Ihre Lippen preßten sich fest aufeinander, um kein Wort der Verteidigung herauszulassen. Denn, wenn sie sich verteidigte, mußte sie ja auch eingestehen, daß sie die Rosen auf sein Zimmer gestellt hatte. Und das wollte sie nicht.

Hans sah Liselotte forschend an.

»Ist das wahr, Liselotte? Warst du in meinem Zimmer?«

»Natürlich war sie drinnen, ich sage dir doch, daß ich sie erwischt habe!« rief Lori schrill dazwischen und sah Liselotte drohend an.

»Ich will es trotzdem von Liselotte selbst hören. Also sprich, Liselotte, warst du in meinem Zimmer?«

»Ja«, antwortete sie leise.

»Und was wolltest du dort?« fragte er weiter.

»Herumkramen und spionieren, ich sage es dir ja!« rief Lori erbost.

»Schweig doch, Lori, ich will von Liselotte selbst die Wahrheit hören. Hörst du wohl, Liselotte, – die Wahrheit. Ich weiß, du wirst mich nicht belügen.«

Liselotte nahm ihr Herz in beide Hände. Sie schluckte tapfer die Tränen hinunter. Nun mußte sie doch ihr Geheimnis preisgeben. Lügen konnte sie nicht.

»Ich – ich hatte nur einen Strauß Rosen in dein Zimmer gestellt – zum Willkommen«, sagte sie leise.

»Ach – die schönen Rosen auf dem Schreibtisch?«

»Ja.«

»Das lügt sie. Die Rosen wird wohl Mama auf deinen Schreibtisch gestellt haben. Sie darf ja keine Rosen abpflücken und der Gärtner gibt ihr keine, das weiß ich!« rief Lori gehässig.

»Doch – ich habe die Rosen hingestellt«, beharrte Liselotte.

»Dann hast du sie gestohlen«, schrie Lori heftig.

Liselotte fuhr auf und wurde ganz bleich.

»Ich stehle nicht!« rief sie mit seltsam klingender Stimme und in ihren Augen flammte ein edler Stolz.

»Pah! Dann kannst du die Rosen auch nicht auf Hans' Zimmer gestellt haben. Das sagst du nur, um dich herauszureden.«

Hans sah in Liselottes bleiches, zuckendes Gesicht. Sie tat ihm schrecklich leid. Er hätte die Sache auf sich beruhen lassen, aber er wollte nicht, daß auf Liselotte ein schlimmer Verdacht ruhen bleibe.

»Du wirst es mir sagen, Liselotte, woher du die Rosen hast.«

Liselotte strich sich die Locken aus der Stirn und sah ihn offen und ehrlich an.

»Ich habe sie von Frau Schulz.«

»Aus der ›Weißen Taube?«

»Ja.«

»Ha, das ist wieder gelogen. Sie ist ja seit Tagen nicht aus dem Schlosse gekommen, das weiß ich doch«, triumphierte sie.

Sie hoffte, Liselotte zu überführen.

»Schweig doch, Lori, und sprich nicht so häßliche Anschuldigungen aus. Laß Liselotte doch ungehindert sagen, wie sie zu den Rosen gekommen ist. Also sprich, Liselotte.«

Ich bin heute morgen sehr zeitig aufgestanden. Das tue ich oft, um an das Grab meiner Mutter zu gehen. Auch heute war ich erst am Grabe meiner Mutter und dann bin ich in die ›Weiße Taube‹ gegangen. Frau Schulz gibt mir manchmal Blumen für meiner Mutter Grab. Und heute bat ich sie um einige Rosen und sagte ihr auch, wozu ich sie haben wollte. Da durfte ich mir die schönsten aussuchen. Ich trug sie in einer Vase auf dein Zimmer. Als ich wieder herauskam, sah mich Lori und schalt, ich hätte in deinem Zimmer gestöbert. Aber das hab ich nicht getan, würde es nie, niemals tun. Ich wollte dir nur eine kleine Freude machen. Bitte, sei nicht böse.«

Er strich ihr, gerührt lächelnd über das Haar.

»Arme kleine Bettelprinzeß! Um mir eine Freude zu machen, stehst du so früh auf und läufst ins Dorf, und dafür wirst du noch verdächtigt. Wie soll ich dir böse sein? Dann waren sicher auch früher die Blumen von dir, die ich stets bei meiner Heimkehr auf meinem Schreibtisch fand, und die mich so erfreuten?«

Glücklich und froh aufatmend nickte Liselotte.

Hans wandte sich an seine Schwester.

»Nun siehst du wohl ein, daß du Liselotte unrecht getan hast, nicht wahr?«

Lori warf den Kopf zurück.

»Geschieht ihr schon recht. Warum ist sie immer so aufdringlich. Was hat sie dir Blumen auf dein Zimmer zu stellen, das kann ich tun.«

»Aber du hast es nie getan.«

»Weil ich nicht daran gedacht habe. Sie hätte es mir ja sagen können. Aber aufdringlich ist sie immer gewesen. Und überhaupt – du darfst gar nicht leiden, daß sie dich mit ›Du‹ und ›Hans‹ anredet. Du bist längst erwachsen. Die Diener und Fräulein Herter dürfen dich auch nicht duzen.«

»Bei Liselotte ist das etwas anderes.«

»Nein, sie ist uns eben so fremd. Du darfst es nicht leiden.«

»Darüber hast du nicht zu entscheiden, Lori.«

»Aber Mama wird es tun. Du bist viel zu gut und hast gar keinen Stolz. Du bist gegen Untergebene viel zu freundlich. Das ist eines Barons Bodenhausen nicht würdig.« – Hans lachte ärgerlich.

»Nun, dafür hast du Stolz für zehn Mann. Sei so gut und mache kein weiteres Aufheben davon. Ich will, daß mich Liselotte auch in Zukunft wie ihren Pflegebruder betrachtet und ›du‹ und ›Hans‹ zu mir sagt.«

»Oh, du sollst schon sehen, daß es Mama verbieten wird. Ich werde sie jedenfalls darauf aufmerksam machen, daß es unschicklich ist.«

Er erhob sich rasch.

»Schäme dich doch, Lori. Wie kannst du nur so häßlich zu Liselotte sein.«

Er sah dabei so streng und böse aus, daß Lori erschrocken schwieg und sich schmollend in den Sessel zurückwarf. Liselotte saß blaß und zitternd dabei und die Tränen würgten sie im Halse.

Hans wandte sich ihr voll Mitleid zu.

Es kam nun keine frohe Stimmung mehr auf. Lori schmollte weiter und Hans sprach mit Liselotte über das, was er im Gymnasium gelernt hatte und ließ sich auch von ihr über den Unterricht berichten. –

»Du mußt nicht mehr leiden, Mama, daß Liselotte Hans ›du‹ nennt«, sagte Lori später zu ihrer Mutter.

Die Baronin fand, daß Lori recht hatte. Das ging nicht mehr an. Und schon an demselben Abend sagte sie bei Tisch kurz und unfreundlich zu Liselotte: »In Zukunft sagst du nicht mehr du zu

Junker Hans, sondern nennst ihn, wie alle anderen, die nicht zur Familie gehören, ›Sie‹ und ›Junker Hans‹. Das gehört sich so. Fräulein Herter hat wohl vergessen, dich darauf aufmerksam zu machen.«

Fräulein Herter bekam einen roten Kopf und entschuldigte sich, und Liselotte machte mit niedergeschlagenen Augen eine Verbeugung und sagte:

»Sehr wohl, Frau Baronin.«

»Wie eine Dienerin wird das arme Ding behandelt, und daran ist nur Lori schuld«, dachte Hans und sah vorwurfsvoll zur Schwester hinüber. Die aber warf triumphierend den Kopf zurück.

Als Junker Hans Lieselotte nach dem Abendessen allein auf dem Gang traf, sagte er tröstend:

»Das tut nichts, Liselotte, deshalb bleiben wir doch die alten guten Freunde. Und auf deinem Zimmer liegt etwas für dich.«

Sie atmete auf und drückte ihm dankbar und glückstrahlend die Hand.

Als Liselotte in ihr Kämmerchen kam, lag auf ihrem Tisch ein kleines Paket. Darauf stand, von des Junkers Hand geschrieben:

»Für meine kleine Liselotte mitgebracht.«

Mit zitternden Händen packte es Liselotte aus. Das Paket enthielt ein Märchenbuch mit vielen schönen Bildern und eine reizende Schokoladenpackung. Sie drückte beides voll Entzücken an ihr Herz.

»Lieber, lieber Hans, du bist so gut zu deiner armen kleinen Bettelprinzeß«, flüsterte sie und die hellen Tränen liefen ihr über die Wangen.

Liselotte hörte Fräulein Herter drüben in ihrem Zimmer. Sie nahm ihren Schatz und klopfte an die Verbindungstür. Fräulein Herter hieß sie eintreten.

»Fräuleinchen – mein liebes, gutes Fräuleinchen!« rief Liselotte und warf sich in ihre Arme.

»Hans – ich meine Junker Hans – hat mir gesagt, daß er mein Freund bleibt. Sieh doch nur, was er mir schenkte!«

Wenn sie allein waren, nannte Liselotte ihr geliebtes Fräulein immer du. Das durfte sonst niemand hören. Glückstrahlend zeigte Liselotte das Märchenbuch und die Schokolade.

»Von der Schokolade mußt du mitessen, liebes Fräulein, sonst schmeckt sie mir nicht«, sagte Liselotte und gab nicht eher Ruhe, bis Fräulein Herter zugelangt hatte.

»Ich habe dir doch schon die Kirschen zur Hälfte aufgegessen, « sagte sie lachend.

Liselotte lachte mit.

»Ach, du gibst mir doch auch etwas von allem ab, was du hast.«

Als sie dann zu Bett ging, legte Liselotte das Märchenbuch unter ihr Kopfkissen. Am andern Morgen traf sie Junker Hans wieder draußen auf dem Gange. Da nahm sie seine Hand und sagte:

»Ach lieber Hans – ach nein – Junker Hans – das schöne Buch und die herrliche Schokolade. Ich danke Ihnen so sehr und bin so sehr glücklich darüber.«

Er klopfte ein wenig väterlich ihre Wange.

»Wenn es dir nur Freude gemacht hat, Liselotte.«

Schnell, viel zu schnell vergingen die Ferienwochen, die Hans in Bodenhausen zubrachte. Liselotte kam nur selten noch einmal auf kurze Zeit allein mit ihm zusammen. Meist war Lori dabei, die immer wieder versuchte, den Bruder gegen Liselotte einzunehmen.

In der letzten Ferienwoche veranstaltete die Baronin ein großes Gartenfest, zu dem sämtliche jungen Leute und Kinder der benachbarten Gutsbesitzer mit eingeladen wurden. Es sollte hauptsächlich ein Fest für die Jugend werden, wobei die älteren Herrschaften mehr Zuschauer sein sollten.

Liselotte durfte nicht an dem Fest mit teilnehmen.

Fräulein Herter mußte im Park bei den Kinderspielen die Aufsicht führen. Da saß nun die arme kleine Liselotte ganz allein in ihrem engen Kämmerchen und sah mit großen, sehnsüchtigen Augen hinunter auf das lebhafte bunte Treiben.

Sie hatte sich ihr neues Märchenbuch herbeigeholt und wollte lesen und gar nicht auf das Fest achten. Aber das Buch sank immer wieder herab und ihre Augen blickten darüber hinweg und suchten da unten zwischen den festlich gekleideten Menschen ihren lieben Junker Hans.

Einmal sah sie ihn im lustigen, lebhaften Spiel inmitten einer Schar schöngekleideter Mädchen, die alle älter waren als sie und Lori. Sie drangen neckend auf ihn ein und er wehrte lachend ab.

Ein wenig hatte Liselotte das Fenster geöffnet. Zuweilen hörte sie ganz deutlich das warme, frohe Lachen des Junkers heraufschallen.

Betrübt saß sie hinter der Gardine. Man durfte sie ja von unten nicht sehen. Ach, wie tat ihr das Herz so weh in ihrer Verlassenheit.

Und nun wurden Erfrischungen und Leckereien herumgereicht.

Junker Hans bedient höflich einige der hübschen jungen Mädchen. Dann sah sie ihn wieder, wie er einer älteren Dame artig ein warmes Tuch um die Schultern legte und ihr ein Fußbänkchen zurechtrückte. Die Dame sagte lächelnd etwas zu ihm. Da verneigte er sich und küßte ihr die Hand. Wie schlank und vornehm seine Erscheinung wirkte.

Als er von der alten Dame zurücktrat, schien ihr, als blickte er forschend zu ihrem Fenster hinauf.

Da schluchzte sie plötzlich jammervoll auf und barg das Gesicht in den Händen.

So saß sie lange in ihren Schmerz versunken, bis sich plötzlich leise die Türe öffnete. Erschrocken fuhr sie empor. Da stand Junker Hans auf der Schwelle und trug einen großen Teller, angefüllt mit lauter guten Sachen und Leckereien, auf den Händen.

»Dachte ich's doch, arme kleine Bettelprinzeß. Da sitzest du nun ganz verlassen und weinst dir deine armen Augen aus. Sei ruhig, ich bitte dich, ich kann es nicht sehen, wenn du weinst.«

Sie trocknete hastig ihre Tränen und zwang ein Lächeln in ihr Gesicht. »Die dummen Tränen – sie kamen mir gelaufen – ich wollte gar nicht weinen«, stammelte sie.

Er stellte den Teller vor sie hin.

»Da sieh, was ich alles für dich zusammengerafft habe. Ich wollte dir eine kleine Freude machen. Und nun darfst du nicht mehr traurig sein.«

Ihre Augen hingen an seinem Gesicht.

»Sie sind so gut – so gut, Junker Hans!«

»Ach nicht doch, ich kann es nur nicht vertragen, wenn du traurig bist. So – jetzt sperr dein Schnäbelchen auf, da ist ein leckeres Törtchen. Schmeckt es gut?«

Sie nickte dankbar.

»Sehr gut.«

»So, dann schnabuliere weiter, das ißt du alles auf im Laufe des Nachmittags. Und bei jedem Stück denkst du: Jetzt bin ich vergnügt. So ist's recht, jetzt lachst du schon ein wenig. Versuch's nur einmal recht herzhaft.«

Sie lachte wirklich.

»Siehst du wohl, es geht. Und hier vom Fenster aus siehst du alles ganz schön, auch nachher die Beleuchtung und das Feuerwerk, nicht wahr?«

»Ja, Junker Hans.«

»Hm! Und nun wollen wir noch etwas ausdenken zu deiner Unterhaltung. Paß auf, wo ich bin, wenn du hinunterschaust. Und wenn du siehst, daß ich mein Taschentuch ziehe und mir Luft zuwedle, als sei mir zu heiß, das soll heißen: Liselotte, ich denke an dich‹. Und wenn ich mit der Hand über die Stirn streiche, das heißt: ›Du darfst nicht traurig sein, Liselotte.‹ Dann fühlst du dich nicht so einsam und verlassen, nicht wahr?«

Sie nickte mit strahlenden Augen.

Da lachte er froh.

»So ist es recht, nun siehst du ganz vergnügt aus. Aber nun muß ich schnell wieder hinunter. Also gib auf meine Zeichen acht.«

Wie aufmerksam verfolgte Liselotte nun erst seine Gestalt in der Menge. Und wieder und wieder sah sie, wie er sich mit dem Taschentuch zufächelte oder über seine Stirn strich. Das wurde nun eine herrliche Unterhaltung für sie, nun hatte auch sie ihr Fest. Das Herz wurde ihr wieder leicht und die Einsamkeit war ihr nicht mehr fühlbar. –

Wenige Tage darauf reiste Junker Hans ab. Liselotte war zumute, als sei nun die warme leuchtende Sonne wieder untergegangen. Und sie weinte sich wieder einige Abende in den Schlaf. Aber dann fiel ihr ein, daß sie Junker Hans versprochen hatte, tapfer zu sein. Da nahm sie sich zusammen und tröstete sich damit, daß er Weihnachten wiederkommen würde.

Wieder waren Jahre verstrichen. Liselotte und Lori waren jetzt im fünfzehnten Lebensjahr, Junker Hans hatte studiert und reiste nun viel.

In Liselottes Leben hatte sich bisher wenig geändert. Noch immer war ihr Lori feindlich gesinnt, ließ sie fast nicht von ihrer Seite und betrachtete sie als tief unter sich stehend.

Dies harte und kummervolle Leben stählte jedoch Liselottes Charakter.

Lori merkte sehr wohl, daß Liselotte schöner und klüger war als sie selbst. Aber gerade das reizte sie immer mehr zu Groll und Zorn gegen sie. Sie redete sich ein, Liselotte sei häßlich und schlecht, damit sie nur einen Grund hatte, sie zu quälen.

Liselotte blieb für ihre Freunde in der »Weißen Taube« nur immer die erste Morgenstunde, solange Lori noch schlief.

Der lange Heinrich war immer noch Hausdiener bei Frau Schulz. Er freute sich mit seiner Herrin, wenn Liselotte zu einem Morgenbesuch kam. Und immer hatte er, gleich seiner Herrin, irgendeine Kleinigkeit für das junge Mädchen bereit, die ihr Freude machte.

Liselotte war nun ein schlankes Mädchen geworden, und trotzdem sie Loris abgelegte Kleider trug, sah sie doch vornehm und schön aus.

Je älter Liselotte wurde, je schwerer war es ihr, Loris Feindseligkeit geduldig zu ertragen. Sie war nun kein unverständiges Kind mehr und trotz aller erlittenen Demütigungen hatte sie ein stolzes Herz. Alle Kraft hatte sie nötig, um sich zu beherrschen, wenn Lori sie beleidigte und kränkte.

Schwerer als je litt sie unter dem Spottnamen »Bettelprinzeß«, der ihr noch immer anhaftete.

Seltener kam jetzt Junker Hans nach Hause.

Aber er hatte nicht mehr viel Zeit für sie. Er streichelte sie jetzt auch nicht mehr zärtlich, wie früher so oft. Sie war jetzt kein kleines Mädchen mehr. Aber lieb und freundlich war er immer noch zu ihr, neckte sie zuweilen in gutmütiger Art und sagte ihr auch noch hie und da ein gutes, aufmunterndes Wort. Nie kam er heim, ohne ihr irgendein kleines Geschenk mitzubringen. Alle diese Sachen verwahrte Liselotte wie einen köstlichen Schatz, und wenn sie sich einmal recht unglücklich fühlte, flüchtete sie in ihr Kämmerchen und holte ihn hervor. Dann wurde ihr das Herz wieder leicht. – Es war nun an der Zeit, daß Lori und Liselotte konfirmiert werden sollten. Sie waren beide fast fünfzehn Jahre alt. Zu ihrer Konfirmation sollte Liselotte endlich auch einmal ein neues Kleid bekommen, nicht eines von den abgelegten Gewändern Loris.

Sie sollte natürlich mit Lori an einem Tag in der kleinen hübschen Dorfkirche von Pastor Helmer konfirmiert werden. Und zur Feier der Konfirmation Loris wurde auch Junker Hans auf einige Tage zu Haus erwartet.

Darauf freute sich Liselotte am meisten, wenn auch seine Anwesenheit nicht ihr galt, sondern seiner Schwester. –

Als der festliche Tag herangekommen war, erhob sich Liselotte sehr früh am Morgen, als alles im Schlosse noch schlief. Sie ging zuerst an ihrer Mutter Grab und betete gläubigen Herzens um den Segen der toten Eltern.

Dann ging sie in die »Weiße Taube«. Dort wurde sie schon erwartet. Frau Martha Schulz überreichte ihr ein hübsches goldenes Halskettchen als Konfirmationsgeschenk.

»Liebe Tante Schulz, nie werde ich vergessen, wie gut du immer zu mir gewesen bist, und ich will dein Geschenk hoch in Ehren halten«, sagte Liselotte, Frau Martha herzlich umarmend.

Diese streichelte ihre Wangen.

»Mein liebes Kind, gern hätte ich all die Jahre mehr für dich getan. Ich habe ja selbst keine Kinder. Aber ich durfte natürlich dem Herrn Baron nicht vorgreifen. Aber das will ich dir heute sagen, ich habe dich herzlich lieb, und was auch kommen mag, bei mir wirst du immer eine Zuflucht finden. Man weiß ja nicht, wie es kommt im Leben. Ich habe da allerlei gehört. Mit dem Herrn Baron soll es nicht gut stehen. Es hat in den letzten Jahren schlechte Ernten gegeben, und im Schlosse wird viel Geld verbraucht. Wer weiß, meine Liselotte, ob die hochmütige Baronesse Lori nicht eines Tages eine viel ärmere Bettelprinzeß wird, als du es je gewesen bist.«

Liselotte erschrak sehr über diese Worte, die Frau Schulz fast gegen ihren Willen herausgefahren waren.

»Liebe Tante Schulz – das wäre ja schrecklich! Ach es würde mich sehr, sehr unglücklich machen, wenn meine Wohltäter Unglück haben sollten.«

»Na, Kindchen, mit den Wohltaten, die sie dir erwiesen haben, ist es doch nicht so weit her.«

»Doch Tante Schulz, du vergißt wohl, was sie mir für eine gute Erziehung haben geben lassen. Und überhaupt – alles kommt mir doch von ihnen. Ich wäre undankbar, wollte ich sie nicht meine Wohltäter nennen. O bitte, sage mir, droht ihnen wirklich Gefahr?«

»Ach Gott, Kind, man hört hier im Gasthof so mancherlei. Vielleicht ist es auch nur leeres Gerede. Wie dumm von mir, daß ich dir das Herz damit schwer mache. So schlimm wird es ja nicht gleich werden. Ich wollte nur sagen, daß du an mir immer einen Halt haben wirst, wenn du einen brauchst.«

»Das wolle Gott verhüten, Tante Schulz. Daran mag ich nicht denken.«

»Nun ja, Liselotte, es macht deinem Herzen alle Ehre, daß du dich so um sie sorgst. Am meisten sollte es mir um den Junker leid tun. Wenn er auch, wie ich gehört habe, ein bißchen viel Geld ausgibt – lieber Gott, so junge vornehme Herren wissen das nicht anders, da macht es einer dem andern nach. Und zu Hause hat er das Sparen auch nicht gelernt. Aber sonst ist er doch ein grundguter Herr und immer freundlich zu unsereinem. Aber nun laß dir deinen Ehrentag nicht durch solche trübe Gedanken stören.«

Ehe Liselotte antworten konnte, kam Heinrich herein. Er war in aller Frühe im Walde gewesen und hatte nach den ersten Frühlingsblumen gesucht. Glücklich war er, daß er ein Sträußchen Schneeglöckchen gefunden hatte, um es in das hübsche Kästchen zu legen, das er für Liselotte gearbeitet hatte. Er überreichte es ihr mit strahlendem und doch ein wenig verlegenem Gesicht.

»Siehst du, Liselottchen, ich hab' mir's doch gedacht, daß du heute früh kommen würdest. Und weil ich nur ein armer Bursche bin und dir nichts Schönes schenken kann, mußt du damit zufrieden sein. Freust dich 'n bißchen darüber?«

»Sehr, lieber guter Heinrich. Wie schön du das Kästchen geschnitzt hast. So viel Mühe hast du dir damit gegeben. Ich danke dir tausendmal. Und die Blumen nehme ich mit in die Kirche und will an dich denken.«

»Wir gehen natürlich alle in die Kirche, wenn du eingesegnet wirst, Liselottchen«, sagte Heinrich.

Sie nickte.

»Ich werde es fühlen, daß ihr lieben guten Menschen bei mir seid. Aber nun muß ich schnell nach Hause, heute stehen sie wohl im Schloß etwas früher auf als sonst. Und Junker Hans ist auch daheim, der ist ein Frühaufsteher.«

Sie verabschiedete sich herzlich mit innigen Dankesworten und ging.

Auf dem Nachhauseweg mußte sie wieder daran denken, was Tante Schulz über die Vermögensverhältnisse in Bodenhausen gesagt hatte. In ihrem Herzen war ein sorgendes, drückendes Gefühl. Sie hatte mit ihren klugen offenen Augen schon selbst mancherlei bemerkt. Da kamen zuweilen Herren ins Schloß, die recht unfreundliche Gesichter machten und sich gar nicht ehrerbietig gegen den Herrn Baron benahmen. Sie hatten lange Unterredungen mit ihm, und wenn sie dann fortgingen, sah der Baron so düster und sorgenvoll aus und zeigte ein unruhiges, gereiztes Wesen. Ach – wenn Tante Schulz recht hatte, wenn der Baron Sorgen hatte, dann wurde doch auch ihr lieber Junker Hans davon betroffen.

Ganz heiß wurde ihr bei dem Gedanken. Nur Junker Hans durfte kein Ungemach treffen.

»Lieber Vater im Himmel, beschütze und behüte ihn, laß ihm kein Leid geschehen. Nur ihm nicht. Er ist ja so gut und lieb und verdient es, daß du ihn in deinen Schutz nimmst. Auch seine Eltern bewahre vor Leid, lieber Gott, und auch Lori.«

So betete sie inbrünstig.

Als sie den Park betreten hatte, begegnete ihr Junker Hans. Er trug einen flotten Sportanzug mit kurzen Beinkleidern und einer kleidsamen Joppe.

Lachend bot er ihr die Hand.

»Guten Morgen, Liselotte! Schon so früh auf dem Wege?«

Sie sah ihn mit ihren samtbraunen Augen an.

»Ich war am Grabe meiner Mutter und in der ›Weißen Taube‹«.

Er deutete lächelnd auf die Schneeglöckchen, die sie auf das Kästchen gelegt hatte.

»Hast du schon Blumen gepflückt?«

»Nein, die hat mir Heinrich geschenkt, und dies reizende Kästchen hat er für mich geschnitzt.«

»Ach – der Hausdiener aus der ›Weißen Taube‹, nicht wahr?« – »Ja.«

»Er ist immer noch dein guter Freund?«

»Ja, ein sehr guter, treuer Freund. Und von Frau Schulz bekam ich dies goldene Kettchen. Sehen Sie nur, Junker Hans, ist es nicht lieb? Ach, es gibt so viele gute Menschen, die so lieb zu mir sind.«

Sein lustiges Gesicht wurde ernst.

»Wie bist du bescheiden und anspruchslos. Ich meine, du hättest viel mehr Unbill von den Menschen zu erleiden als Guttaten und Freundlichkeiten.«

Sie schüttelte den Kopf.

»O nein, Junker Hans! Es wäre sehr undankbar von mir, wenn ich das sagen wollte. Alle Menschen können ja nicht gut zu mir sein, nicht wahr? Aber daß es einige gibt, das macht mich so glücklich und dankbar.«

Er sah sie wie in verhaltener Rührung an.

»Nun ich wette, die kannst du an den Fingern abzählen, die es gut mit dir meinen. Sag mal her, wer dir Gutes getan hat.«

Sie sah strahlend zu ihm auf.

»Sie zuerst, Junker Hans, Sie sind der Liebste und Beste, der mir am meisten Gutes getan hat, dann Fräulein Herter, Frau Schulz, Heinrich – und Herr Baron und Frau Baronin, die mich doch in ihr Haus aufgenommen haben – und –«

Sie schwieg still und dachte nach.

»Ja – und? Nun bist du auch schon am Ende.«

»Sind das nicht viele?«

»Nun ja – für so ein bescheidenes Gemüt, wie du bist, Liselotte. Wenn dir diese Menschen alle nicht mehr zugute tun als ich und meine Eltern, dann ist es eben nicht viel.«

»O doch – sehr viel, Junker Hans.« Er sah sie wie verwundert ob ihrer Genügsamkeit an, und dabei mußte er denken, wie schön und vornehm sie aussah.

»Was bist du für ein großes Mädchen geworden, kleine Liselotte. Und heute sollst du nun konfirmiert werden. Aber – ich will dich nicht mehr aufhalten. Geh schnell ins Schloß zurück. Ich komme gleich nach. Damit man mit dem Frühstück nicht auf dich warten muß, will ich noch ein wenig später kommen als du, damit es heute nicht Schelte gibt für dich.«

Sie eilte davon und er sah ihr mit einem seltsam nachdenklichen Blick nach. –

Nach dem Frühstück wurden die beiden jungen Konfirmandinnen beschenkt. Baronesse Lori erhielt eine Menge kostbarer Geschenke. Von allen Seiten waren Blumen und Kostbarkeiten für sie geschickt worden und Eltern und Bruder bedachten sie auch sehr reich.

Liselotte erhielt im Verhältnis zu Lori nur sehr wenig, und doch war ihre Freude größer als die der verwöhnten, anspruchsvollen Baronesse.

Baron und Baronin Bodenhausen schenkten Liselotte eine goldene Armbanduhr. Von Fräulein Herter erhielt sie ein schönes Buch. Junker Hans überreichte ihr einen hübschen goldenen Anhänger, und selbst Lori schenkte ihr einen goldenen Ring mit blauen Steinen, den sie bisher selbst getragen hatte.

Liselotte war überglücklich. So reich war sie noch nie beschenkt worden. Am meisten freute sie sich über das Geschenk von Junker Hans. Sie befestigte es sogleich an dem Halskettchen von Tante Schulz und legte all die schönen Sachen in das von Heinrich geschnitzte Kästchen.

Rührend war ihre Freude und Dankbarkeit.

Als sie dem Baron für die Uhr dankte, fügte sie hinzu:

»Und ich danke Ihnen auch aus tiefstem Herzen, Herr Baron, daß sie so viel Gutes an mir getan haben.«

Der Baron sah dabei zufällig seinen Sohn an, und er wurde unter dessen Blick ein wenig rot, vielleicht, weil er fühlte, daß es nicht eben viel war, was er für Liselotte getan hatte.

»Laß gut sein, Kind – es ist gern geschehen. Du bist ja immer artig und folgsam gewesen. Und morgen früh um zehn Uhr kommst du in mein Arbeitszimmer. Ich habe da etwas mit dir zu besprechen.«

Dann war es Zeit, in die Kirche zu gehen.

Pastor Helmer hielt eine sehr schöne Predigt. Er wies darauf hin, daß der liebe Gott sich auch der elternlosen Waisen erbarme und ihnen gute und edle Menschen sende, die sich ihrer annehmen.

Nach der kirchlichen Feier fand im Schlosse ein Festmahl statt, an dem außer mehreren Gästen aus der Nachbarschaft auch Pastor Helmer teilnahm. Und obwohl Gäste anwesend waren, durfte Liselotte heute mit an der Tafel sitzen. Die beiden Konfirmandinnen hatten ihre Plätze rechts und links von Pastor Helmer. Dieser Tag war der glücklichste, den Liselotte je in Schloß Bodenhausen erlebt hatte, und wohl der einzige, an dem ihr von Lori keine Kränkung zugefügt wurde.

Am nächsten Morgen punkt zehn Uhr trat Liselotte in das Arbeitszimmer des Barons.

Er saß am Schreibtisch, hatte das Haupt, auf dem schon ein leichter, grauer Schimmer lag, auf die Hand gestützt und sah so recht düster und sorgenvoll vor sich hin. Vor ihm lag ein großes Buch aufgeschlagen, in dem er gerechnet hatte. Als Liselotte eintrat, blickte er auf.

»Ach so – du bist es, Liselotte! Nun komm näher, setze dich hier in den Sessel, ich habe mit dir zu reden.«

Gehorsam, mit klopfendem Herzen, ließ sich Liselotte auf den bezeichneten Sessel neben dem Schreibtisch nieder. Eine Weile zögerte der Baron. Liselotte sah in sein Gesicht und es fiel ihr zum ersten Male auf, daß Junker Hans seinem Vater sehr ähnlich war. Sie hatte immer viel mehr Zuneigung für den Baron gehabt als für dessen Gemahlin, die ihr stets kalt und stolz begegnete. Der Herr Baron hatte doch öfter ein freundliches Wort für sie gehabt.

Endlich begann der Baron:

»Du bist nun fünfzehn Jahre alt, Liselotte, und gestern durch die Konfirmation in den Bund der erwachsenen Christen aufgenommen worden. Ich glaube auch, daß du ernst und verständig über deine Jahre bist, und daß man ein vernünftiges Wort mit dir reden kann. Du weißt, unter welchen Umständen du vor zehn Jahren in mein Haus kamst. Deine Mutter verunglückte, als sie dich retten wollte, durch meine Pferde, und ich versprach ihr auf dem Sterbelager, dich im Schloß aufzunehmen und für deine Erziehung Sorge zu tragen. Du weißt, daß du sonst ganz allein und verlassen im Leben standest, nicht wahr?«

»Ja, Herr Baron – und ich weiß, wieviel Dank ich Ihnen schuldig bin«, sagte Liselotte leise.

»Nun, davon wollen wir jetzt nicht sprechen«, entgegnete der Baron, nicht ohne Güte und Wohlwollen in ihr Gesicht blickend. »Also meine Frau und ich haben beschlossen, dich mit Lori nach Lausanne in ein Töchterheim zu schicken, damit deine Erziehung vollendet wird. Fräulein Herter wird entlassen und – «

Liselotte zuckte zusammen. Ein heißer Schmerz durchzuckte sie, als sie hörte, daß die treue Freundin ihrer einsamen Jugend Bodenhausen verlassen sollte.

»Fräulein Herter geht fort?« fragte sie bestürzt, alle Zurückhaltung vergessend.

»Ja, sie geht vorläufig zu ihren Verwandten. Hat sie dir das noch nicht gesagt?«

»Nein, Herr Baron.«

Nur mühsam brachte Liselotte diese wenigen Worte hervor.

»Ja, Kind, ich kann doch Fräulein Herter nicht ewig hier behalten. Die Zeiten sind schlecht – sehr schlecht. Ich habe mit schweren Sorgen zu kämpfen, und wir müssen jetzt sparen, wo wir können. Es wird mir auch nicht leicht, für Lori und dich das ziemlich hohe Pensionsgeld zu zahlen. Für zwei Jahre sollt ihr nach Lausanne gehen. Die Pension von Madame Chevaux ist uns als eine der besten empfohlen worden, sie ist aber auch teuer. Die Hauptsache ist jedoch, daß Lori gut lernt, da sie noch mancherlei nachholen muß. Und du sollst dort deine Erziehung abschließen. Da deine Mutter eine gebildete Frau war, sollst du auch eine gute Erziehung genießen. Ich will halten, was ich versprochen habe. Und deshalb sollst du bis zum Schluß die gleiche Ausbildung erhalten wie meine eigene Tochter. Es ist nun dein eigener Vorteil, wenn du auch in Lausanne, wie bisher, sehr fleißig bist. Fräulein Herter hat mir kürzlich erst gesagt, daß du in allen Fächern viel Besseres leistest als Lori. Das ist sehr gut für dich. Und es wäre schön von dir, wenn du Lori ein wenig anspornen würdest, auch fleißig zu sein. Ich weiß, Lori läßt sich wenig beeinflussen, vor allem von dir nicht. Aber du kannst schon viel durch ein gutes Beispiel wirken. Vor allen Dingen aber bedenke, daß du dir so viele Kenntnisse als möglich aneignen solltest, weil du später dein Brot selbst verdienen mußt. Wenn du aus dem Töchterheim zurückkommst, kann ich nichts mehr für dich tun. Wir werden dir dann noch Aufnahme in Bodenhausen gewähren, bis du eine gute Stellung, vielleicht als Gesellschafterin oder dergleichen, gefunden hast, auch wir werden uns selbst um eine solche Stelle für dich bemühen. Aber um eine solche zu erhalten, ist es notwendig, daß du gute Zeugnisse und Empfehlungen hast. Ist dir das klar?«

Liselotte bezwang sich tapfer. Zu sehr war sie schon gewöhnt, sich zu beherrschen. Mit großen ernsten Augen sah sie in das sorgenvolle Gesicht des Barons.

»Ja, Herr Baron, ich verstehe das alles und will gewiß alles tun, mir die Zufriedenheit meiner Lehrer und Lehrerinnen zu erwerben. Und ich danke Ihnen sehr, daß Sie mich auch noch in das Töchterheim schicken wollen.«

»Gut, gut, Kind. Ich sehe, du bist ein vernünftiges Mädchen. Nun höre weiter. Deine Mutter hatte vor ihrem Tode bei Pastor Helmer für dich ein Päckchen mit Familienpapieren hinterlegt, das du an deinem achtzehnten Geburtstag erhalten sollst. Dieses versiegelte Päckchen verwahre ich dir weiter, bis du es erhalten sollst. Zugleich hat deine Mutter auch in sicheren Wertpapieren zehntausend Mark für dich hinterlassen. Dies Geld habe ich dir gewissenhaft verwaltet und habe für die Zinsen immer wieder Wertpapiere dazu gekauft, so daß du jetzt ungefähr fünfzehntausend Mark dein nennen kannst. Das ist nicht viel, aber immerhin ein Notpfennig für dich, wenn dir etwas zustoßen sollte. So, das alles wollte ich dir heute sagen. Du weißt nun, wie deine Zukunft sich gestalten wird, und wirst wie ein kluges, tapferes Mädchen selbst daran arbeiten, daß es dir wohl geht. Und nun kannst du gehen, Liselotte. In vierzehn Tagen ungefähr wirst du mit Lori abreisen. Fräulein Herter wird euch dorthin begleiten, ehe sie nach Hause zurückgeht.«

Liselotte erhob sich. Der Baron reichte ihr die Hand und sie zog sie ehrerbietig an ihre Lippen. Dann ging sie hinaus.

Wie im Traum schritt sie durch den langen Gang nach ihrem Kämmerchen. Als sie eintrat, fand sie Fräulein Herter vor, die auf sie gewartet hatte.

Liselotte fiel ihr schluchzend um den Hals.

»Ach Fräulein – Fräulein – du willst fortgehen von Bodenhausen – von mir – mein treues liebes Fräulein!« rief sie außer sich.

Auch Fräulein Herter kamen die Tränen.

»Ich will nicht, Kind, aber ich muß. Wenn wir mit all unsrer Kraft und allem Können den jungen Menschen den Weg ins Leben gezeigt und sie alles gelehrt haben, was wir selber wissen, dann sind wir überflüssig.«

»Ach Fräulein – warum hast du mir noch nichts davon gesagt?«

»Erfährst du es heute nicht auch noch früh genug?«

»Und was wird aus dir, liebes, treues Fräulein?«

»Sorge dich nicht um mich. Vorerst gehe ich zu meiner Schwester, die verheiratet ist. Meine Eltern sind ja beide schon lange tot. Ich habe auch noch einige andere Verwandte, die ich besuchen und wiedersehen will. In all den Jahren, da ich in Bodenhausen war, bin ich ja nur vor fünf Jahren ein einziges Mal auf kurze Zeit zu Hause gewesen. Wenn ich dann einige Monate im Kreise meiner Angehörigen verlebt habe, suche ich mir wieder eine andere Stellung, denn ich bin darauf angewiesen, mir mein Brot zu verdienen.«

Liselotte schluchzte fassungslos.

»Und ich werde dich vielleicht nie wieder sehen. Auch dich soll ich nun noch verlieren.«

Fräulein Herter zog sie fest an sich und küßte sie.

»Mach mir das Herz nicht noch schwerer, als es schon ist, meine Liselotte.«

»Wirst du mir wenigstens schreiben, liebes Fräulein?«

»Gewiß Kind. Wir werden uns fleißig schreiben. Du erzählst mir alles, was du erlebst, und ich berichte dir auch alles. Und vielleicht ist uns doch eines Tages ein Wiedersehen beschert. Das Leben führt uns oft seltsame Wege und die Welt ist klein.« – Liselotte seufzte.

»Ach, du wirst so weit fort sein von mir.«

»Ob mehr oder weniger entfernt – wenn wir nicht beisammen sein können, ist es gleich, ob hundert oder tausend Meilen zwischen uns liegen. Nun wollen wir aber nicht mehr von der Trennung reden. Noch sind wir vereint und wollen mit jeder Stunde des Beisammenseins geizen. Und von dir wollen wir sprechen. Hat dir der Herr Baron gesagt, daß du mit nach Lausanne sollst?«

Liselotte erzählte Fräulein Herter alles, was ihr der Herr Baron gesagt hatte. Als sie zu Ende war, streichelte das gute Fräulein die traurige Liselotte.

»Ja, ja, mein liebes Kind, du wirst also in Zukunft auch bei fremden Leuten dein Brot essen müssen. Nun – du hast hier eine schwere Schule durchgemacht und dich gestählt für den Kampf ums Dasein. Vielleicht findest du später eine gute Stellung. Du wirst vor allen Dingen Loris Quälereien entrückt sein. Verzage nur nicht. Der liebe Gott hält über uns allen seine treue starke Hand. So lange er uns nicht verläßt, sind wir nie ganz allein.«

Ach, die arme Liselotte konnte jetzt gar nicht so fest und mutig in die Zukunft blicken, in die Zukunft, in der sie ihr liebes Fräulein nicht mehr finden würde. Und noch einer würde in dieser Zukunft fehlen – Junker Hans. Das machte ihr das Herz unsagbar schwer.

Junker Hans reiste schon am nächsten Tage wieder ab. Auch er hatte von seinem Vater gehört, was über Liselottes Zukunft beschlossen worden war. Sie tat ihm leid, aber helfen konnte er ihr nicht. Und vorläufig war sie ja noch zwei Jahre gut versorgt.

Als nun Baronesse Lori hörte, daß Liselotte mit ihr dasselbe Töchterheim besuchen sollte – mehr teilten ihr die Eltern vorläufig nicht mit über das, was über Liselotte beschlossen –, da war sie ganz außer sich.

»Wie, Mama, nun soll ich auch noch zusammen mit ihr in ein Töchterheim? O nein, das tue ich nicht. Papa, Mama, das dürft ihr mir nicht zumuten.«

Aber Vater und Mutter waren nicht in der Stimmung, auf Lori zu hören. Sie hatten den Kopf voll von anderen Dingen. Es stand wirklich schlecht um Bodenhausen. Wenn der Baron Geld brauchte, erhielt er es nur schwer und gegen sehr hohe Zinsen. Die Schuldenlast vermehrte sich in erschreckender Weise. Und nun man endlich zu sparen anfangen wollte, ging das nicht so leicht.

So hatten Loris Eltern keine Lust, sich durch ihre Einwände stören zu lassen in dem, was sie beschlossen hatten.

Der Baron bestimmte ziemlich schroff, daß sich Lori zu fügen hätte, und daß sie gut dran tue, sich die fleißige Liselotte zum Vorbild zu nehmen.

Solch harte Worte war Lori von ihren Eltern nicht gewöhnt. Und daß man ihr gar Liselotte als Vorbild hinstellte, empörte sie namenlos. Sie mußte freilich schweigen und sich fügen, aber nun ließ sie ihren Groll in verstärktem Maße an Liselotte aus. Diese konnte tun und lassen, was sie wollte, alles wurde von Lori angefeindet.

Liselotte hatte alle Kraft nötig, sich zu beherrschen und bei alledem ruhig zu bleiben.

Lori nahm sich fest vor, Liselotte das Leben in Lausanne nach Kräften zu verleiden. Sie wollte sich schon dafür an Liselotte rächen, daß man sie ihr als Genossin aufgenötigt hatte.

Es wurde nun alles zur Abreise für die beiden jungen Mädchen gerüstet. Die Baronin ließ auch für Liselotte im Hause einige neue Kleider arbeiten, weil sie die abgelegten Stücke Loris unmöglich noch tragen konnte. Natürlich wurde auch Lori neu ausgestattet, wie es einer Baronesse Bodenhausen zukam.

Dann wurden die Koffer gepackt, und Ende April ging die Reise los.

Fräulein Herter wurde in Gnaden mit einem glänzenden Zeugnis entlassen und versprach, die beiden jungen Mädchen sorglich nach Lausanne zu begleiten und bei Madame Chevaux abzuliefern.

Am letzten Morgen vor ihrer Abreise war Liselotte noch einmal im Gasthof zur ›Weißen Taube‹ gewesen, um sich von Tante Schulz und Heinrich zu verabschieden.

»Nun, dann laß dir's gut gehen, Liselottchen. Wenn du wiederkommst, sage ich dann Fräulein Liselotte zu dir, denn du bist doch nun sozusagen eine junge Dame, und ich weiß, was sich schickt.«

So plauderte Heinrich.

Liselotte fühlte aber aus alledem nur die Liebe und Fürsorge heraus und drückte herzlich seine schwielige Hand.

Frau Schulz umarmte sie und gab ihr noch allerlei sorgliche Ermahnungen mit auf den Weg. –

Dann saß Liselotte neben Fräulein Herter, der Baronin und Lori gegenüber in demselben Wagen, auf den sie früher immer so sehnsüchtig am Gartenzaun der ›Weißen Taube‹ gewartet hatte. Die Baronin wollte ihrer Tochter das Geleite bis zum Bahnhof geben.

Gleich, nachdem der Wagen am Bahnhof anlangte, brauste der Zug heran. Fräulein Herter stieg mit ihren beiden Zöglingen in ein Abteil. Ein Diener hob ihnen das Handgepäck hinein. Das große Gepäck war bereits am Abend vorher aufgegeben worden, damit es pünktlich in Lausanne eintraf.

Liselotte hatte der Baronin die Hand geküßt und Lori hatte ihre Mutter umarmt und winkte ihr vom Fenster aus zu. Dann setzte sich der Zug auch schon in Bewegung.

Liselotte war sehr traurig zumute. Ihre Augen standen voll Tränen. Sie mußte daran denken, daß dieser Abschied ein Vorspiel war zu dem Abschied für immer, der ihr in zwei Jahren bevorstand.

Auch Fräulein Herter hatte Tränen in den Augen. Verließ sie doch für immer die Stätte, wo sie in jahrelanger treuer Pflichterfüllung gewirkt und geschafft hatte.

Lori schien ganz unbewegt zu sein. Sie blickte gelangweilt aus dem Fenster und beachtete vorläufig Fräulein Herter und Liselotte gar nicht. Als sie dann merkte, daß die beiden sehr wehmütig waren, verlangte sie, unterhalten zu werden, weil sie fühlte, daß ihnen jetzt jede Unterhaltung schwer fiel.

Als Liselotte dann aber, von der Schönheit der Welt entzückt, Fräulein Herter auf dieses und jenes aufmerksam machte, an dem sie vorüberflogen, da behauptete Lori ärgerlich, sie sei müde und wolle Ruhe haben. So quälte sie nach Laune und Willkür ihre Reisegenossen.

Die Dämmerstunde brach eben an, als die drei am Ziel waren. Vom Bahnhof aus fuhren sie gleich nach dem Töchterheim der Madame Chevaux.

Das war ein hübsches, landhausartiges Gebäude inmitten eines ziemlich großen Gartens, in dem schon alles frühlingsmäßig grünte und blühte. Eine stattliche, etwa fünfzigjährige Dame kam ihnen mit schnellen, noch jugendlichen Bewegungen entgegen.

»Madame Chevaux?« fragte Fräulein Herter artig.

Die Dame verneigte sich und sah mit lächelndem Gesicht auf die Ankömmlinge.

»Und ich habe wohl das Vergnügen, Fräulein Herter vor mir zu sehen und meine beiden neuen Zöglinge. Bitte treten Sie ein. Das Gepäck haben Sie wohl am Bahnhof gelassen. Bitte geben Sie mir den Gepäckschein, ich will es sogleich durch den Hausdiener holen lassen. So – bitte – Gottes Segen zu Ihrem Einzug, meine jungen Damen. Hätte ich gewußt, mit welchem Zug Sie kommen, hätte ich Sie vom Bahnhof abgeholt.«

So plauderte Madame Chevaux freundlich und gewandt in sehr rascher, lebhafter Weise.

Sie führte die beiden jungen Mädchen in das Empfangszimmer. Hier lud sie zum Sitzen ein. Dann sagte sie, sich zu Liselotte wendend:

»Sie sind Baronesse Lori, nicht wahr?«

Madame Chevaux hatte viel Menschenkenntnis. Aber weil Liselotte trotz ihrer schlichten Kleider so unbedingt vornehm aussah, viel vornehmer als Lori, hatte sie sich diesmal getäuscht. Lori bekam vor Ärger einen roten Kopf, und ehe Liselotte antworten konnte, sagte sie stolz:

»Ich bin die Baronesse Bodenhausen.«

Madame Chevaux verlor die sichere Haltung nicht einen Augenblick.

»Ah – dann ist also die junge Dame Fräulein Liselotte Hochberg. Nun gut, meine jungen Damen, ich werde Ihnen dann gleich Tee und einen Imbiß bringen lassen. Sie speisen heute wohl am besten allein mit Fräulein Herter und mir, nachdem Sie den Reisestaub etwas abgeschüttelt haben. Sie werden müde und abgespannt von der Reise sein, und da macht man nicht gern neue Bekanntschaften. Morgen früh mache ich Sie dann mit Ihren Mitschülerinnen und Lehrern bekannt.«

Diese sehr liebenswürdigen Worte klangen zugleich so bestimmt, daß man merkte, Madame Chevaux war gewöhnt, ihrem Willen Geltung zu verschaffen.

Mit einigen entschuldigenden Worten zu Fräulein Herter führte sie die beiden jungen Mädchen gleich selbst in ihr Zimmer.

»Ich habe für Sie beide gemeinsam dieses Zimmer bestimmt, was wohl Ihren Wünschen entspricht«, sagte sie, die Tür öffnend.

Lori warf stolz den Kopf zurück.

»Ich bin gewohnt, meine Zimmer allein zu bewohnen.«

Madame Chevaux lächelte fein und überlegen.

»Ja, ja Baronesse, man muß hier mancherlei lernen. Es ist in meinem Hause Bestimmung, daß immer zwei Damen ein Zimmer zusammen bewohnen. Und es ist Ihnen doch sicher angenehmer, wenn Sie beide zusammenwohnen, als mit fremden jungen Damen.«

»Ich möchte aber viel lieber mit einer anderen jungen Dame zusammenwohnen«, sagte Lori schroff.

Madame Chevaux sah sie einen Augenblick scharf an.

»Ich bedaure, vorläufig ist nur dies eine Zimmer frei, alle anderen sind bereits doppelt besetzt. Sie müssen also schon mit

Fräulein Liselotte zusammen wohnen, Baronesse Lori.«

Das war so bestimmt ausgesprochen, daß es keinen Widerspruch gab.

Die beiden jungen Mädchen traten nun in das für sie bestimmte Zimmer, ein großes, luftiges und sehr freundlich eingerichtetes Gemach, in hellen, duftigen Farben gehalten und nicht ohne Geschmack ausgestattet.

»Sobald Sie sich erfrischt haben, kommen Sie bitte wieder herunter in mein Zimmer, wo ich mit Fräulein Herter auf Sie warten werde«, sagte Madame Chevaux ruhig und schloß die Tür hinter ihnen.

Sie ging zu Fräulein Herter zurück.

»Die kleine Baronesse Lori scheint ein etwas eigenwilliger Charakter zu sein, mein verehrtes Fräulein Herter. Sie verpflichten mich zu großem Dank, wenn Sie mir einige Aufschlüsse geben über die Wesensart der beiden jungen Damen«, bat sie liebenswürdig.

Fräulein Herter gab ihr in kurzen Worten wahrheitsgetreuen Bescheid und gab auch eine Erklärung, in welchem Verhältnis Liselotte zu der Familie des Barons stand. Zum Schluß bat sie Madame Chevaux noch herzlich um ihren Schutz für Liselotte.

Madame Chevaux hörte nachdenklich zu.

»Also so liegen die Verhältnisse. Da wird allerdings die kleine Liselotte Hochberg einen schweren Stand haben. Übrigens ein entzückendes Geschöpf. Wenn ich das geahnt hätte, dann hätte ich die beiden jungen Damen getrennt unterbringen können. Die arme Liselotte Hochberg wird es schwer haben.«

»Deshalb eben möchte ich Ihnen Liselotte besonders ans Herz legen. Ist sie auch nur ein armes Mädchen, so hat sie doch einen durchaus vornehmen Charakter. Sie ist streng wahrhaftig, außerordentlich klug und begabt und von anspruchsloser Bescheidenheit. Sie wird sehr fleißig sein und sicher Ihre Musterschülerin werden.«

»Nun, das ist viel, sehr viel. Es ist immer gut, wenn man wenigstens eine Schülerin hat, deren Leistungen die andern zum Nacheifer anspornen. Und ich verspreche Ihnen, verehrtes Fräulein

Herter, daß ich für Liselotte tun will, was in meiner Macht steht, zumal sie mir sofort einen sehr günstigen Eindruck gemacht hat.«

»Mehr kann ich ja nicht verlangen, verehrte Madame Chevaux.«

Herzlich dankte Fräulein Herter der Pensionsvorsteherin. Und sie besprachen noch allerlei Einzelheiten. Dann kamen die beiden jungen Mädchen wieder herunter. Sie nahmen mit Fräulein Herter und Madame Chevaux das Abendessen ein und danach verabschiedete sich das Fräulein von ihren Zöglingen. Sie wollte die Nacht in einem Hotel zubringen und am nächsten Morgen weiterreisen.

Als sie Lori Lebewohl sagte, bat sie dringend:

»Ich hoffe, liebe Lori, daß du meiner Erziehung Ehre machst und deine Fehler, die dir zu Unehre gereichen, ablegst. Du wirst ja nun immer älter und vernünftiger. Heute, da ich zum letzten Male mit dir spreche, möchte ich dir noch einmal ans Herz legen, stets dessen eingedenk zu sein, daß der Mensch nur auf das stolz sein darf, was er selbst leistet, wie er selbst ist. Die Vorrechte der Geburt sind kein Verdienst. Man muß sich diese Vorrechte dadurch erst verdienen, daß man edel und gut ist und eine adelige Gesinnung besitzt. Suche dir diese Vorrechte zu verdienen, dann darfst du den edlen Stolz besitzen, ein guter Mensch zu sein.«

Lori hörte mit unbewegtem, fast höhnischem Gesicht auf diese Worte. Aber sie brachte es wenigstens über sich, Fräulein Herter einige förmliche Dankesworte zum Abschied zu sagen.

Zu Liselotte sagte Fräulein Herter nicht viel. Sie umarmte und küßte sie herzlich und sagte mit verhaltener Stimme:

»Leb wohl, Liselotte – Gottes Segen mit dir auf allen Wegen. Sobald ich zu Hause angelangt bin, schreibe ich dir. Sei tapfer, mein Kind.«

Liselotte biß die Zähne zusammen. Tränen funkelten in ihren Augen. Sie drückte die treue Freundin ihrer einsamen Jugend fest an sich und stammelte leise:

»Dank – heißen Dank für alle Liebe und Güte, du Liebe, Gute. Gott behüte dich.«

Dann riß sich Fräulein Herter schnell los und ging hinaus, um die Tränen nicht sehen zu lassen, die ihr aus den Augen stürzten.

Madame Chevaux kehrte zu den beiden jungen Mädchen zurück. Sie sah, daß Baronesse Lori kalt und ungerührt geblieben war durch den Abschied von ihrer langjährigen Erzieherin. Das war ein schlechtes Zeichen für ihren Charakter.

Liselotte aber saß bleich und mit krampfhaft verschlungenen Händen in ihrem Sessel, es zuckte schmerzlich in dem schönen jungen Gesicht und sie tat Madame Chevaux sehr leid.

Um sie abzulenken, plauderte sie von allerlei oberflächlichen Sachen. Inzwischen waren die Koffer gebracht worden und Madame Chevaux klingelte dem Zimmermädchen und fragte , ob im Zimmer der jungen Damen für die Nacht alles in Ordnung sei.

Das hübsche freundliche Mädchen bejahte und wurde wieder entlassen. Die Vorsteherin brachte die jungen Mädchen nun wieder selbst nach ihrem Zimmer. Sie zeigte ihnen hier, wie und wo sie Wäsche und Kleider, Schuhe, Hüte und andere Sachen unterbringen sollten. Sie riet ihnen, sich heute gleich schlafen zu legen, da sie von der langen Reise ermüdet sein müßten. Auspacken sollten sie erst morgen früh.

»Nun schlafen Sie recht gut, meine jungen Damen. Morgen früh sollen Sie schlafen, so lange Sie wollen. Dann aber wird jeden Morgen um sieben Uhr geweckt. Um acht Uhr wird das Frühstück gemeinsam unten im Speisesaal eingenommen. Morgen werde ich Ihnen das Frühstück auf Ihr Zimmer bringen lassen, damit Sie erst ruhig auspacken und ihre Sachen einräumen können. Bitte klingeln Sie, wenn Sie das Frühstück wünschen. Und sobald Sie dann mit allem fertig sind, lassen Sie es mir durch das Zimmermädchen sagen. Ich werde Sie dann im Schulzimmer mit den anderen Mädchen, den Lehrern und Lehrerinnen bekanntmachen. Für heute also nochmals gute Nacht.«

Damit zog sich Madame Chevaux zurück, und die beiden jungen Mädchen waren allein.

Lori machte eine schnippische Geste hinter ihr her.

»Einen Ton hat diese Madame Chevaux an sich! Was fällt ihr ein? Ich lasse mir nicht in dieser Weise befehlen«, sagte sie entrüstet.

Liselotte schwieg. Ihr Herz war viel zu voll und schwer, als daß sie hätte reden mögen.

»So rede doch – bist du von Holz?« fragte Lori ärgerlich. – Nun mußte Liselotte antworten.

»Mir scheint, daß Madame Chevaux eine sehr kluge, tüchtige Dame ist. Sie ist aber trotzdem sehr freundlich. Ein Urteil kann ich mir nach diesem kurzen Beisammensein mit ihr natürlich noch nicht bilden. Es ist aber selbstverständlch, daß wir uns hier ihrem Willen zu fügen haben.«

Lori lachte spöttisch auf. »Du vielleicht – ich nicht.«

Liselotte schwieg und begann sich langsam auszukleiden. Sorgsam hängte sie ihr Kleid auf.

»Willst du nicht zu Bette gehen, Lori?« fragte sie endlich, da diese ruhig auf dem Diwan liegen blieb.

Lori warf sich ungezogen auf die andere Seite.

»Wer soll mich denn auskleiden?« fragte sie schroff.

»Das wirst du wohl hier selbst tun müssen, da dir die Zofe deiner Mutter nicht zur Verfügung steht«, erwiderte Liselotte.

»Fällt mir nicht ein. Da du nun schon einmal mit in meinem Zimmer schlafen sollst, kannst du mir auch Zofendienste tun. Ich kann nicht allein fertig werden. Zieh mir die Schuhe aus.«

Liselotte wurde bleich. Ihr Stolz empörte sich. Nicht gegen die Zumutung, daß sie Lori behilflich sein sollte. Das hätte sie gern getan. Aber daß sie Lori so verächtlich zur Zofe bestimmte, erschien ihr demütigend.

Aber sie rief sich ins Gedächtnis zurück, was ihr Fräulein Herter so oft gesagt hatte:

»Niemand kann dich erniedrigen als du selbst. Die Demütigungen, die dir ein anderer Mensch zufügt, fallen auf ihn selbst zurück.«

Ohne ein Wort zu erwidern, löste sie Loris Schuhe von den Füßen.

»Ich will dir auch dein Haar einflechten, Lori, da du nicht gewöhnt bist, es selbst zu tun«, sagte sie dann ruhig und kam so einem neuen, kränkenden Befehl zuvor.

Als sie mit Loris Haar fertig war, ordnete Liselotte ihr eigenes für die Nacht.

Lori sah diese Pracht zum erstenmal so aufgelöst. Neiderfüllt sah sie zu Liselotte hinüber und ärgerte sich, daß sie so schönes Haar hatte.

Schnell machte sich nun auch Liselotte fertig.

»Gute Nacht, Lori, schlaf gut«, sagte sie freundlich.

»Gute Nacht«, stieß Lori schroff hervor.

Liselotte konnte lange nicht einschlafen. Zu viel strömte auf ihre junge Seele ein. Sie wußte, daß sie hier nun vollends allen Feindseligkeiten Loris schutzlos preisgegeben war. Das Herz tat ihr noch weh von dem Abschied von ihrem lieben Fräulein Herter. Ach, was hätte sie darum gegeben, wenn sie bei ihr hätte bleiben dürfen. Spät erst schlief sie ein. Loris Atemzüge klangen schon lange zu ihr herüber.

Als sie am nächsten Morgen erwachte und leise nach der Uhr sah, erschrak sie heftig. Es war schon acht Uhr. Sie stand sonst viel früher auf. Erschrocken richtete sie sich auf und sah nach Lori hinüber. Die schlief noch fest.

»Es wird hart für sie sein, wenn sie jeden Morgen um sieben aufstehen muß«, dachte sie, denn Lori war eine Langschläferin.

Ganz leise erhob sie sich vom ihrem Lager und trat an das Fenster. Zwischen den zugezogenen Gardinen hindurch schaute sie hinab in den Garten. Da sah sie mehrere junge Mädchen, ungefähr in ihrem Alter, auf den Gartenwegen auf und ab gehen. Sie hatten sich zu zweien untergefaßt und plauderten vergnügt miteinander. Die Sonne schien warm und freundlich auf die schlanken, anmutigen Gestalten herab. Es war ein gar liebliches Bild, das sich Liselottes Blicken bot.

Wie würden sie sie aufnehmen? Madame Chevaux hatte ihnen gestern abend bei Tische erzählt, daß sie alle nur aus besten Häusern stammten, auch eine junge Amerikanerin sei da.

Ach – die waren vielleicht alle ebenso hochmütig wie Lori und würden nichts von ihr wissen wollen.

Und doch – wie schön müßte es sein, wenn sie wenigstens eine Freundin unter ihnen fände.

Seufzend wandte sich Liselotte wieder ins Zimmer zurück. So leise als möglich kleidete sie sich an, um Lori nicht zu wecken. Als sie fast fertig war, fiel ihr eine Bürste herunter. Darüber wachte Lori endlich auf.

»Was machst du denn für einen Lärm? Dabei kann man doch nicht schlafen«, schalt sie unmutig.

»Du wirst wohl nun aufstehen müssen, Lori, es ist halb neun Uhr.«

»Unsinn, ich schlafe, so lange es mir gefällt.«

»Nun, heute ist uns ja auch keine Zeit bestimmt worden. Aber wir müssen doch unsere Koffer auspacken. Und von morgen an mußt du um sieben aufstehen.«

»Blödsinnige Einrichtung – was soll man so früh auf. Heute bleibe ich jedenfalls noch liegen. Öffne das Fenster ein wenig und packe die Koffer aus. Das kannst du allein tun. Wenn du fertig bist, stehe ich auf und du kannst mir dann beim Ankleiden helfen.«

Liselotte packte nun schnell die Koffer aus und räumte alles in die Behälter, die Madame Chevaux dafür bestimmt hatte. Lori lag faul im Bett und blinzelte durch die halbgeschlossenen Lider zu Liselotte hinüber. Ihre einzige Betätigung bei dieser Arbeit bestand im Befehlen und Schelten, wenn ihr Liselotte etwas nicht nach Gefallen tat.

Als diese fertig war und die leeren Koffer ordentlich beiseite gestellt hatte, geruhte das Baroneßchen sich zu erheben. Liselotte mußte sie beim Ankleiden bedienen, und kein freundliches Wort lohnte ihre Mühe.

Im stillen sagte sich Lori, daß es doch ganz gut war, daß sie gerade mit Liselotte ein Zimmer teilte. Sonst hätte sie sich wohl oder übel allein behelfen müssen.

Schnell räumte nun Liselotte noch, wie sie es gewöhnt war, im Zimmer auf. Und dann fragte sie Lori, ob sie nun nach dem Frühstück klingeln sollte.

Lori gab die Erlaubnis und Liselotte klingelte.

Das Zimmermädchen erschien und Liselotte bat freundlich um das Frühstück, das das Mädchen in wenig Minuten brachte.

Als sie fertig waren, klingelte Liselotte wieder und bat, Madame Chevaux zu melden, daß sie bereit seien.

Bald darauf erschien diese bei den jungen Mädchen.

Sie fragte freundlich, wie sie geschlafen hätten, und sah sich angenehm berührt in dem gut aufgeräumten Zimmer um.

»Sie haben wohl noch nicht ausgepackt?« fragte sie.

»Doch, Madame Chevaux, wir sind fertig«, sagte Lori, als hätte sie die Arbeit vollbracht.

Madame Chevaux ließ sich nun Schränke und Schubfächer zeigen, um zu sehen, ob alles ordnungsgemäß und nach Vorschrift untergebracht war.

Sie war sehr zufrieden.

»Das lobe ich mir, meine jungen Damen. Sie haben gestern abend genau auf meine Anweisung geachtet. Diese Ordnung muß nun auch stets aufrechterhalten bleiben. Jeden Monat wird einmal nachgesehen durch eine von den Lehrerinnen oder mich selbst. Und ich hoffe, ich finde dann in ihrem Zimmer dieselbe musterhafte Ordnung wie heute. Dann kann ich Sie meinen anderen Schülerinnen als Vorbild hinstellen.«

Lori heimste dieses Lob mit Seelenruhe ein, obwohl sie nicht einen Finger gerührt hatte.

Madame Chevaux fuhr dann fort:

»Nun will ich Sie im Hause herumführen, damit Sie alle Räumlichkeiten kennenlernen. Zuletzt bringe ich Sie dann ins Schulzimmer. Um neun Uhr beginnt jeden Morgen der Unterricht. Der Stundenplan wird Ihnen unten im Schulzimmer übergeben werden. Hier im Zimmer hängt außerdem der Plan für die Hausordnung. Bei den Mahlzeiten und während einiger Unterrichtsstunden wird zur Übung nur Französisch geprochen, ebenso mit den Dienstboten. Natürlich wird auch Englisch getrieben. Das ist das Wesentliche, was ich Ihnen zu sagen habe. Alles andere findet sich bald. Und nun Baronesse Lori, Fräulen Liselotte, wollen wir ins Schulzimmer gehen.«

Inzwischen waren die Schülerinnen des Hauses im Schulzimmmer. Es waren acht junge Damen, über deren blonde, braune und schwarze Köpfe die Frühlingssonne ihr Licht verstreute.

»Ich weiß es ganz gewiß, sie sind gestern abend angekommen. Mademoiselle Blanchard hat mir heute morgen auch gesagt, daß Madame Chevaux sie uns nachher vorstellen will«, sagte ein hübscher Schwarzkopf mit kurzgeschnittenen krausen Ringellokken. Das war die fünfzehnjährige Lia Frankenberg.

»Neugierig bin ich, ob es angenehmer Zuzug ist. Eigentlich wären wir zu acht schon genug. Es wird ungemütlich, wenn wir zu viele sind«, meinte eine ziemlich unbedeutend aussehende junge Dame, die am größten und stärksten war von allen. Sie hatte schönes blondes Haar und sehr blaßblaue Augen. Sie hieß Melanie Schlieben.

Ein reizendes, lustiges Persönchen mit einem Schelmengrübchen und prachtvollen, lebenssprühenden, übermütigen Augen, Susi v. Bredow, lachte sie aus.

»Du bist nur bange, daß der Nachtisch nicht mehr zweimal herumreicht und du zu kurz kommst. Ich finde es gerade hübsch, wenn neue dazukommen. Je mehr wir sind, desto lustiger wird es.«

Alle lachten. Susi war der Wildfang des Töchterheims und stets zu lustigen Streichen aufgelegt. Ihre runden Wangen glichen köstlichen Pfirsichen, ihre Haut war leicht gebräunt und verriet das Landkind. Ihre dunklen Augen waren so schön wie das dicke, dunkelbraune Haar, das sich nur widerstrebend in zwei kurze dicke Flechten zwingen ließ.

»Wildfang hat recht. Ich find' es auch netter, wenn wir noch Zuwachs bekommen. Grad fängt es an, ein bisserl langweilig zu werden«, pflichtete Leonie v. Pressen gemütlich bei. Man hörte ihrer Aussprache die Österreicherin an. Sie war sehr hübsch, hatte graue, schöne Augen und kastanienbraunes Haar. Ihre Gestalt war schlank und doch rund. Sie wirkte älter, als ihre fünfzehn Jahre zuließen.

Sie und Susi waren entschieden die übermütigsten unter den jungen Mädchen.

»Oh – ich sein jedenfalls sehr übergespannt und neugierig auf die zwei Neue. Ich mussen sagen, von jedes neue Mensch, wo man kennen lernt, kann man auch lernen dies und das. Und ich will lernen von sie eine – eine –«

»Eine Menge!« halfen die anderen der jungen Amerikanerin Winnifred Balfort aus, die das alles in drolligem Kauderwelsch hervorgebracht hatte. Winnifred Balfort nickte lachend.

»Ja – eine Menge. Ach, ich haben so Not mit das deutsche Sprache, ist viel schwerer als Französisch, trotzdem ich gehabt ein deutsches Mutter. Aber sie ist mir so sehr früh verlorengegangen und meine Vater spricht nicht viel besser Deutsch als ich.«

»Nun, du wirst es schon noch lernen, hast ja schon große Fortschritte gemacht«, tröstete sie lachend eine sehr kleine, zierliche Blondine, Ursula Trautmannsdorf, die fast einen Kopf kleiner war als die sehr große und schlanke Winnifred Balfort.

Die beiden andern jungen Damen, die sich noch nicht am Gespräch beteiligt hatten, waren Zwillingsschwestern, die einander glichen wie zwei frische Borsdorfer Äpfel. Sie waren rund, mollig und ein wenig träge veranlagt. Sie kleideten sich ganz gleich und hatten dieselben Bewegungen. Sie hießen Annemarie und Marianne mit Vornamen und waren die Töchter des Barons v. Schlettau. Der einzige Unterschied an ihnen war, daß Annemaries Haar eine Schattierung rötlicher war als das Mariannes.

Die jungen Mädchen unterhielten sich noch eine Weile sehr lebhaft über die neuen Zöglinge, bis sich die Tür öffnete und Madame Chevaux eintrat mit Baronesse Lori und Liselotte.

Aller Augen wandten sich nach ihnen. Die Vorsteherin nahm das Wort :

»Mein jungen Damen, hier stelle ich Ihnen zwei neue Mitschülerinnen vor. Dies ist Baronesse Lori Bodenhausen und dies ihre Pflegeschwester, Liselotte Hochberg.«

Sie fuhr gleich, zu Lori und Liselotte gewendet fort:

»Und nun will ich Ihnen der Reihe nach die Namen der jungen Damen nennen, die Sie hier vor sich sehen.« Mit einer Handbewegung jedesmal die junge Dame bezeichnend, deren Namen sie nannte, stellte sie vor, mit Leonie von Pressen beginnend und mit Winnifred Balfort schließend. Dann fuhr sie, auf die eintretende Lehrerin deutend fort:

»Und nun mache ich Sie noch mit Mademoiselle Blanchard bekannt. Liebe Mademoiselle, die französische Stunde fällt heute aus. Wir wollen die jungen Damen jetzt auf ein Stündchen allein lassen, damit sie sich ein wenig bekannt machen miteinander. Um elf Uhr wird dann der Unterricht fortgesetzt. Es ist wohl dann Literaturstunde bei Doktor Hohlfeld, nicht wahr?«

»So ist es, Madame Chevaux«, antwortete Mademoiselle Blanchard.

»Schön, an dieser Literaturstunde werden Baronesse Lori und Fräulein Liselotte bereits mit teilnehmen. Also meine jungen Damen – wir lassen Sie eine halbe Stunde mit den neuen Kameradinnen allein.«

Damit zog sich die Vorsteherin mit der Lehrerin zurück.

Eine Weile standen sich die jungen Damen steif gegenüber und unterhielten sich förmlich. Aber dann ergriff Susi v. Bredow das Wort.

»Ach Kinder, das ist langweilig. Auf diese Weise vertrödeln wir die kostbare Freistunde. Ich schlage vor, daß wir die beiden Neuen gleich in unsere Gebräuche einweihen.«

»Ja, das wollen wir. Also los, Wildfang, red lustig drauflos, damit wir unseren Spaß haben«, pflichtete Leonie von Pressen eifrig bei.

»Ist es euch andern recht?« fragte Susi lachend.

Alle stimmten ein.

Susi schwang sich mit einem kühnen Satz auf das Lehrerpult.

»Also ihr lieben Neuen, hört zu, was ich Euch im Namen aller verkünde. Wir nennen uns hier alle du – ich frage euch nicht erst, ob euch das angenehm ist, denn das setze ich als selbstverständlich voraus. Außerdem ist es, wenn wir unter uns sind, verpönt, uns bei den richtigen Namen zu nennen. Wir haben alle einen Übernamen. Die will ich euch nennen. Und dann sollt ihr auch gleich mit einem solchen getauft werden, damit ihr euch würdig in unsere Gesellschaft einreiht. Also – mit unserer Leonie fange ich an. Sie ist übrigens ein reizender lustiger Mensch, der mit über Stock und Stein geht, wenn es sein muß, und niemals Spielverderber ist. Ihr Spitzname ist: Gazelle. So heißt sie wegen ihrer schlanken Anmut. Nun kommt Lia Frankenberg an die Reihe. Wegen ihrer kurzen schwarzen Locken haben wir sie ›Bubi‹ getauft. Melanie Schlieben kann bei ihrer stattlichen Höhe und Breite und bei ihrem blonden Haar nicht anders als ›Germania‹ heißen. Winnifred Balfort heißt ›Dollarprinzeß‹, Ursula Trautmannsdorf nennen wir wegen ihrer Zierlichkeit und ihrer Vorliebe für bunte Farben ›Kolibri‹ und die Zwillinge Annemarie und Marianne Schlettau heißen ›Pitt‹ und ›Fox‹, warum, das wissen sie selbst nicht – wir auch nicht. Nun bleibt nur meine Wenigkeit – mich nennt man mit schöner Einstimmigkeit ›Wildfang‹. Ob ich diesen Namen verdiene, werdet ihr selbst herausfinden. So, nun müßt ihr Euch diese Namen gut einprägen. Acht Tage geben wir euch Zeit dazu. Wenn ihr nach Ablauf dieser Frist, da wir unter uns sind, einen anderen Namen als Anrede gebraucht, müßt ihr jedesmal etwas in die Strafkasse zahlen. Der Inhalt dieser Strafkasse wird jeden Monat in Schokolade angelegt, die wir gemeinsam verzehren. So – ich habe gesprochen. Nun müßt ihr getauft werden.«

Damit sprang Susi von dem Pult herunter.

»Wer schlägt Namen für die Neuen vor?« fragte Melanie Schlieben.

Es schwirrte nun durcheinander, so daß nicht ein Wort zu verstehen war.

Susi gebot mit ihrer kräftigen Stimme Ruhe.

»Kinder wir sind doch keine Hottentotten! So geht das nicht. Eine muß reden.«

»Dann sprechen du weiter, Wildfang, du hast eine gute Atem!« rief lachend Winnifred Balfort.

Susi ergriff nun wieder das Wort.

»Also gut. Ich schlage für dich, Lori Bodenhausen, den Namen ›Elfe‹ vor, weil du so zart und blond und bleich bist. Ist dir der Name recht?«

»Ja, er gefällt mir«, stimmte die eitle Lori zu.

»Und euch andern auch?« fragte Susi weiter.

»Jawohl, einstimmig angenommen!«

»Gut, also ich taufe dich im Namen aller ›Elfe‹. Aber wie nennen wir nun deine Pflegeschwester?«

Lori richtete sich wie kampfbereit auf und ihre Augen blickten feindlich auf Liselotte.

»Sie ist gar nicht meine Pflegeschwester. Meine Eltern haben sie nur erziehen lassen, weil ihre Mutter durch unsere Pferde verunglückte. Nun hat sie es gegen meinen Willen durchgesetzt, daß sie mit mir hierher geschickt wurde.«

Die Gesichter der jungen Mädchen bekamen fast alle einen abweisenden Ausdruck. Erbarmungslos sahen die jungen Augen in das dunkel erglühende Antlitz Liselottes, die mit niedergeschlagenen Augen wie das verkörperte Schuldbewußtsein vor ihnen stand. Daß es nur Scham war, die Scham einer stolzen, reinen Seele, konnten sie nicht wissen. Aber alle waren sofort gegen Liselotte eingenommen.

Wildfangs Gesicht zuckte ein wenig, als behage ihr das alles nicht. Aber sie war doch auch gegen Liselotte eingenommen. »Einen Namen muß sie natürlich auch haben«, sagte sie zögernd.

»Oh, da braucht ihr euch nicht lange zu bemühen. Sie hat ihren Namen schon. In Bodenhausen wird sie überall die Bettelprinzeß genannt. So kann sie auch hier heißen«, sagte Lori hastig.

Wildfang lachte ein wenig.

»Also wird der Namen für sie angenommen?«

»Ja, ja«, tönte es von allen Seiten, und Liselotte wurde mit spöttischen und unfreundlichen Blicken betrachtet. Lebhaft wurde nun die Unterhaltung weitergeführt. Nur Liselotte stand abseits und niemand sprach mit ihr. Wie furchtbar weh war ihr zumute.

Lori verstand es auch in Zukunft, die andern gegen Liselotte einzunehmen. Sie dichtete ihr alle Untugenden an, die sie selbst besaß, und Liselotte war wehrlos ihren Verleumdungen preisgegeben.

Junge Mädchen lassen sich so leicht beeinflussen. Sie wandten sich alle feindlich gegen Liselotte, die sie nach Loris Behauptung für verlogen, anmaßend und klatschsüchtig hielten.

Auch die Lehrer und Lehrerinnen waren zuerst nicht sonderlich mit Liselotte zufrieden. Immer kam sie zu allem zu spät und niemand ahnte, daß daran nur Lori schuld war, die Liselotte immer für ihre Bedienung bis zuletzt in Anspruch nahm, so daß sie keine Zeit hatte, sich selbst pünktlich fertig zu machen.

Wehrlos stand Lisleotte aller Unbill gegenüber. Und war sie mit Lori allein, dann quälte diese sie oft bis zur Unerträglichkeit.

Stumm, mit zusammengepeßten Lippen ertrug Liselotte alles. Sie beklagte sich nie gegen einen Menschen. Und wenn die anderen in den Pausen und in den Erholungsstunden fröhlich miteinander plauderten und lachten,saß Liselotte allein. Sie hatte dann manchmal einen so wehen, unglücklichen Ausdruck in den Augen, daß Susi, der Wildfang, die einige Male solch einen Blick auffing, sich seltsam davon beunruhigt fühlte und über Liselotte nachzudenken begann. Mit der Zeit begannen Lehrer und Lehrerinnen Liselotte Beachtung zu schenken. Sie entpuppte sich bald als die fleißigste und begabteste Schülerin.

Das deutete Lori wieder aus.

»Seht ihr wohl, was sie für eine heimtückische Streberin ist?«

Monate vergingen.

Der einzige Trost für Liselotte bestand in dem Briefwechsel mit Fräulein Herter. Dieser treuen Seele konnte sie ihr Herz ausschütten, und das gute Fräulein tröstete sie nach Kräften mit herzlichen Liebesworten und dem Hinweis auf die Zukunft, wo sie von Loris Quälereien erlöst sein würde.

Zuweilen bekam Liselotte auch von Frau Martha Schulz einige Zeilen und auf eine Karte hatte der lange Heinrich einen Gruß gekritzelt.

Zufällig kam Lori diese Karte in die Hand und höhnisch zeigte sie dieselbe herum und berichtete, daß Liselotte mit einem Hausdiener Grüße tausche.

Das trug Liselotte wieder allerlei Spott und Hohn ein und verächtlicher als je rief man sie ›Bettelprinzeß‹.

Als aber Liselotte meinte, das Leben kaum noch ertragen zu können, trat plötzlich eine Änderung zu ihren Gunsten ein.

Einer der Lehrer war bei den Schülerinnen besonders unbeliebt. Es war auch tatsächlich ein wenig angenehmer Herr, der immer verdrießlich, unzufrieden und gallig war und dem so recht niemand etwas zur Zufriedenheit machen konnte. Gegen diesen Lehrer wendeten sich nun natürlich in schöner Einstimmigkeit allerlei tolle Streiche.

Das eine Mal stand, als er das Schulzimmer betrat, in großen Buchstaben an der Wandtafel: »Nieder mit Dionys, dem Tyrannen!« Ein andermal hatte man ein Buch, das er immer zu benutzen pflegte, mit der unteren Seite an das Pult festgenagelt, so daß er sich vergeblich bemühte, es emporzuheben. Im höchsten Grade ärgerlich suchte er dann nach den Schuldigen, die jedoch selbstverständlich nicht verraten wurden.

Eines Tages nähte man ihm in der Pause die Ärmel seines Mantels zu, den er im Schulzimmer aufgehängt hatte. Damit noch nicht genug, hatte man einen Bleistift fein geschabt und das

Pulver in sein Taschentuch gewickelt, das er im Mantel hatte stecken lassen.

Erwartungsvoll, mit den unschuldigsten Gesichtern saßen die Schülerinnen auf ihren Plätzen, als er eintrat.

Im Laufe der Stunde wurde dem Lehrer heiß, denn es war ein sehr warmer Sommertag. Er suchte sein Taschentuch, fand es nicht in seinem Rock und ging hinüber zu seinem Mantel, um sein Taschentuch zu holen. Ohne seinen Vortrag zu unterbrechen, nahm er es heraus und wischte ahnungslos über das Gesicht. Das Bleistiftpulver tat seine Wirkung.

Ein verhaltenes Kichern ging durch die Reihen.

»Ich bitte mir Ruhe aus«, donnerte der Lehrer, sein Taschentuch ahnungslos wieder in die Rocktasche steckend. Dabei sah er mit seinem geschwärzten Gesicht so komisch aus, daß nun doch eine gewaltige Lachsalve losbrach.

Nur mit Mühe faßten sich die jungen Damen unter seinen Zornesworten. Endlich war die Stunde zu Ende. Gewohnheitsmäßig nahm der Lehrer seinen Mantel vom Haken und wollte hineinschlüpfen. Da die Ärmel zugenäht waren, ging das nicht. Er quälte sich mit dem Kleidungsstück herum und merkte nun an dem losbrechenden Lachen, daß man ihm wieder einen Schabernack gespielt hatte. Als er die Arme wieder herauszog, sah er auch, daß seine Hände schwarze Streifen hatten. Eine Ahnung beschlich ihn, daß sein Gesicht wohl ähnlich aussehen könne. Mit einem wütenden: »Ihr albernen Gänse, das melde ich Madame Chevaux!« warf er den Mantel über den Arm und stürmte nach dem Zimmer der Pensionsvorsteherin. Das Lachen wollte kein Ende nehmen, trotzdem man die Drohung sehr wohl gehört hatte. Erst als Madame Chevaux in Begleitung des notdürftig gereinigten Lehrers mit strenger Miene eintrat, verstummte das Lachen.

Eine hochnotpeinliche Untersuchung fand statt. Madame Chevaux hatte volle Genugtuung und strenge Bestrafung der Schuldigen versprochen.

Sie forderte die Schuldigen auf, sich selbst zu melden – aber erfolglos. Man hatte sich strengstes Stillschweigen gelobt und dies Versprechen zu halten war Ehrensache.

»So meldet ihr Unbeteiligten diejenige, die sich so unerhört gegen den Herrn Doktor vergangen hat«, forderte die Vorsteherin nachdrücklich. Aber alles blieb still.

»Nun gut – so muß ich Sie alle bestrafen. Die Unschuldigen müssen dann eben mit den Schuldigen leiden. Der Herr Doktor muß volle Genugtuung erhalten. Also, wenn die Schuldige nicht gemeldet wird, erhalten Sie alle zusammen zehn Tage strengen Stubenarrest, verschärft durch tägliche Strafarbeiten, die der Herr Doktor aufgeben wird. Außerdem wird diesen Monat der Theaterbesuch ausfallen.«

Atemloses Schweigen folgte und die jungen Damen machten lange Gesichter. Am meisten ärgerte sich Lori. Sie hatte nicht Lust, zu büßen. Und stets gewohnt, alle Strafen auf Liselotte abzuwälzen, rief sie mit schriller Stimme: »Liselotte ist es gewesen.«

Sie bedachte nicht, daß sie mit dieser fälschlichen Anschuldigung sich selbst in den Augen der andern als Lügnerin bloßstellte.

Aller Augen wandten sich nach Liselotte. Sie war zusammengezuckt und hatte einen Augenblick den Kopf gehoben, als wolle sie widersprechen. Aber dann senkte sie ihn wieder – und schwieg.

So saß sie da, als habe sie wirklich ein böses Gewissen. Die andern sahen alle wie gelähmt nach ihr hinüber. So hatte Liselotte so oft gesessen, wenn sie von Lori fälschlich angeklagt wurde, und man hatte ihr Schweigen und Erröten stets für Schuldbewußtsein gehalten. Gespannt wartete man, was nun geschehen würde. Liselotte kannte natürlich die Schuldigen ganz genau. Sie würde dieselben doch nun sicher angeben, um sich zu verteidigen.

Madame Chevaux ahnte, daß Lori nicht die Wahrheit sprach. Aber sie wollte dem Lehrer Genugtuung geben. Sie wußte, daß der betroffene Lehrer oft nicht den rechten Ton für die jungen Damen fand, und daß diese im Übermut das Attentat angezettelt hatten. So beschloß sie, scheinbar an Liselottes Schuld zu glauben, Liselotte zu bestrafen und dann, wenn sie sich im stillen von ihrer Unschuld überzeugt hatte, einen Ausweg zu finden, um Liselotte von dieser Strafe zu entbinden.

So sagte sie ruhig und bestimmt.

»Also Fräulein Liselotte ist die Schuldige? So soll sie auch allein bestraft werden. Fräulein Liselotte, ich fordere Sie auf, den Herrn Doktor sogleich um Verzeihung zu bitten. Und vor Tisch kommen Sie dann in mein Arbeitszimmer, wo ich Ihnen Ihre Strafe zumessen werde.«

Aller Augen richteten sich gespannt auf Liselotte. Jetzt war doch für diese eine Gelegenheit, sich zu rächen. Sie allein hatte sich ja in keiner Weise an dem Streich beteiligt. Aber Liselotte erhob sich mit blassem, zuckendem Gesicht und trat auf den vor Wut und Ärger noch fassungslosen Lehrer zu.

»Ich bitte um Verzeihung, Herr Doktor«, bat sie leise.

Dieser ließ eine geharnischte Strafpredigt auf sie herniederprasseln, die sie still über sich ergehen ließ.

Dann verließ er mit Madame Chevaux das Schulzimmer.

Als sich die Tür hinter der Vorsteherin und dem Lehrer geschlossen hatte, herrschte noch eine Weile atemlose Stille. Dann erhob sich Lori mit eitlem, befriedigtem Lächeln.

»Nun, war das nicht ein großartiger Gedanke von mir? Jetzt sind wir fein heraus.«

Da sprang Susi von Bredow entrüstet auf, sich auf sich selbst besinnend.

»Nein – das ist gemein, da tue ich nicht mit! Ich war nur eine Weile von den Ereignissen wie betäubt. Aber jetzt blicke ich wieder klar. Das lasse ich nicht zu, daß eine andere für mich und uns alle büßen muß. Wenn ich etwas angestellt habe, stehe ich auch selbst dafür ein. Es war nicht recht von dir, Elfe, daß du Bettelprinzeß beschuldigtest. Wir alle wissen, daß sie ganz unbeteiligt war. Ich gehe nachher zu Madame Chevaux und bekenne mich schuldig.«

Es entstand eine große Erregung unter den Schülerinnen. Susi aber trat schnell vor Lieselotte hin und sagte lebhaft und warmherzig:

»Bettelprinzeß, du bist ein anständiger Mensch. Ich glaube, wir haben dich alle falsch eingeschätzt. Du hattest jetzt eine so feine Gelegenheit, uns hereinzulegen. Wir haben dich oft gekränkt, um dir Veranlassung zu geben, dich zu rächen. Aber du hast es nicht getan, hast uns alle beschämt und alles auf dich genommen. Du hast mir heute den Beweis geliefert, daß Elfe dich uns in einem falschen Lichte gezeigt hat. Mir ist schon manchmal eine Ahnung gekommen, daß du besser bist, als wir alle dachten. Wenn Elfe dir Unrecht tut – ich will es nicht tun. Ich erkläre hiermit feierlich, daß ich dir alles Unrecht abbitte, was ich dir je angetan habe. Wenn es dir recht ist, wollen wir in Zukunft Freundinnen sein.«

Tiefaufatmend, mit flammenden Augen stand Susi neben Liselotte und hielt mit warmem Druck ihre Hand. Liselotte war zumute, als tue sich der Himmel vor ihr auf.

Lori machte ein gehässiges Gesicht und sprach auf die andern ein. Melanie Schlieben zuckte die Achseln:

»Gott, machst du ein Aufheben, Wildfang!« rief sie lässig.

»Ja, ich finde auch«, pflichtete Annemarie v. Schlettau bei. »Da Bettelprinzeß die Strafe auch sich genommen hat, ist doch nicht nötig, daß wir uns alle strafen lassen.«

Die kleine Ursula Trautmannsdorf meinte naiv:

»Wir können ja Bettelprinzeß mit Schokolade dafür abfinden. Elfe hat es doch gut gemeint, daß sie uns die Strafe abwendete.«

»O nein, da bin ich anderer Ansicht«, sagte Susi energisch. »Wenn eine Unschuldige für die Schuldigen büßen soll, so ist das niemals gut gemeint. Wir sind alle recht garstig und häßlich zu Bettelprinzeß gewesen. Ich tue da nicht mehr mit. Bettelprinzeß hat uns, wenn ihr ehrlich prüfen wollt, nie etwas zuleide getan. Sie kann doch nichts dafür, daß sie eine arme Waise ist.«

Da trat Winnifred Balfort zu Liselotte und Susi.

»O nein, dafür können kein Mensch. Ich sein auch ein bürgerliche Mädchen und mein liebe Vater sein ein ganz armes, englisches Mann gewesen, wie er ist gekommen nach Amerika und er haben mir oft gesagt: ›Ich habe nicht gehabt mehr, als eine Rock, eine Gott, eine Vaterland und ein Schilling, als ich gekommen bin nach Neuyork‹ – so haben meine liebe Vater gesagt. Und ich gehen mit Wildfang zu Madame Chevaux, ich haben auch Bleistifte ge – nun – wie sagt man – geschabt für das Doktor sein Taschentuch.«

Jetzt trat auch Leonie v. Pressen heran. Lachend sagte sie: »Ich hab' den andern Rockärmel zugenäht und hab' meinen Spaß gehabt dabei. Beschämen lasse ich mich auch nicht von Bettelprinzeß. Ich geh auch mit zu Madame Chevaux. Punktum.«

So geschah es denn auch. Susi, Winnifred und Leonie v. Pressen gingen zur Vorsteherin und beichteten rückhaltlos ihre Schuld. In Anbetracht dessen, daß sie sich selbst gemeldet hatten, wurde ihnen eine milde Strafe auferlegt. Sie mußten eine Strafarbeit abschreiben und den Doktor am nächsten Tage um Verzeihung bitten.

Liselottes Stellung im Töchternheim war nun mit einem Schlage völlig verändert. Auch nachdem sich die erregten Gemüter beruhigt hatten, blieb Susi v. Bredow Liselottes ehrliche Freundin, die bei allen Gelegenheiten nachdrücklich für sie eintrat. Leonie v. Pressen und Winnifred blieben ihr gleichfalls freundlich gesinnt, und je besser sie Liselotte kennen lernten, je lieber wurde sie ihnen.

Lori war wütend, daß sie sich selbst ihr Spiel verdorben hatte.

Aber Liselotte nahm nach wie vor geduldig und fügsam alle Launen und Feindseligkeiten hin, ohne sich zu beklagen. Ihrem Herzen tat jedoch die Freundschaft Susis und der beiden anderen jungen Mädchen sehr wohl. Hauptsächlich Susi wurde ihr mit der Zeit eine treue, zärtliche Freundin.

Wieder waren Monate vergangen. Es war Winter geworden. Öfter wurden jetzt kleine Konzerte von den Lehrern veranstaltet zur musikalischen Übung und Unterhaltung. Zuweilen waren dazu auch Gäste geladen.

Leonie v. Pressen spielte sehr schön Violine, Lia Frankenberg leistete im Klavierspiel Bewundernswertes. Die übrigen boten durchweg mittelmäßige Leistungen. Am wenigsten leistete Lori.

Aber die größte musikalische Begabung zeigte sich bei Liselotte. Der Musiklehrer, ein bereits bekannter Komponist, hatte Liselottes herrlichen Mezzosopran entdeckt. Es machte ihm Vergnügen, diese volle, warme und süße Stimme auszubilden, soweit es in seiner Macht stand. Auch ihr Klavierspiel überragte das Mittelmaß.

Wenn Liselotte in den veranstalteten Konzerten einige Lieder sang, dann herrschte atemlose Stille. Selbst die ihr noch immer feindlich gesinnten Mitschülerinnen wurden wider Willen in den Bann der süßen, glockenreinen Stimme gezogen, die aus dem Herzen zu kommen schien und zu Herzen ging.

»Fräulein Liselotte hat ein Vermögen in ihrer Kehle«, sagte der Musiklehrer oft. Und er fragte sie ganz ernsthaft, ob sie sich nicht zur Sängerin ausbilden lassen wolle.

Liselotte schüttelte jedoch heftig abwehrend den Kopf.

»O nein – nicht um alle Schätze der Welt könnte ich vor vielen fremden Menschen singen. Ich bin schon so furchtbar befangen, wenn einige Gäste anwesend sind«, sagte sie hastig.

»Das würde sich mit der Zeit verlieren«, antwortete der Lehrer.

»Nein«, sagte Liselotte bestimmt, »ich weiß ganz gewiß, daß ich nicht zur Sängerin tauge. Vor der Öffentlichkeit singen, das wäre mir gerade, als müßte ich allen Menschen zeigen, was ich im Herzen habe.«

So drang er nicht weiter in sie, suchte aber ihre junge Stimme zu bilden, so gut er es vermochte.

Nun hatte der Musiklehrer ein reizendes Singspiel komponiert. Er bat Madame Chevaux sehr darum, es mit den jungen Mädchen einstudieren zu dürfen, um es dann vor einer kleinen Anzahl auserlesener Gäste aufführen zu lassen. Die jungen Mädchen waren Feuer und Flamme dafür und die Vorsteherin gab die Erlaubnis.

Das Singspiel sollte noch vor den Weihnachtsferien aufgeführt werden und Liselotte sollte die Hauptrolle übernehmen.

Sie tat es mit Zittern und Zagen und nur, weil sonst niemand fähig dazu war.

Die Handlung des Singspiels war in die Rokokozeit verlegt. Es war eine Art Schäferspiel. Drei der jungen Damen mußten sich als junge Schäfer verkleiden. Dazu erboten sich Susi v. Bredow, Winnifred Balfort und Melanie Schlieben.

Die Kostüme waren alle in zarten, lichten Farben gehalten und sahen, hauptsächlich bei Lampenlicht, reizend aus.

Die Aufführung sollte im Schulzimmer stattfinden, wo eine

kleine Bühne aufgebaut wurde.

Endlich kam der große Abend heran. Alles war bereit. Die Hauptprobe in Kostümen war glänzend verlaufen. Alle waren entzückt von Liselottes Gesang und anmutigem Spiel und von der schelmischen Art ihres Partners, den Susi ganz reizend darstellte.

Lori ärgerte sich ungemein über Liselottes Erfolg. Sie wünschte sehnlichst, daß diese bei der Aufführung steckenbleiben oder sonst ein Mißgeschick haben möchte.

Ach, Liselotte hatte furchtbare Angst, daß das geschehen könne. Wenn sie gekonnt hätte, sie hätte noch nach der so gut gelungenen Hauptprobe abgesagt.

Aber der Komponist beschwor sie nur immer wieder, tapfer zu sein und ihm um Himmelswillen die Aufführung nicht zu verderben durch ihre Angst.

»Wenn Sie nur wüßten, wie vorzüglich Sie Ihre Rolle beherrschen, Fräulein Liselotte, Sie würden kein bißchen Angst haben«, sagte er.

»Ach, seien Sie nur nicht bange, Herr Musikdirektor, ich will ihr schon Mut machen,« erklärte Susi lachend.

Nun trafen bereits die ersten Gäste ein.

Der Komponist kam noch einmal hinter die Bühne.

»Ach, wenn ich doch nicht solche Angst hätte«, seufzte Liselotte. – »Du wirst natürlich steckenbleiben und alles verderben«, raunte Lori ihr gehässig zu.

Susi, die ganz allerliebst als übermütiger Schäfer aussah, faßte Liselotte lachend um die Mitte, machte einen Kratzfuß und sah ihr schelmisch ins Gesicht.

»Schönste Schäferin, nur Mut, die Sache wird schon schiefgehen.«

»Meine Damen, ich bin untröstlich, wenn es nicht so klappt wie auf der Hauptprobe. Es muß gut gehen«, sagte der Komponist erregt.

Nun klingelte es zum ersten Male. Die Schäferinnen mußten sich im Halbkreis auf der Bühne aufstellen. Rechts und links hinter ihnen, je zwei Schäferinnen zierlich umschlingend, die beiden Schäfer, Winnifred und Melanie. In der Mitte auf einer

Rasenbank saß Liselotte und ihr zu Füßen kniete, zierlich ihre Hand küssend, der lustige Schäfer Susi. Zwei andere Schäferinnen hielten eine Girlande hinter diesem Paar hoch empor. Diese beiden wurden von Leonie v. Pressen und Annemarie v. Schlettau dargestellt.

Der Komponist begann ein reizendes, zartes Vorspiel. Dann begannen alle Schäfer und Schäferinnen einen entzückenden halblauten Chorgesang, der immer lauter anschwoll. Langsam erhob sich während dieses Gesanges der Vorhang und den Zuschauern bot sich ein reizendes Bild.

Atemlose Stille herrschte im Zuschauerraum. Dem einleitenden Chorgesang folgt ein schelmischer Wettgesang zwischen den Schäfern und Schäferinnen. Schon hier klang Liselottes herrliche Stimme führend hindurch.

Dann hatte Susi eine kleine Solopartie zu singen. Sie bestürmte mit bittenden Worten die schöne Schäferin um ihre Gunst. Es klang wie verhaltenes Lachen aus Susis Stimme, und ihre Augen blickten schelmisch und ermunternd zu Liselotte empor.

Während dann die Begleitung zu einigen Zwischentakten einsetzte, flüsterte Susi Liselotte zu:

»Also jetzt tapfer, Bettelprinzeß. Sperr dein Mäulchen auf, und sing, so schön du kannst. Keine Angst, es geht prächtig.«

Nun mußte Liselotte zu ihrem ersten großen Sologesang einsetzen. Einen Augenblick zögerte sie. Der Komponist räusperte sich angstvoll und wiederholte den Takt, und Susi drückte Liselotte ermunternd die Hand.

Diese nahm allen Mut zusammen und setzte ein. Die ersten Töne klangen freilich leise und gepreßt. Aber jetzt sah Liselotte nur in die Augen des Komponisten, die so beschwörend auf ihr ruhten. Da rang sie sich von ihrer Befangenheit los, um sein hübsches Werk nicht zu gefährden. Und von diesem Augenblick an war sie ruhig und sicher. Rein und klar, in bestrickenden Wohllauten kamen die Töne wie Perlen über ihre Lippen.

»Wie Nachtigallengesang«, dachten die Zuhörer und lauschten atemlos. – Es folgte nun ein schelmischer Zwiegesang zwischen Liselotte und Susi. Sie mußten, während die andern zurückwichen, scheinbar einander suchen und sich entziehen.

Reizend spielte Susi den bittenden Schäfer und Liselotte brachte die schüchterne, abwehrende Schäferin vorzüglich zur Geltung. Aller Augen folgten wohlgefällig den beiden anmutigen Gestalten.

Nun gruppierten sich die andern wie ein lebender Rahmen um die beiden Hauptdarsteller. In einem Chorgesang flehten sie die Schäferin an, den Schäfer zu erhören, und die beiden andern Schäfer umschlangen übermütig eine Schäferin nach der andern.

Aber Liselotte mußte noch immer abweisend bleiben.

Da sanken die beiden andern Schäfer vor ihr auf die Knie und baten sie, ihren Freund zu erhören.

Die hartherzige Schäferin bekundete endlich ein menschliches Rühren und schenkte dem Unglücklichen ein Lächeln. Wieder begann dieser um ihre Gunst zu werben, und ihr Widerstand erlahmte mehr und mehr, bis sie sich schließlich von ihm küssen ließ.

Ein jubelnder Schlußgesang ertönte, in den der Chor einstimmte. Dann fiel der Vorhang. An Beifall fehlte es nicht. Die Gäste beruhigten sich nicht eher, bis das Singspiel zum Teil noch einmal wiederholt wurde. Man rief nach den Hauptdarstellern und überschüttete Liselotte und Susi mit Beifall.

Susi zog Liselotte lachend auf die Bühne und gab ihr noch einen herzhaften Kuß. Da wollte der Jubel kein Ende nehmen. Der Komponist wurde auf die Bühne gerufen und bekam auch seinen Teil Beifall.

Es gab nur strahlende, frohe Gesichter, außer dem Loris, die Liselotte den Beifall natürlich nicht gönnte.

Nach der Vorstellung gab es für die Beteiligten ein Festmahl, an dem die Schäfer und Schäferinnen in ihren reizenden Kostümen teilnahmen.

So kam heute fast Mitternacht heran, ehe die jungen Mädchen zu Bett gehen konnten.

Kurz nach der Aufführung schrieb Liselotte folgenden Brief an Fräulein Herter:

»Mein teures, liebes Fräulein! Die Aufführung des Singspiels ist gut gelungen. Ich habe gottlob meine Sache ganz gut gemacht. Im Anfang setzte ich allerdings falsch ein vor Angst, und ohne meine liebe Susi, die mir Mut machte, wäre ich richtig steckengeblieben. Aber so ging es noch gut ab.

Ach, Fräulein, so schön es für mich wäre, recht viel Geld zu verdienen, als Sängerin könnte ich nicht auftreten. Mir tun die Blicke weh, mit denen mich die Menschen ansehen.

Sonst ist hier alles gut. Susi, Winnifred und Leonie sind lieb und gut zu mir, auch Madame Chevaux und die Lehrer und Lehrerinnen. Nur Lori kann ich nie zufriedenstellen, so sehr ich mich auch bemühe. Das bin ich nun schon gewöhnt.

Aber etwas anderes macht mir schwere Sorge. Denke Dir, Tante Schulz schrieb mir, daß es auf Bodenhausen sehr schlecht stehen soll. Die Gläubiger bedrängen den Herrn Baron sehr. Zum Glück konnte ich den Brief vor Lori verbergen und gleich vernichten. Wie sehr würde sie sich sonst um ihre Eltern sorgen.

Nun ist bald Weihnacht, liebes Fräulein. Alle sprechen schon von der Heimreise. Wie schön muß das sein, wenn man einen Vater oder eine Mutter hat, oder gar noch beide Eltern.

Ob wir an Weihnachten nach Bodenhausen reisen, weiß ich nicht. Ich glaube, Lori weiß es längst, aber sie sagt es mir nicht. Vielleicht müssen wir hierbleiben. Die Reise kostet doch viel Geld, wenn wir auch allein reisen könnten. Ich wäre natürlich sehr glücklich, denn Junker Hans ist doch sicher auch daheim.

Ach, liebes gutes Fräulein, manchmal ist mir doch mein dummes Herz so schwer. Und ich sehne mich nach Dir. Mußt Dir schon meine langen Briefe gefallen lassen.

Doch nun will ich für heute schließen, mein teures, gutes Fräulein. Behalt mich lieb, bitte, behalt mich lieb. Ich danke es Dir aus tiefstem Herzen. Mit innigen Grüßen und Küssen

Deine Liselotte.«

Liselotte vermutete recht, wenn sie annahm, daß Lori wisse, ob sie an Weihnachten nach Hause reisen würden. Die Eltern hatten, trotz der schlechten Zeiten, die Erlaubnis für sie beide geschickt.

Baron Bodenhausen war von dem Standpunkt ausgegangen, daß ihm das Geld, welches die Reise für die beiden jungen Damen kosten würde, auch nicht helfen konnte. Es ging jetzt so in einem hin.

Lori hatte erst ihren Eltern schreiben wollen, daß Liselotte in Lausanne bleiben könne. Aber da hatte sie gehört, wie Susi zu Liselotte sagte:

»Wenn du nicht nach Bodenhausen gehst, Bettelprinzeß, dann nehme ich dich mit nach Bredow. Meine Eltern haben es schon erlaubt, daß ich dich mitbringe.«

Diese Einladung gönnte ihr Lori natürlich nicht. Und außerdem wollte Lori nicht gern allein reisen. So ließ sie Liselotte aber wenigstens im Zweifel. Erst einige Tage vor der Abreise sagte sie kurz:

»Du mußt unsere Sachen packen, wir reisen nach Bodenhausen.« Damit ging sie schnell aus dem Zimmer.

Liselotte stand einen Augenblick wie gelähmt vor Freude und drückte die Hände ans Herz. Sie konnte nichts anderes denken, als daß ihr ein Wiedersehen mit Junker Hans bevorstand.

Und dann machte sie sich mit frohem Eifer daran, die Sachen zusammenzusuchen.

Als Lori später wieder ins Zimmer trat, fragte Liselotte:

»Lori, du hast doch wohl die Stickerei noch nicht fertig, die du deiner Mutter auf Weihnachten schenken willst?«

»Nein«, sagte Lori mürrisch.

»Willst du sie nicht fertig machen? Du hast sonst gar nichts, womit du deiner Mutter eine Freude machen kannst.«

Lori sah noch mürrischer aus. Sie wußte, daß Liselotte für ihre Mutter eine sehr schöne, mühselige Handarbeit angefertigt hatte.

»Ach, es ist noch eine Menge daran zu tun, fast die Hälfte noch. Da werde ich doch nicht fertig«, antwortete sie. –

»Zeig mir doch einmal!«

»Da im Schubfach liegt sie.«

Liselotte holte die Stickerei herbei und faltete sie auseinander. Es war eine kleine Decke für einen Ankleidetisch.

»Oh, da ist freilich noch viel zu tun. Aber wenn du dich gleich dahintersetzest und fleißig dran arbeitest, könntest du es schon noch schaffen, da wir die letzten Tage viel freie Zeit haben.«

»So tue du es doch, wenn du meinst, daß es noch zu schaffen ist«, sagte Lori höhnisch.

Liselotte sah auf die Decke herab. Sie traute sich schon zu, die Arbeit noch rechtzeitig zu vollenden. Aber es erschien ihr fast als ein Unrecht, daß sie auch diese Liebesarbeit für Lori vollenden sollte.

»Ich könnte es tun, Lori, aber deine Mutter würde sich doch nicht so freuen, als wenn du es allein gemacht hättest.«

»Sie braucht es ja nicht zu erfahren. Ich bekomme die Decke ganz sicher nicht fertig.«

Liselotte dachte, daß die Frau Baronin sich gewiß betrüben würde, wenn ihr Lori nichts schenke oder nur eine unfertige Arbeit.

Ohne ein Wort zu sagen, setzte sie sich ans Fenster und begann eifrig zu sticken.

Sie saß nun jede freie Minute hinter der Stickerei, bat sogar Madame Chevaux, daß sie am Abend das Licht eine Stunde länger brennen lassen dürfe, weil sie noch eine Weihnachtsarbeit vollenden wolle. Und so gelang es ihr wirklich, die Arbeit noch fertig zu machen.

Nach herzlichem Abschied reisten die jungen Mädchen von Lausanne ab. Madame Chevaux und Mademoiselle Blanchard begleiteten alle zum Bahnhof und sorgten, daß sie gut untergebracht wurden.

Lori, Liselotte, Susi und Ursula fuhren bis Frankfurt in einem Zug und in einem Abteil zusammen. Leonie v. Plessen benutzte denselben Zug bis Zürich.

In Frankfurt wurde Susi von ihrem Vater abgeholt und Ursula von einer Tante. Lori und Liselotte fuhren allein weiter bis Erfurt. Dort erwartete sie Baron Bodenhausen.

Der Baron begrüßte auch Liselotte sehr herzlich. Sie mußte ihn immerfort ansehen. Er schien ihr in der kurzen Zeit sehr gealtert zu sein und sein Gesicht war düster und sorgenvoll.

In Bodenhausen wurden sie von der Baronin empfangen. Auch sie erschien Liselotte sehr gedrückt und unfroh. Ihre Tochter begrüßte sie zärtlich, Liselotte nur flüchtig. Aber ihre Augen richteten sich mit seltsamem Staunen auf Liselotte.

Als die beiden jungen Mädchen sich dann vom Reisestaub befreiten und die Baronin mit ihrem Mann allein war, sagte sie sichtlich unangenehm berührt: »Es ist doch sehr gut, daß Liselotte aus dem Hause kommt, wenn sie die Pensionszeit hinter sich hat. Sie entwickelt sich ja zu einer ausgesprochenen Schönheit und würde Lori völlig in den Schatten stellen.« – Zerstreut nickte der Baron. Ihn drückten andere Sorgen.

»Es ist mir auch aufgefallen, daß Liselotte sich außerordentlich zu ihrem Vorteil entwickelt hat.«

»Und sie wird eine große Schönheit werden. Da wir bei unseren mißlichen Verhältnissen darauf angewiesen sind, unsere Kinder gut zu verheiraten, so wäre es von Übel, wenn Lori neben Liselotte auftreten müßte. Diese würde alle Aufmerksamkeit auf sich ziehen.«

Der Baron fuhr sich über die Stirn.

»Nun, bis Lori so weit ist, sich zu verheiraten, hat es noch lange Zeit. Die Hauptsache für uns ist jetzt, daß Hans eine reiche Erbin heimführt und so den völligen Zusammenbruch von Bodenhausen verhindert.«

»Die reichen Erbinnen sind nur leider recht schwach gesät.«

»Leider. Und außerdem ist Hans ein eigenartiger Charakter. Er ist entschieden zu ideal veranlagt und wird sich nicht leicht durch Geld zu einer Heirat bestimmen lassen. Vorläufig hat er ja auch noch keine Ahnung, wie schlimm es um uns steht, wenn ich ihm auch gesagt habe, daß unsere Verhältnisse recht ungünstig sind.«

»So mußt du ihm reinen Wein einschenken, wenn es jetzt nach Hause kommt.«

»Ja, ja, das habe ich mir schon vorgenommen. Es wird sich ja nach dem Fest eine Gelegenheit finden. Aber jetzt still – ich höre die Kinder. Lori braucht vorläufig nichts zu wissen von unserer mißlichen Lage.«

Lori und Liselotte nahmen nun mit dem Baron und seiner

Gemahlin das Abendessen ein. Bei dieser Gelegenheit erfuhr Liselotte zu ihrer großen Freude, daß Junker Hans am nächsten Tage eintreffen würde.

Am nächsten Morgen machte sich Liselotte, als Lori noch schlief, gleich auf den Weg, um das Grab ihrer Mutter und ihre guten Freunde in der »Weißen Taube« zu besuchen. Sie bewohnte wieder ihr enges Kämmerchen, das sie schon selbst in Ordnung gebracht hatte. Nun schritt sie mit geröteten Wangen und leuchtenden Augen durch den verschneiten Wald. Ach, wie schön war die Heimat auch im Winterkleid.

Die Heimat?

Ihre Augen trübten sich. Hatte sie denn eine Heimat? War sie nicht wie ein losgelöstes Blatt im Winde, das hin- und hergetrieben wurde im Leben, ohne einen festen Halt, ohne Stütze?

Sie seufzte leise auf. Aber dann wehrte sie solche traurigen Gedanken ab. Heute wollte sie sich nur freuen, daß sie wieder in Bodenhausen war, das sie so liebte, trotzdem sie hier mehr trübe als frohe Stunden erlebt hatte. Und noch mehr freute sie sich, daß sie Junker Hans wiedersehen würde.

Leichtfüßig eilte sie über den knirschenden Schnee.

Auf dem Friedhof fand sie nur tiefverschneite Gräber. Aber auf dem ihrer Mutter lag ein frischer Kranz von Tannenreisig. Der war sicher von Tante Schulz gebunden und von Heinrich hierher gelegt worden.

»Die lieben guten Menschen«, dachte Liselotte dankbar und beeilte sich nun, in die »Weiße Taube« zu kommen.

Ehe sie in den Hausflur trat, lugte sie durch das Fenster in das Gastzimmer. Da sah sie Tante Schulz, wie immer schon zum frühsten Morgen blank und sauber, mit einem Staubtuch am Büfett hantieren und hinter demselben stand der lange Heinrich und spülte Gläser. Sein flachsblonder Haarschopf nickte dabei auf und nieder und die Hände und Arme waren vom kalten Wasser blaurot angelaufen.

Liselotte lachte leise in sich hinein und huschte in den Hausflur. Schnell öffnete sie die Tür ein wenig und steckte den Kopf hinein.

»Guten Morgen, Tante Schulz, guten Morgen, Heinrich!« rief sie.

Heinrich ließ vor Schreck das Glas in die Waschbütte fallen, das er gerade in der Hand hielt, und rief freudig überrascht: »Das Liselottchen!«

Frau Martha Schulz aber eilte auf Liselotte zu und zog sie herein.

»Wahrhaftig, Liselotte! Kind, mir ist der Schreck in die Glieder gefahren. Nun komm nur herein und laß dich betrachten.«

Heinrich ließ seine Arbeit im Stich und trocknete sich umständlich die Hände.

»Ei – was ist das Liselottchen für eine große Dame geworden!« rief er erregt.

»Ja, Kind, du bist wieder ein ganzes Stück gewachsen. Guter Gott! Wenn dich deine liebe Mutter so sehen könnte.«
Und der guten Frau Martha liefen die hellen Tränen über das Gesicht vor freudiger Rührung.

Heinrich hatte nun seine Hände trocken.

»Na, Fräulein Liselottchen, kriegt denn der Heinrich nun auch eine Hand?«

Liselotte legte ihre beiden schlanken, schönen Hände in die roten, kalten des braven Burschen.

»Alle beide, lieber Heinrich. Aber wenn du mich durchaus Fräulein Liselotte nennen willst, dann muß ich wohl auch Herr Heinrich zu dir sagen.«

»Ach nein, Fräulein Liselottchen, das ist doch ein Unterschied. Frau Schulz sagt doch auch du zu mir. Das müssen Sie auch tun.«

»Dann kannst du es auch bei der alten Anrede lassen.«

»Nein, nein, Fräulein Liselottchen, ich weiß, was sich schickt.«

»Nun setzt dich nur, Kind«, sagte Frau Schulz, »und erzähle uns, wie es dir geht. Aus deinen Briefen klang es ja immer, als hättest du nur gute Stunden. Aber ich kenne dich – das Schlimme und Traurige verschweigst du. Und wenn die Baronesse bei dir ist, dann fehlt es sicher daran nicht für dich.«

Liselotte atmete tief auf.

»Ach, laß nur, Tante Schulz, du siehst ja, ich stehe heil und gesund vor dir. Und ich habe so liebe Freundinnen in Lausanne gefunden.«

»Nun, das mußt du uns alles ausführlich erzählen.«

»Später, Tante Schulz, sobald ich einmal länger Zeit habe. Heute wollte ich euch nur schnell guten Tag sagen. Ich muß gleich wieder fort.«

Sie plauderte noch ein Weilchen und dann begleitete sie Frau Schulz hinaus, nachdem sie sich herzlich von Heinrich verabschiedet hatte.

Draußen im Hausflur sagte sie leise: »Tante Schulz, hast du wieder etwas gehört, wie es um den Herrn Baron steht? Er sieht so bedrückt und verstimmt aus. Sicher hat er schwere Sorgen.« – Frau Schulz nickte.

»Es muß sehr schlimm stehen. Die Bauern sprechen hier im Gasthof schon ganz offen über seine Zahlungsschwierigkeiten. Na, nun sorg dich nur nicht, bist ja ohnedies die längste Zeit im Schlosse gewesen.«

Liselotte seufzte verzagt.

»Ach, Tante Schulz, um mich sorge ich mich nicht. Aber du kannst dir doch denken, wie mir das Herz schwer wird, wenn ich bedenke, daß meine Wohltäter in so großer Bedrängnis sind.«

Frau Schulz dachte bei sich: »Nun, was haben sie dir groß für Wohltaten erwiesen? Bist mit sattgefüttert worden und hast der Baronesse ihre abgetragenen Kleider austragen dürfen.« Aber sie sprach das nicht aus, wußte sie doch, daß Liselotte so etwas nicht hören mochte. So sagte sie nur seufzend:

»Ja, ja, Kind, ich kann mir wohl denken, wie dein weiches Herzchen darunter leidet. Aber helfen kannst du da auch nichts, und wenn du dich noch so sehr sorgst.«

Liselotte schied mit bedrücktem Herzen. Ach, daß sie hätte helfen können. Wie gern hätte sie es getan. Die schwersten Opfer hätte sie bringen mögen für die Menschen, denen sie dankbar war, vor allen Dingen für Junker Hans.

Ins Schloß zurückgekehrt, nahm sie mit der Familie des Barons das Frühstück ein. Dann fragte sie die Baronin, ob sie sich nicht irgendwie nützlich machen könnte im Hause.

Die Baronin beauftragte sie, ihr bei dem Aufbau der Bescherung für die Leute zu helfen, die im großen Saal stattfinden sollte.

So stand sie nun in dem großen Saal, der sehr wenig geheizt war. Aber sie schaffte so emsig, daß ihr warm wurde bei der Arbeit.

Sie machte alles so zierlich und schön wie möglich. Und dabei dachte sie an ihr liebes Fräulein, mit der sie noch am letzten Weihnachtsfest gemeinsam dies alles besorgt hatte.

Fräulein Herter war jetzt auf einem anderen Landsitz in Stellung. Und sie hatte es nicht sehr gut getroffen. Sie hatte drei wilde und unfolgsame Zöglinge, die ihr das Leben schwer machten. Das hatte sie Liselotte geschrieben.

So sorgte sich Liselotte auch um ihr liebes Fräulein.

Aus diesen Gedanken schreckte sie ein Geräusch auf. Draußen fuhr ein Wagen vor. Sie eilte an das Fenster und mit klopfendem Herzen sah sie Junker Hans aussteigen. Ihre Augen leuchteten auf. Wie stolz und männlich war seine Erscheinung geworden. Sein Gesicht war gebräunt, aber etwas schmaler als sonst. Und obwohl er Eltern und Schwester lächelnd begrüßte, lag nicht die sonnige Fröhlichkeit auf seinen Zügen, die sonst den ganzen Ausdruck des Gesichts beherrscht hatte.

»Ob er weiß, wie schlecht es um Bodenhausen steht, ob er sich Sorgen macht?« mußte sie denken.

Wie gern wäre sie hinausgeeilt, um ihn zu begrüßen. Aber sie wagte es nicht. Sie gehörte ja nicht zur Familie. Lori würde sie sicher mit harten Worten in ihre Schranken zurückweisen.

Ob Junker Hans sie vermissen würde? Ob er wieder, wie so oft, fragen würde: »Wo ist Liselotte?«

Sie seufzte tief und ging an ihre Arbeit zurück, bis man sie rufen würde.

Aber der Junker hatte den Kopf mit eigenen Angelegenheiten so voll, daß er vorläufig nicht an Liselotte dachte. Erst, als er sich dann für die Mittagstafel umgekleidet hatte, fiel es ihm ein, daß er Liselotte noch nicht begrüßt hatte. Deshalb suchte er sie im Saal auf.

Als er eintrat, stand Liselotte gerade auf einer Leiter und befestigte mit hochgehobenen Armen eine Kerze an einem der Tannenbäume. Das helle Sonnenlicht des klaren Wintertages beleuchtete ihre schöne, schlanke Gestalt. Betroffen blieb er einen Augenblick stehen und sah sie an, als traue er seinen Augen nicht. Sie hatte ihn nicht eintreten hören.

Sich von seinem Staunen erholend trat der junge Mann näher.

»Grüß Gott, Liselotte!« rief er ihr zu.

Sie erschrak und wäre fast von der Leiter gefallen.

»Nun, nun, Liselotte, habe ich dich so sehr erschreckt, du zitterst ja«, sagte er mit seinem warmen, lieben Lachen.

Sie sprang schnell von der Leiter herab und stand nun vor ihm wie eine Rose, glühend und blühend.

»Ach – ich hatte Sie nicht eintreten hören, Junker Hans, und da bin ich ein wenig erschrocken«, stammelte sie.

Seine Augen konnten sich gar nicht lösen von der lieblichen Erscheinung. Sie schien ihm so schön wie keine der anderen jungen Damen, die er kannte. Das machte auch ihn etwas befangen.

»Nun, eine Hand kannst du mir trotzdem geben, wir haben uns ja noch gar nicht begrüßt«, suchte er zu scherzen.

Sie reichte ihm zaghaft die Hand.

»Grüß Gott daheim, Junker Hans.«

Er lauschte auf den weichen Wohlklang ihrer Stimme.

»Ei, das klingt lieb. Aber sag mir nur, Liselotte, wie hast du es angestellt, daß du so schnell eine richtige junge Dame geworden bist? Das kleine Mädchen ist ganz verschwunden. Und zu der jungen Dame, die hier vor mir steht, muß ich wohl nun eigentlich auch ›Sie‹ sagen.« – Sie schüttelte verlegen den Kopf.

»Ach nein – bitte nicht!« rief sie ganz erschrocken.

Er lachte, ohne sie aus den Augen zu lassen.

»Nun, wahrscheinlich wünscht Mama, daß ich dich so anrede. Dann hilft kein Sträuben. Aber solange darf ich also noch du zu dir sagen?« Sie errötete von neuem.

»Ach, Junker Hans, Sie treiben Scherz mit mir.«

Er schüttelte den Kopf und trat aufatmend einen Schritt von ihr zurück. Sein Gesicht wurde ernst.

»Nein, nein, zum Scherzen bin ich wahrlich nicht aufgelegt«, sagte er seufzend.

Sie blickte ängstlich und besorgt in sein Gesicht, so voll Liebe und Sorge, daß ihm ganz seltsam warm und weich ums Herz wurde.

»Nun laß dich nicht bei deiner Arbeit stören, Liselotte. Ich wollte dir nur guten Tag sagen. Auf Wiedersehen bei Tisch!« Damit ging er schnell aus dem Saal.

An der Tür wandte er sich noch einmal um, dann schloß er mit einem tiefen Atemzug die Tür.

Liselotte stand eine ganze Weile unbeweglich.

»Er ist nicht froh und glücklich, er hat sicher Kummer und Sorgen. Ach, hilf ihm doch, lieber Vater im Himmel«, betete sie.

Bei Tisch mußte sie ihn immer wieder verstohlen betrachten. Sein schmales, gebräuntes Gesicht war ganz gewiß nicht so heiter und sorglos wie sonst, wenn er auch scherzte und lachte.

Und seine Augen flogen immer wieder zu Liselotte hinüber.

Wie Hans vorausgesehen hatte, verlangte seine Mutter, daß er Liselotte mit ›Sie‹ anreden sollte. Liselotte war zumute, als trete damit wieder etwas Fremdes, Kaltes in ihr Leben. Er wurde ganz förmlich und zurückhaltend, wenn er mit ihr sprach. Sie ahnte nicht, daß es ihn große Überwindung kostete, so kühl und steif zu ihr sein zu müssen. Viel lieber wäre er lieb und zärtlich zu ihr gewesen, hätte ihr so gern die weiche Wange gestreichelt und ihr liebe Worte gesagt wie früher. Aber er sah ein, daß das nicht mehr sein durfte. Liselotte war kein Kind mehr. Und er wußte, daß seine Eltern von ihm verlangten, daß er sich mit einer reichen jungen Dame vermählen sollte.

Sie hatten ihm schon diese und jene zum Vorschlag gebracht. Aber er hatte keine davon sehr gut leiden mögen und sich nicht entschließen können, nur um Geld zu freien und seine Hand ohne sein Herz zu verschenken.

Dann kam das Weihnachtsfest heran. Und der mächtige Zauber, der über diesem Fest der Liebe schwebte, erhellte all die sorgenvollen Gesichter ein wenig.

Madame Chevaux hatte an die Eltern ihrer Zöglinge geschrieben, um Zeugnis abzulegen über deren Entwicklung in ihrem

Haus. Auch Baron Bodenhausen hatte einen ausführlichen Brief erhalten. Dank Liselottes Hilfe war Madame Chevaux auch leidlich mit Loris Fortschritten zufrieden. Aber von Liselottes Fähigkeiten und ihrem Fleiß sprach sie in den lobendsten Worten. Auch teilte sie dem Baron mit, daß der Musiklehrer, der Liselottes Stimme nach Möglichkeit ausgebildet habe, überzeugt sei, daß Liselotte mit ihrer Stimme und ihrer musikalischen Begabung eine berühmte Sängerin werden könne, wenn sie gewissenhaft ausgebildet würde. Sie halte es für ihre Pflicht, dem Herrn Baron das mitzuteilen. Er möge sich doch von Liselotte etwas vorsingen lassen, um sich selbst ein Urteil zu bilden.

Baron Bodenhausen hatte seiner Gattin achselzuckend den Brief gegeben.

»Wer weiß«, sagte er, als sie gelesen hatte, »vielleicht steckt wirklich etwas in Liselotte. Wenn man nicht selbst so schwer zu kämpfen hätte, könnte man ein übriges tun und sie zur Sängerin ausbilden lassen. Das Äußere hätte sie auch dazu.«

Die Baronin seufzte.

»Ich bitte dich, wir müssen jetzt selbst mit jedem Groschen rechnen und ich meine, wir haben schon genug für das Mädchen getan. Übrigens täuschen sich oft die besten Kenner in solch einer jungen Stimme. Das ist immer eine gewagte Sache. Ich bitte dich, setze ihr keine abenteuerlichen Gedanken in den Kopf.«

»Natürlich nicht. Aber gelegentlich will ich mir doch einmal etwas von ihr vorsingen lassen. Ich habe mich früher nie darum bekümmert, was sie in musikalischer Beziehung leistet. Fräulein Herter ist jedenfalls keine hervorragende Klavierlehrerin gewesen, was man ja auch nicht von ihr verlangen konnte. Lori stümperte wenigstens jämmerlich, wenn sie uns einmal etwas zu Gehör bringen sollte.«

»Lori hat ja wenig Begabung für Musik.«

Der Baron seufzte.

»Sie ist, glaube ich, leider nach keiner Richtung hin sonderlich begabt, während diese kleine Liselotte sich ganz überraschend entwickelt. Also, gelegentlich soll uns Liselotte etwas vorsingen.«

»Gut! Dazu wird sich Gelegenheit bei der Bescherung finden.

Ich werde sie ganz unauffällig bitten, bei Beginn derselben ein Weihnachtslied zu singen. So werden wir sie hören, ohne daß sie ahnt, warum sie singen soll.«

»Ja, so wird es gehen«, pflichtete der Baron bei.

Kurz vor der Bescherung sagte die Baronin zu Liselotte:

»Du gehst jetzt gleich mit mir in den Saal und setzest dich an den Flügel. Und sobald ich dann das Klingelzeichen für die Leute gebe, singst du unser altes Weihnachtslied: ›Vom Himmel hoch, da komm ich her‹. Das kannst du doch, nicht wahr? Es ist dann gleich ein wenig feierlicher.«

Liselotte freute sich, daß sie einen Wunsch der Frau Baronin erfüllen konnte.

»Gewiß, Frau Baronin, das kann ich und will es gern tun«, sagte sie ganz unbefangen.

So geschah es auch.

Liselotte half der Baronin erst die Lichter anzünden und dann setzte sie sich an den Flügel. Zur Feier des Tages trug sie ein schlichtes, aber hübsches weißes Kleid.

Auf das Klingelzeichen der Baronin spielte sie erst ein kurzes Vorspiel, das sich dann in die Klänge des schönen, alten Weihnachtsliedes auflöste. Gleich darauf setzte Liselottes Stimme ein. Mit innigem Ausdruck tönte das Lied durch den weiten Raum und füllte ihn mit starkem und doch unsagbar süßem Wohllaut.

Es wurde ganz still im Saal, alle lauschten wie gebannt auf die herrliche junge Stimme. Selbst Lori und die Baronin, die doch sehr kritisch veranlagt waren, konnten sich ihrem Zauber nicht entziehen. Baron Bodenhausen sah ganz ungläubig nach dem Flügel hinüber und lauschte wie gebannt.

Am meisten aber wirkte der Gesang auf Junker Hans. Mit großen Augen sah er hinüber auf das weißgekleidete Mädchen, das ganz weltentrückt am Flügel saß und sang. Auf dem schönen jungen Antlitz lag ein Ausdruck tiefen Friedens und inniger Andacht. Wie wunderbar griffen ihm die klaren, weichen und doch so starken jugendfrischen Töne ans Herz. Noch nie hatte er Liselotte singen hören. Auch sonst hatte noch niemand im Schlosse ein Lied von ihr gehört, höchstens Lori und Fräulein

Herter, wenn sie im Schulzimmer kleine Lieder geübt. Da hatte sich Liselotte aber gar nicht herausgewagt. So überraschte sie ihre Zuhörer mit ihrem Gesang vollständig.

Der Baron neigte sich zu seiner Frau herab und sah sie sonderbar an.

»Schade, daß wir nicht das Geld übrig haben, diese Stimme ausbilden zu lassen. Sie ist schon jetzt wundervoll«, sagte er leise.

Die Baronin nickte, zuckte aber dann die Achseln und flüsterte: »Was nicht geht, das geht nicht.«

Als Liselotte zu Ende war, folgte die Bescherung.

Zuerst kamen die Leute zu ihrem Rechte. Manche davon waren dies Jahr gar nicht so recht zufrieden. Früher hatte man reichere Geschenke bekommen. Man merkte, daß in Bodenhausen schlechte Zeiten waren.

Aber gewohnheitsmäßig bedankten sich alle bei der Herrschaft und verließen dann mit ihren Geschenken den Saal. In einem kleineren Nebenzimmer fand dann die Bescherung für die Familie statt. Auch hier war in diesem Jahr nicht so reichlich aufgebaut wie früher. Lori, die keine Ahnung hatte, wie sehr in Bodenhausen gespart werden mußte, verbarg kaum ihre Unzufriedenheit. Einige ihrer kostspieligen Wünsche waren unerfüllt geblieben. Und doch hatte man gerade sie noch am reichsten beschenkt.

Für Liselotte lagen nur wenige praktische Sachen auf der Tafel. Sie hatte sich bescheiden im Hintergrund gehalten, aber die Baronin rief sie herbei. »Dies gehört dir, Liselotte«, sagte sie etwas freundlicher als sonst.

Liselotte küßte ihr und dem Baron dankbar die Hände. Wie hoch rechnete sie es ihnen an, daß sie trotz der eigenen Sorgen auch an sie gedacht hatten. Sie freute sich herzlich über das hübsche dunkelblaue Jackenkleid, über die zierlichen Schürzen und Taschentücher. Auch ein Paar schöne, neue Schuhe standen dabei.

Liselotte dünkte sich so reich beschenkt und wünschte nur, sie hätte ihren Wohltätern alles hundertfach vergelten können.

Junker Hans konnte seinen Blick nicht losreißen von der weißgekleideten Mädchengestalt mit den schweren dunklen Flechten auf dem jungen Haupt. So lieblich und hold sah Liselotte aus, bescheiden und stolz zugleich.

»Sie gleicht viel mehr einer richtigen Prinzessin als einer Bettelprinzeß«, dachte er bewundernd.

Aber er hielt sich von ihr zurück.

Liselotte merkte nur zu gut, daß Junker Hans sich von ihr fernhielt. Zugleich fühlte sie auch, daß ihn irgend etwas bedrückte. Und es tat ihr so weh, daß sie ihm nicht helfen konnte. Ihm nicht, und auch seinen Eltern nicht, die mit stillen, ernsten Gesichtern vor sich hinblickten. Es wollte gar keine frohe Feststimmung aufkommen.

Endlich hob Baron Bodenhausen den Kopf und sagte, aufseufzend, zu Liselotte:

»Singe uns noch einige Lieder, Liselotte. Laß die Tür zum Saal offen, daß wir dich hören können.«

Liselotte war gleich bereit. Ach, daß es ihr gelänge, ihre Wohltäter ein wenig zu erheitern mit ihrem Gesang.

»Gern, Herr Baron. Soll ich Weihnachtslieder singen?«

»Später – jetzt sing uns erst ein lustiges Lied. Kennst du eins?«

Liselotte dachte nach.

»O ja – ich glaube.«

»Nun, dann singe es.«

Liselotte ging hinüber zu dem Flügel und spielte eine schlichte, heitere Weise.

Und dann begann sie zu singen:

Auf einem grünen Hügel steht der Mai,
Der fröhliche Geselle,
Will halten eine Symphonei
Mit seiner Hofkapelle,
Er schlägt mit Fleiß
Das grüne Reis
Mit Blumen, rosenroten;
Es ist die Flur
Die Partitur,
Die Blumen sind die Noten.

Das Liedchen hatte mehrere Strophen, in dem in lustiger Weise ein Waldkonzert beschrieben wurde, das der Mai veranstaltet und an dem sich alles, was lebt und webt, beteiligt. Auf allen Gesichtern, außer dem Loris, lag ein Lächeln, als Liselotte damit zu Ende war, und der Baron rief hinüber:

»Weiter, Liselotte!«

Da sang sie ihr großes Solo aus dem Singspiel, das reizende Schäferinnenlied. Und dann noch einige schlichte Liedchen.

Der Baron lauschte sichtlich gefesselt und Junker Hans saß mit verträumten Augen der offenen Tür zum Saal gegenüber und ließ seinen Blick auf Liselotte ruhen.

Nach einer Weile kam diese herüber.

»Ist es genug, oder soll ich weitersingen?« fragte sie bescheiden.

Der Baron sah sie mit einem warmen, freundlichen Blick an.

»Ich könnte dir noch lange zuhören, Liselotte«, sagte er.

Und Junker Hans dachte dasselbe.

Der Baronin gefiel es aber gar nicht, daß ihr Sohn dem süßen Gesang lauschte.

»Wir wollen zu Tisch gehen. Es ist jetzt vorläufig genug, Liselotte. Aber es war sehr hübsch«, sagte sie rasch. – So ging man zu Tisch.

Am nächsten Tage trat Junker Hans, der eben von einem Waldspaziergang heimgekommen war, in das Wohnzimmer. Lori lehnte faul in einem Sessel und Liselotte saß am Fenster bei einer Näharbeit, die ihr die Baronin aufgegeben hatte.

»Draußen ist herrliche Schlittenbahn«, sagte er. »Wie ist es, Lori, wollen wir drei eine Schlittenfahrt machen?«

Lori sah mit halbgeschlossenen Liedern zu ihm hinüber.

»Wer – wir drei?« – »Nun du, Liselotte und ich.«

»Nein, mit Liselotte mag ich nicht fahren, laß uns allein fahren.«

»Warum nicht mit Liselotte?« fragte er, während seine Stirn sich jäh rötete und seine Augen wie erschrocken in Liselottes erblaßtes Gesicht sahen.

»Weil es mir eben nicht paßt, Seite an Seite mit ihr im offenen Schlitten zu fahren. Was sollen die Leute denken«, erwiderte Lori scharf.

»Nun, sie werden sich wenig darüber wundern, daß du mit deiner Pflegeschwester ausfährst.«

Lori richtete sich steif empor.

»Lächerlich – Liselotte ist nicht meine Pflegeschwester. Sie gilt mir nicht dafür.«

Junker Hans fuhr empört auf. Er sah, daß Liselotte eine dunkle, flammende Röte ins Gesicht schoß.

»Lori!« rief er fast drohend.

»Nun, was gibt es?« fragte sie von oben herab.

»Ich verbiete dir, so von Liselotte zu reden.«

»Pah – du hast mir gar nichts zu verbieten. Was geht es dich an, wie ich über sie rede und denke? Man kann es ihr nicht genug ins Gedächtnis zurückrufen, daß sie eine Bettelprinzeß ist.«

Junker Hans trat plötzlich mit vor Zorn gerötetem Antlitz dicht vor seine Schwester hin. Er hatte gesehen, daß Liselotte unter Loris Worten zusammenzuckte und wie in heißer Scham die Hand vor das errötende Antlitz hielt.

»Schäme dich, Lori. Hast du noch immer nicht gelernt, wie niedrig es ist, einen wehrlosen Menschen zu demütigen?« sagte er erregt.

Lori lachte schrill auf.

»So ist es recht, stelle diese scheinheilige Heuchlerin über deine eigene Schwester!« rief sie wütend.

Seine Hand umfaßte ihren Arm mit heftigem Druck.

»Du bittest Liselotte auf der Stelle diese ungerechte Beschimpfung ab!« verlangte er drohend.

»Laß mich los, du tust mir weh! Es fällt mir nicht ein, Bettelprinzeß etwas abzubitten. Wie kommst du übrigens dazu, dich zu ihrem Ritter aufzuwerfen? Lächerlich –«

Er ließ mit erblassendem Gesicht ihren Arm frei und trat von ihr zurück.

»Schweig – daß ich mich nicht vergesse«, sagte er mit mühsam erzwungener Haltung.

Lori sprang auf.

»Nun gut, ich schweige! Aber ich gehe sofort zu Mama und werde ihr alles sagen!« rief sie gehässig und eilte aus dem Zimmer.

Hans trat zu der blassen, zitternden Liselotte heran.

»So lassen Sie mich statt meiner Schwester Abbitte tun, Liselotte, für diese kränkenden Worte, die ich mit anhören mußte, ohne Sie wirksam beschützen zu können.«

Sie sah mit brennenden Augen und zuckendem Gesicht zu ihm auf.

»Sie meinen es gut, Junker Hans – und ich danke Ihnen so sehr – ach – so sehr. Aber bitte – nehmen Sie nie mehr meine Partei gegen Lori. Es reizt sie noch mehr, wenn jemand für mich eintritt.«

Er strich sich über die Stirn.

»Ich hatte gehofft, Lori würde mit der Zeit vernünftig werden. Das scheint nicht der Fall zu sein. Anscheinend macht sie Ihnen auch das Leben in Lausanne zur Pein, nicht wahr?« Sie strich mit zitternder Hand über die Stirn, um einige lose Löckchen, die sich immer aus ihrem Scheitel stahlen, zurückzustreichen.

»Nein, nein, es ist nicht so schlimm. Bitte, bitte, sagen Sie Lori kein böses Wort darüber.«

Warme, zärtliche Worte drängten sich aus seinem Herzen empor. Er hätte sie so gern liebevoll trösten mögen. Aber er zwang es in sich nieder. Er mußte vernünftig sein und daran denken, daß diese arme Waise ihm nie etwas anderes sein durfte als eine kleine Pflegeschwester. Er mußte daran denken, daß er eine reiche Frau heiraten mußte, die ihm helfen konnte, das drohende Verhängnis von Bodenhausen abzuwenden.

Er atmete tief auf und verließ schnell das Zimmer. –

Lori war zu ihrer Mutter geeilt und hatte sich über Hans beklagt, zugleich natürlich einen entstellten Bericht liefernd über das, was geschehen war.

Die Baronin wußte zwar, daß Lori gern ein wenig übertrieb und daß sie sicher auch nicht ohne Schuld war an der Szene. Aber immerhin war sie klug genug, einzusehen, daß Hans mehr Anteil an Liselotte nahm, als nötig war. Sie war sich klar darüber, daß es gut sei, Hans und Liselotte so viel als möglich voneinander fernzuhalten. Da Liselotte bald nach dem Töchterheim zurückkehrte und später so bald als möglich eine Stellung annehmen sollte, war ja die Gefahr nicht groß, daß sie einander noch viel begegnen würden. So nahm die Baronin die ganze Angelegenheit nicht sehr wichtig.

»Ich bitte dich, Lori, laß es gut sein und suche die kurze Zeit noch Frieden zu halten. Du wirst nicht lange mehr gezwungen sein, Liselottes Gesellschaft zu ertragen«, sagte sie. – Lori horchte auf.

»Wie meinst du das, Mama?« fragte sie hastig.

»Nun, das magst du schon jetzt erfahren. Sobald Liselotte mit dir für immer aus dem Töchterheim zurückkehrt, ist unsere Aufgabe erfüllt. Ihre Erziehung ist dann beendet und wir haben weiter keine Verpflichtung gegen sie. Sie wird dann eine Stellung annehmen müssen, um sich ihr Brot selbst zu verdienen. Das weiß sie auch schon. Also gedulde dich noch ein Weilchen.«

Das klang Lori wie Musik ins Ohr. Nicht nur, daß wie wußte, daß sie bald von Liselottes Gesellschaft befreit sein würde – sie hatte nun auch eine herrliche Gelegenheit, diese wieder in den Augen der Mitschülerinnen herabzusetzen. Wenn sie erzählte, daß Bettelprinzeß eine bezahlte Stellung annehmen mußte, dann würden sich doch die andern verächtlich von ihr wenden. Lori sah es als eine Schmach an, wenn sich jemand sein Brot selbst verdienen mußte.

Wenn Lori geahnt hätte, welch drohende Wolke über ihrem Vaterhause emporstieg, dann wäre ihr wohl der Hochmut ein wenig vergangen. Vielleicht hätte sie dann ein ähnliches Los für sich herankommen sehen, wie es der armen Liselotte beschieden war. Aber sie wußte ja nicht, wie schlimm es um Bodenhausen stand.

So ging sie mit gehässiger Genugtuung ins Wohnzimmer zurück. Sie fand dort Liselotte allein, emsig mit ihrer Näharbeit beschäftigt. Lori trällerte übermütig und schadenfroh mit ihrer schrillen Stimme ein Lied und warf sich wieder faul in den Sessel.

Es war am Tage danach. Liselotte suchte sich im Hause nützlich zu machen, wo sie nur konnte. So hatte ihr heute die Baronin aufgetragen, eine Wäscheliste verschiedene Male abzuschreiben. Sie saß in einem kleinen Raum, in dem die Baronin die Wirtschaftsbücher aufbewahrte, die sie mit der Wirtschafterin zur Abrechnung führte. Dieser Raum befand sich neben dem Arbeitszimmer des Barons. Die Baronin hatte Liselotte Bescheid gesagt und war durch das Arbeitszimmer des Barons hinausgegangen. Die Verbindungstür hatte sie nicht geschlossen, sondern nur den Vorhang vorgezogen.

In ihre Arbeit vertieft, saß Liselotte stumm auf ihrem Platz und ließ die Feder über das Papier gleiten. Sehr hübsch und sauber reihten sich Zahlen und Buchstaben aneinander.

Kaum hatte die Baronin das Zimmer verlassen, als drüben der Baron mit seinem Sohn eintrat. Da sie erst der Wirtschafterin und der Baronin draußen begegnet waren, hielten sie den Nebenraum für leer, denn außer diesen beiden Personen hatte niemand sonst darin etwas zu suchen. Und da die beiden Räume nur durch den Vorhang getrennt waren, wurde Liselotte ohne ihren Willen Zeugin der folgenden Unterhaltung:

»Also du möchtest mich in einer dringenden Angelegenheit sprechen, Hans?« fragte der Baron.

»Ja, Papa«, antwortete Hans mit einem tiefen Atemzug.

»Dann sprich und sage mir, was du auf dem Herzen hast.«

Wieder atmete der Junker tief auf.

»Lieber Papa, ich wollte erst das Weihnachtsfest vorüber lassen, ehe ich dir mit meinem Anliegen kam. Ich wollte dir die Festtage nicht trüben.«

Der Baron seufzte vernehmlich.

»Das klingt nicht, als hättest du mir etwas Angenehmes zu eröffnen«, sagte er, sich in einen Sessel gleiten lassend.

Der Junker lehnte sich an den Tisch und sah unruhig auf den Vater herab. Sein Gesicht war bleich.

»Leider ist es allerdings nichts Angenehmes, Papa. Du weißt, daß ich in dringender Geldverlegenheit war, und schriebst mir, daß du mir nicht helfen könntest. Ich mußte aber Geld haben und versuchte es zu leihen. Aber nirgends wollte man mir noch Kredit gewähren. Es ist leider nur zu bekannt, wie es um Bodenhausen steht. In meiner Verzweiflung ließ ich mich eines Abends verleiten, zu spielen. Du weißt, ich habe sonst nie eine Karte angerührt, ich bin auch gewiß keine Spielernatur. Aber ich wußte mir nicht anders zu helfen und wollte dies Letzte versuchen. Ich setzte den ganzen Rest meiner Barschaft auf eine Karte – und gewann. Nun setzte ich das doppelte – und gewann wieder. Das wiederholte sich zweimal, dreimal, viermal. Es faßte mich wie ein Schwindel. Kühn setzte ich den ganzen Gewinn auf eine Karte, ich glaubte, das Glück werde mir hold bleiben – und verlor. Statt nun aufzuhören, kam es wie ein Fieber über mich. Ich wollte den Verlust wettmachen. So spielte ich weiter, in einem dumpfen, benommenen Zustand, ohne Besinnung, und verlor und verlor, ohne Unterlaß. Ich weiß nicht, wie weit ich mich verirrte, es war wie ein Rausch. Aus diesem erwachte ich erst, als mir mein Freund die Hand auf den Arm legte und warnend sagte: ›Du bist von Sinnen, Hans. Komm zu dir!‹ Da schrak ich auf und sah, was ich getan. Fast zehntausend Mark hatte ich verloren und mich verpflichtet, am zweiten Januar diese zehntausend Mark zu zahlen. Erlaß mir, zu beschreiben, wie mir zumute war. Ich habe schon alles versucht, mir das Geld zu leihen, weil ich weiß, daß du selbst knapp bei Kasse bist. Aber vergeblich! Nun habe ich nur die eine Hoffnung, daß du mir hilfst, Papa – du mußt mir helfen!«

Es klang wie ein Notschrei.

Liselotte saß wie gelähmt. Sie hatte sich erheben und entfernen wollen, als sie hörte, was da drüben verhandelt wurde. Es wurde ihr erschreckend klar, daß man keine Ahnung hatte von ihrer Anwesenheit. Aber aus diesem Raum führte kein anderer Weg, als durch das Zimmer des Barons. Und diesen Weg jetzt noch zu wählen fehlte es ihr an Kraft und Mut. So saß sie zitternd und gelähmt und mußte belauschen, was nicht für sie bestimmt war und was sie doch so namenlos erregte.

Zitternd harrte sie der Antwort des Barons. Diese rang sich endlich schwer von dessen Lippen.

»Gott sei uns gnädig! Hans – was hast du getan? Du weißt doch, daß ich selbst in arger Bedrängnis bin – ärger als du denkst. Mir geht das Wasser bald bis an den Hals und ich sehe keine Rettung. Wo soll ich jetzt zehntausend Mark beschaffen? Ich habe keinen Kredit mehr. Ich kann dir nicht helfen, mein Sohn – es ist ganz ausgeschlossen, ich kann nicht.«

Hans strich sich über die Stirn, auf der kalter Schweiß stand.

»Ist es ganz unmöglich, Papa? Du weißt, was es heißt, auf Ehrenwort solche Summe zu schulden. Mir bleibt dann nichts – als eine Kugel«, stieß er hervor.

Kaum war das über seine Lippen, da schrie Liselotte vor Entsetzen laut auf und gleich darauf stand sie, bleich bis in die Lippen und an allen Gliedern zitternd, auf der Schwelle unter dem Vorhang.

Der Baron sprang auf, die beiden Herren starrten sie fassungslos an.

»Was soll das – wie kommst du hierher?« herrschte sie der Baron streng an.

Sie lehnte sich kraftlos an die Tür und deutete hinter sich.

»Da – ich schrieb da drinnen – für die Frau Baronin – und – ich habe alles gehört, was hier gesprochen wurde. Ach, Herr Baron,

Junker Hans darf nicht sterben – er darf nicht. Und es muß ja auch nicht sein, Herr Baron.«

Sie sank in sich zusammen, weil ihr die Knie vor Aufregung versagten, und lag vor dem Baron auf den Knien.

Junker Hans sah mit starren Augen auf sie herab. Das Herz wollte ihm zerspringen, als er das namenlose Bangen in ihren Augen sah.

»Steh auf und geh – kümmere dich nicht um das, was hier geschieht«, sagte der Baron streng.

Aber Liselottes Fügsamkeit war hier zu Ende, wo es das Wohl und Wehe des Junkers galt. Sie schüttelte verzweifelt den Kopf.

»Nein – o nein – schicken Sie mich nicht fort, Herr Baron, bis Sie mir versprochen haben, daß Sie Junker Hans helfen wollen. Er darf nicht sterben, und es muß ja nicht sein, wenn Sie mir nur erlauben wollten, ihm zu helfen.«

Wider Willen ergriffen von ihrer Angst und Not, hob sie der Baron empor.

»Kind, du hast da etwas gehört, was nicht für deine Ohren bestimmt war. Nun sei ein vernünftiges Mädchen und geh. Laß uns allein.«

Sie schluchzte fassungslos auf.

»Lassen Sie mich doch helfen, Herr Baron, ich bitte so sehr darum«, bat sie flehend und sah dem Junker flehend in das blasse, zuckende Gesicht.

»Torheit, Liselotte. Geh! Du kannst nicht helfen.«

»Doch, Herr Baron! Haben Sie denn vergessen, was Sie mir gesagt haben am Tage nach meiner Konfirmation? Sie sagten mir doch, daß ich fünfzehntausend Mark besitze von meiner Mutter her. Bitte geben Sie Junker Hans das Geld. Er kann damit seine Verhältnisse ordnen. Ach, ich bin gar nicht so töricht und unvernünftig, es kann noch alles gut gehen, wenn Sie nur wollen, Herr Baron.«

Unschlüssig sah der Baron in ihr flehendes Gesicht. An dieses Geld, das Liselotte gehörte, hatte er bisher, auch in der ärgsten Bedrängnis, nicht gedacht. Aber jetzt stand seines Sohnes Ehre, sein Leben auf dem Spiel. Und Liselotte bat ihn selbst in rührendster Weise, das Geld anzunehmen. Er machte eine abwehrende Bewegung, als wollte er der Versuchung entgehen.

»Kind – es ist dein Eigentum – wir dürfen nicht daran rühren«, sagte er leise.

Liselotte richtete sich jäh empor.

»Wollen Sie lieber Ihren Sohn sterben lassen, Herr Baron? Ach nein – nein – so grausam kann ein Vater nicht sein. Was liegt mir an dem Geld! Sie hätten es längst für meine Erziehung ausgeben können, ohne daß Sie jemand hindern konnte. Dann hätte ich es auch nicht mehr. Sie haben es nicht getan, haben alles für mich getan, ohne an das Geld zu rühren. Und nun ist es ja auch ein großes Glück, daß es noch da ist. Sie müssen es Junker Hans geben, Herr Baron, ich flehe Sie an. So unendlich viel Dank bin ich Ihnen schuldig. Lassen Sie mich doch ein einziges Mal meine Dankbarkeit beweisen. Junker Hans ist immer gut zu mir gewesen. Bitte geben Sie ihm das Geld. Lassen Sie mich doch nicht so lange bitten. Soll er denn sterben um dieses elende Geld, das ich gar nicht haben mag?«

Wider Willen flog ein gerührtes Lächeln um den Mund des Barons und Junker Hans stand wie gelähmt und sah in das erregte Gesicht des jungen Mädchens, aus dem die Augen so innig flehend blickten.

»Du törichtes, kleines Mädchen«, sagte der Baron weich. »Was weißt du von dem Wert des Geldes. Fünfzehntausend Mark sind ein kleines Vermögen für dich, sind ein Notgroschen für deine Zukunft, den du vielleicht einmal sehr nötig brauchst.«

Sie schüttelte heftig den Kopf.

»Was liegt an mir? Gott wird mir schon helfen. Ich will das Geld nicht, ich werde es nicht anrühren. Junker Hans – ach lieber Junker Hans, sprechen Sie doch, sagen Sie Ihrem Vater, daß er Ihnen das Geld geben soll. Ich hätte ja nie im Leben mehr eine ruhige Stunde, wenn Ihnen ein Leid geschähe.«

Sie schlug die Hände zitternd vor das Anlitz und schluchzte qualvoll auf.

Erschüttert bis in die Tiefe seiner Seele, zog Junker Hans ihr die zitternden Hände vom Gesicht.

»Liselotte – liebe Liselotte – seien Sie doch ruhig, vergessen Sie, was Sie gehört haben. Begreifen Sie doch, ich kann das Geld nicht von Ihnen nehmen. Es wäre schlecht von mir. Beruhigen Sie sich, ich werde versuchen, mir anders zu helfen.«

Sie sah ihn voll Jammer und Angst an.

»Ach – das sagen Sie nur, um mich jetzt loszuwerden. Aber ich weiß doch, daß dann etwas geschieht – etwas Fürchterliches – und nur, weil Sie zu stolz sind, von der armen Bettelprinzeß etwas anzunehmen. Sie darf nur immer nehmen und nehmen, niemals geben. Seien Sie doch nicht so hart gegen mich, Sie sind doch sonst immer gut zu mir gewesen. Ich will Ihnen ja das Geld gar nicht schenken, es braucht Sie nicht zu verletzen, es anzunehmen. Nur leihen will ich es Ihnen, wenn Sie nicht anders wollen, bis einmal wieder bessere Zeiten für Sie kommen. Bitte, bitte – nehmen Sie das Geld.«

Beschämt stand der Baron dabei. Er dachte daran, daß die fünfzehntausend Mark es Liselotte möglich machen würden, sich als Sängerin auszubilden. So sehr es ihn lockte, das Geld für seinen Sohn anzunehmen, mußte er das jetzt als ehrlicher Mann Liselotte sagen.

»Kind, es könnten lange Jahre vergehen, ehe wir dir das Geld zurückzahlen könnten. Vielleicht wären wir nie dazu imstande. Und Madame Chevaux hat mir geschrieben, daß du eine berühmte Sängerin werden könntest, wenn deine Stimme ausgebildet würde. Ich glaube das selbst, nachdem ich dich singen gehört habe. Dann würdest du das Geld nötig für deine Ausbildung brauchen, denn ich kann leider nichts mehr für dich tun.«

Aber Liselotte wehrte hastig ab.

»O nein – niemals werde ich Sängerin, das könnte ich nicht – nicht um alle Schätze der Welt. Vor fremden Menschen singen ist mir eine unendliche Pein. Ich will nie Sängerin werden. Mein Brot verdiene ich mir schon. Sie haben mir ja eine so gute Erziehung geben lassen. Nicht wahr, nun nehmen Sie das Geld? Kein Mensch, als wir drei, soll je darum wissen. Und können Sie es mir einst zurückzahlen, so ist es gut. Geht es nicht, ist es auch recht. Bitte, bitte – tun Sie es doch!«

Die beiden Herren sahen sich an. Und dann sagte Hans bittend: »Lieber Papa, ich vereinige meine Bitten mit denen Liselottes. Sie bringt mir in rührender Selbstlosigkeit ein Opfer und das werde ich ihr nie, niemals vergessen. Mein Leben soll von heute an einen ernsteren Inhalt bekommen. Ich will dies Opfer verdienen.«

Der Baron atmete tief und schwer. Er dachte daran, daß Hans, wenn er eine reiche Heirat machte, das Geld zurückzahlen könne.

»Nun gut, so mag es sein, ich will dir das Geld geben. Zahle deine Ehrenschuld und mit dem Rest halte gut Haus, da ich dir jetzt so bald nichts geben kann. Ich habe dich zu lieb, als daß ich Liselottes großherziges Anerbieten länger zurückweisen kann. Sie hat uns damit einen großen Dienst geleistet, hat vielleicht dein Leben gerettet. Ich weiß, du wirst diese Stunde nie vergessen, wirst nie wieder leichtsinnig sein.«

»Nein, Papa – mein Wort darauf«, sagte Hans.

Liselotte aber schluchzte auf wie von schlimmer Qual erlöst. Sie ergriff die Hand des Barons und preßte ihre Lippen darauf.

»O Dank – heißen Dank!« sagte sie leise.

Er legte seine Hand gütig auf ihr Haupt.

»Kind, du dankst noch dafür, daß wir ein Opfer von dir annehmen?«

Sie sah glückstrahlend zu ihm auf.

»Es ist kein Opfer, es ist ein großes, großes Glück für mich, daß ich helfen konnte.«

Sie blickte aufatmend in das Gesicht das Junkers. Der konnte sich nicht länger beherrschen, er umfaßte das liebliche, holde Mädchen und küßte es unter den Augen seines Vaters herzlich auf den Mund.

»Ich danke dir, Liselotte – liebe Liselotte!« sagte er innig und sah mit einem seltsamen Blick in ihre Augen.

Sie wurde dunkelrot unter seinem Blick und dann eilte sie hastig aus dem Zimmer.

Hans sah ihr mit großen Augen nach und seine Lippen zuckten in tiefer Erregung.

Sein Vater sah ihn besorgt an.

»Hans!«

»Lieber Papa?«

»Jetzt mußt du vernünftig sein, mein Sohn, hörst du? Ich gebe dir das Geld, aber vergiß nicht, wir müssen es Liselotte wiederbeschaffen. Und daß du es nur weißt, lange kann ich Bodenhausen nicht mehr halten. Es steht schlimmer um uns, als du denkst. Der Ruin steht vor der Tür – du allein kannst den Zusammenbruch aufhalten – wenn du eine reiche Frau heiratest. Eine andere Rettung gibt es nicht für uns.«

Hans war zusammengezuckt. Er preßte die Hand auf das Herz, als fühle er dort einen heißen Schmerz. Noch nie war ihm der Gedanke, eine reiche Frau heiraten zu müssen, so unangenehm gewesen wie jetzt. Er wußte jetzt, daß er nie ein anderes Mädchen so lieb haben konnte wie Liselotte. Sie war mit seinem Herzen verwachsen, seit er sie an seiner Hand als weinendes Kind über die Schwelle seines Vaterhauses geführt hatte. Und er wußte, daß sein Herz nie von ihr lassen konnte.

Stumm nahm er das Geld von seinem Vater entgegen, und es schnürte ihm dabei etwas die Brust zusammen.

Während der nächsten Tage ging Liselotte mit verklärtem Gesicht umher. Es konnte sie nichts in der glücklichen Gewißheit stören, daß sie Junker Hans und seinem Vater einen Dienst hatte leisten dürfen. So glücklich machte sie der Gedanke, daß der geliebte Junker einer Gefahr entronnen war, daß Loris Feindseligkeit ganz wirkungslos an ihr abprallten und ihr nicht einmal wehe taten.

Der Baron begegnete ihr jetzt in einer sehr herzlichen Weise, trotzdem sie sich, wie immer, ganz bescheiden zurückhielt. Jeden Abend forderte er sie auf, wenn sie sich nach dem Abendessen bescheiden in ihr Kämmerchen zurückziehen wollte, noch ein wenig zu bleiben und ein paar Lieder zu singen. Dann saß Junker Hans still in einer Ecke und lauschte der warmen, glockenreinen Mädchenstimme. In seinem Verkehr mit Liselotte wechselte der vertraute, warme Ton aus den Kindertagen mit einer scheuen Zurückhaltung.

Der Baronin gefiel es wenig, daß ihr Gemahl Liselotte so sehr in den Familienkreis zog, und Lori ärgerte sich sehr darüber. Sie suchte ihre Mutter noch immer gegen Liselotte einzunehmen. Eines Tages sagte die Baronin zu ihrem Gemahl: »Ich finde es nicht richtig, daß du Liselotte so sehr in unseren Familienkreis ziehst. Mir scheint, Hans sieht sie mit ganz besonderen Augen an. Und das Mädchen wird von Tag zu Tag schöner.«

Da antwortete der Baron ruhig und bestimmt:

»Laß das Kind. Es wird nichts schaden, wenn sie uns abends einige Lieder singt. Das lenkt uns ein wenig von unseren Sorgen ab. Und was Hans anbelangt, so mache dir keine Sorgen. Er weiß jetzt, daß er um jeden Preis eine reiche Heirat machen muß. Liselotte wird er nicht mehr oft sehen. Also beunruhige dich nicht.«

Von Liselottes Opfer sprach er nicht. Er wollte seiner Gemahlin die Beschämung ersparen, daß sie der immer so gering geachteten

Liselotte vielleicht Ehre und Leben ihres Sohnes zu danken hatte. Auch Lori erfuhr nichts davon, was Liselotte für den Bruder getan hatte. Aber sie beobachtete Hans und Liselotte mit mißtrauischen Augen und machte allerlei Beobachtungen, die sie später als Waffe gegen Liselotte zu gebrauchen gedachte.

So gingen die Tage bis Neujahr schnell vorbei. Am Neujahrstag sollte Hans abreisen. Es kam vorher noch zu einem kurzen Alleinsein zwischen Hans und Liselotte. Und da sagte er in tiefster Bewegung zu ihr:

»Ich will Ihnen jetzt, da wir allein sind, Lebewohl sagen, Liselotte, und Ihnen nochmals von ganzem Herzen danken für das Opfer, das Sie mir gebracht haben. Ich werde es Ihnen nie vergessen.«

Sie sah mit ihren schönen Augen zu ihm auf.

»Ach, ich bin so froh und glücklich, daß ich Ihnen helfen durfte, Junker Hans. Damit haben Sie mich so reich gemacht. Sie ahnen nicht, welch ein Glück es für mich ist, zu wissen, daß ich meine Dankesschuld ein wenig abtragen konnte.«

»Sie sind ein edles, großherziges Geschöpf, Liselotte«, sagte er mit verhaltener Bewegung und preßte seine Lippen auf ihre Hand.

Es war das erstemal in ihrem Leben, daß Liselotte die Hand geküßt wurde. Erglühend, mit klopfendem Herzen ließ sie es geschehen und stand verwirrt vor ihm. In demselben Augenblick trat Lori ins Zimmer. Die beiden traten schnell auseinander. Lori maß sie mit mißtrauischen, forschenden Blicken.

»Die Eltern warten draußen in der Halle«, sagte sie zu dem Bruder.

Hans verneigte sich noch einmal vor Liselotte.

»Leben Sie wohl, Liselotte«, sagte er innig.

»Leben Sie wohl, Junker Hans«, antwortete sie leise.

Schnell ging er hinaus.

Lori lachte höhnisch auf.

»Gott, war das ein rührender Abschied! Du kommst dir wohl sehr wichtig vor? Hast meinen Bruder angesehen mit Augen – nun – ich will weiter nichts sagen.«

Damit verließ sie das Zimmer, um sich nun auch selbst von dem Bruder zu verabschieden.

Einige Tage später reisten auch Lori und Liselotte wieder ab nach Lausanne. Der Baron gab ihnen wieder bis Erfurt das Geleit, wo er sie in einem D-Zug unterbringen konnte. Madame Chevaux hatte er Tag und Stunde der Ankunft mitgeteilt, damit diese die jungen Mädchen vom Bahnhof abholen ließe.

Wärmer als sonst verabschiedete er sich von Liselotte. Als sie ihm, wie sonst immer, in kindlicher Dankbarkeit die Hand küssen wollte, wehrte er ab.

»Nicht doch, Kind, das mußt du nicht mehr tun«, sagte er beschämt. »Was sollen die Leute denken, wenn mir eine junge Dame die Hand küßt.« –

In Lausanne erwartete sie Madame Chevaux selbst am Bahnhof. Bis auf Leonie v. Pressen waren schon alle Schülerinnen wieder eingetroffen, und auch diese kam einige Stunden später an.

Da gab es nun erst einmal eine Menge zu erzählen und zu berichten. Und man zeigte sich gegenseitig die neuen Weihnachtsgeschenke und ließ sie mit Wonne bewundern.

Winnifred Balfort war von ihrem Vater nach Lausanne begleitet worden, er wollte noch einige Tage dort im Hotel bleiben. Für den nächsten Abend hatte er für alle Mitschülerinnen seiner Tochter sowie für Madame Chevaux und die Lehrer und Lehrerinnen Theaterkarten geschickt. Da wollte er alle die Menschen kennen lernen, mit denen seine zärtlich geliebte Tochter in Berührung kam. Am Nachmittag dieses Tages saßen die jungen Mädchen allein im Schulzimmer, um für den nächsten Schultag alles wieder vorzubereiten. Nur Liselotte fehlte noch. Da sie nicht nur ihre, sondern auch Loris Sachen oben einzuräumen hatte, war sie noch nicht fertig.

Und nun hielt Lori die Zeit für gekommen, ihre Neuigkeiten, die sich gegen Liselotte richteten, auszukramen. Dabei kam es ihr, wie gewöhnlich, nicht sehr auf einen wahrheitsgetreuen Bericht an.

»Denkt euch nur«, sagte sie eifrig, »meine Eltern werden Bettelprinzeß nicht mehr in Bodenhausen behalten, wenn wir wieder nach Hause kommen. Sie muß in Stellung gehen, als Gesellschafterin oder dergleichen. Meine Eltern mögen sie nicht mehr in Bodenhausen leiden, weil sie meinem Bruder nachstellt und wohl gar hofft, daß er sie heiratet. Aber das gibt es natürlich nicht. Sie fliegt hinaus, sobald ihre Erziehung vollendet ist«. So sagte sie mit großer Befriedigung und in einer wenig vornehmen Art.

Diejenigen Mädchen, die Liselotte nicht leiden mochten, machten große Augen und fanden es richtig, daß die undankbare Bettelprinzeß, die sich auch noch so benahm, ›hinausfliegen‹ sollte.

Leonie v. Pressen schüttelte den Kopf.

»Ach geh, Elfe, das will mir nicht in den Kopf. Bettelprinzeß macht mir so gar nicht den Eindruck, als könnte sie irgendeinem Menschen ›nachstellen‹, wie du sagst. Wirst halt wieder ein bisserl zu viel gesehen haben. Sei nicht fad, laß das arme Tschaperl in Ruh«, sagte sie. Auch Winnifred glaubte Lori nicht. »Wer weiß, ob dein Bruder nicht lieben das Bettelprinzeß. Die Deutschen seien so gefürchtig romantisch, und Bettelprinzeß ist ein so schönes Mädchen – oh, so schön, wie wir alle miteinander nicht. Sie wird nicht haben nötig, eine Mann nachzustellen, aber es werden umgekehrt sein.«

Susi aber sprang auf und sagte mit blitzenden Augen:

»Jetzt will auch ich meine Meinung sagen, Elfe. Ich glaube nicht ein Wort von dem, was du sagst. Du willst nur die arme Bettelprinzeß verleumden und herabsetzen in unsern Augen, wie du es schon immer getan hast, obwohl sie alles tut, um dich zufriedenzustellen. Daß Bettelprinzeß so etwas tut, erkläre ich geradezu für unwahr. Dazu ist sie viel zu zurückhaltend und vornehm. Jawohl – kichert ihr nur, ich wiederhole, Bettelprinzeß ist vornehm im Denken und Handeln, und ihr könntet euch gern ein Beispiel an ihr nehmen. Und undankbar ist sie ganz gewiß auch nicht, im Gegenteil, sie läßt sich all deine Unarten und Bosheiten, meine liebe Elfe, nur so ruhig gefallen, weil sie deinen Eltern und auch deinem Bruder, der immer gütig zu ihr war, so dankbar ist. Das hat sie selbst mir erzählt. Und daß Bettelprinzeß später ihr Brot selbst verdienen muß, darum ist sie sehr zu bedauern. Wir alle wollen dankbar sein gegen das Geschick, daß es uns besser geht. Ich habe mit meiner Mutter über Bettelprinzeß gesprochen und die hat mir gesagt, ich solle ihr meine Liebe und Freundschaft bewahren, da ich sie als gut erkannt habe. Und das will ich tun. Bettelprinzeß ist meine beste Freundin, daß ihr es wißt, und ich trete für meine Freunde ein«.

Damit setzte sich Wildfang nachdrücklich wieder auf ihre Bank und sah sich mit kriegerisch blitzenden Augen um.

Lori duckte sich unwillkürlich. Susi sich zur offenen Feindin zu machen, war nicht ratsam. Sie sagte nur gereizt: »Ihr braucht mir ja nicht zu glauben.«

»Nun wir wollen nicht sein zueinander zornig und uns nicht machen schlimm diesen schönen Tag. Elfe wird sein vernünftig und nichts sagen gegen das arme Bettelprinzeß, was ich haben sehr lieb gewinnt. Und nun wollen wir uns freuen für heute abend, wo wir werden gehen in die Theater. Meine liebe Vater wird schenken jede von uns eine Schokoladepackung, so groß und mit besonders feine Schokolade. Er hat mich das versprecht.«

»Hm! Fein, Dollarprinzeß. Übrigens heißt es versprochen«, sagte Lia Frankenberg lachend.

»Danke, Bubi, die deutsche Sprache sein sooo schwer vor mir.«

So wurde das Gespräch in friedliche Bahnen gelenkt, und als gleich darauf Liselotte eintrat und bescheiden und ruhig an ihren Platz ging, um ihre Sachen zu ordnen, da ahnte sie nicht, wie abscheulich sie Lori soeben verleumdet hatte und wie tapfer Susi für sie eingetreten war. –

Am Abend gingen alle zusammen ins Theater, es war ein sehr schöner, lustiger Abend. Vor den Plätzen der jungen Mädchen stand für jede eine Schachtel voll Süßigkeiten mit darübergebundenem Blumenstrauß. Winnifreds Vater, ein stattlicher Herr mit einem ausdrucksvollen, angenehmen Gesicht, freute sich sichtlich über all die lachenden jungen Gesichter und er plauderte in den Pausen mit den jungen Mädchen und auch mit den Lehrern. Er sprach noch viel schlechter Deutsch als seine Tochter und lachend ließ er sich gefallen, daß ihm die jungen Mädchen aushalfen, wenn er ein Wort nicht finden konnte.

Nach diesem frohen Abend nahm das Leben im Töchterheim wieder seinen geregelten Fortgang. Es wurde ernsthaft gearbeitet.

Liselotte erwarb sich immer mehr Freunde und Lori wurde immer unbeliebter. Dafür rächte sie sich an Liselotte, wenn sie allein waren. Sonderbarerweise taten Liselotte diese Kränkungen auch nicht mehr so weh wie früher. An Ostern verließen Melanie Schlieben und Ursula Trautmannsdorf das Töchterheim. Dafür kamen zwei neue junge Mädchen. Und im folgenden Herbst verließen auch die Zwillinge, die Baronessen Schlettau, das Haus und wurden durch zwei ›Neue‹ ersetzt.

Das zweite Weihnachtsfest verlebten Liselotte und Lori mit Winnifred im Töchterheim. Sie sollten nur noch bis Ostern bleiben. Für Liselotte und Lori wurde die Reise zu teuer und Winnifred wurde erst an Ostern von ihrem Vater abgeholt, um erst einmal mit ihm eine Reise durch ganz Europa zu machen.

Von allem, was Liselotte erlebte, berichtete sie treulich ihrem lieben Fräulein Herter – nur von den geopferten fünfzehntausend Mark erwähnte sie kein Wort. Auch Fräulein Herter schrieb nach wie vor liebevolle Briefe an Liselotte und vertraute ihr an, daß sie sich in ihrer neuen Stellung recht unglücklich fühle.

»Aber was will man machen, meine liebe Liselotte, man muß aushalten, damit man sein Brot verdient. Es ist nun einmal nicht anders und man muß geduldig sein.« So schrieb Fräulein Herter.

Liselotte und Lori verlebten noch ihren siebzehnten Geburtstag in Lausanne. Liselotte sah aus, als sei sie einige Jahre älter. Sie war ein schönes, großes, schlankes Mädchen geworden. Und sie machte in ihrem ganzen Wesen einen gereiften Eindruck. Sie war über ihre Jahre hinaus ernst und klug.

Als sie an Ostern mit Lori das Töchterheim für immer verließ, verabschiedeten sich ihre Lehrer und Madame Chevaux sehr herzlich von ihr. Sie waren überzeugt, nicht so bald wieder eine so vorzügliche Schülerin zu bekommen. Am meisten bedauerte der Musiklehrer ihr Fortgehen und bis zuletzt suchte er Liselotte zu bestimmen, sich zur Sängerin ausbilden zu lassen. Aber Liselotte schüttelte dazu nur lächelnd den Kopf. Sie dankte ihm aber sehr, daß er sich so viel Mühe mit ihr gegeben hatte.

»Vielleicht ist es mir später in meinen Stellungen doch sehr von Nutzen, daß ich ein wenig singen und gut Klavier spielen kann«, sagte sie zu ihm.

Mit Liselotte und Lori verließen auch Susi und Winnifred das Töchterheim. Es zogen nun lauter neue Schülerinnen ein. Liselotte und Susi hatten sich treue Freundschaft für das ganze Leben geschworen und diesen Schwur haben beide getreulich gehalten.

Mit bewegtem Herzen verließ Liselotte das Haus der Madame Chevaux, in dem sie zwei Jahre lang viel Leid, aber auch viel Freude erlebt hatte. Sie stand nun mit bangem Herzen vor einem neuen Lebensabschnitt.

Jetzt muß ich meine lieben Leser bitten, mich noch einmal nach Schloß Hochberg zu begleiten.

All die vergangenen Jahre seit dem Tode seines Sohnen Botho hatte Graf Hochberg-Lindeck mit seiner Gemahlin, der Gräfin Katharina, in strengster Zurückgezogenheit gelebt. Die glänzenden, weiten Räume des Schlosses, in denen früher ein so geselliges Treiben geherrscht hatte, standen jahraus jahrein vereinsamt und leer. Nur selten ließ sich einmal ein Gast in Hochberg blicken. Graf Armin war in sehr menschenfeindlicher Stimmung und wollte am liebsten niemand sehen.

Gräfin Katharina lebte mit wehem Herzen neben ihrem strengen Gemahl dahin, ganz in die Erinnerung an ihren zärtlich geliebten und namenlos betrauerten Sohn versunken. Sie wagte es nicht, ihrem Gemahl einzugestehen, daß sie Sehnsucht hatte nach dem Kinde ihres Sohnes, nach der Enkelin.

Sie hatte dies Kind nie an ihr sehnsüchtiges Herz drücken dürfen, besaß nur das kleine Bildchen, das ihr der Sohn vor seinem Tode geschenkt hatte und das ihre Schwiegertochter darstellte, mit dem Kinde auf dem Schoß.

Ach, wie oft hatte die unglückliche Frau dies Bildchen an die Lippen gedrückt und mit zitternden Händen über das kleine Lockenköpfchen gestreichelt. Sie verbarg dies Bild vor den Augen ihres Gemahls aus Angst, daß er ihr auch dies Andenken noch fortnehmen könnte.

Und sie malte sich von Jahr zu Jahr aus, wie sich ihre kleine Enkelin entwickelt haben würde. Ach, daß sie nicht einmal wußte, wo diese beiden Menschen weilten, die dem geliebten Sohn so teuer gewesen waren. Sie konnte ja, an die Seite ihres herrischen Gatten gefesselt, so gar nichts tun, um sie zu suchen.

Immer hoffte sie, die Witwe ihres Sohnes werde sich melden und ihre Ansprüche geltend machen. Aber nie kam eine Kunde von ihr.

Manchmal hatte sie gewagt, ein zaghaftes Wort an ihren Mann zu richten, ob er nichts für die Witwe und die Tochter seines Sohnes tun wollte. Da wehrte aber der alte Herr schroff und rauh ab.

»Ich weiß nicht, von wem du sprichst. Mein Sohn ist tot und ich habe nie seine Heirat anerkannt – werde es auch nie tun. Schweig mir von dieser Frau, die uns unsern Sohn genommen hat. Sie ist an allem Unglück schuld, das über uns gekommen ist«, sagte er dann mit düsterer Miene.

Er litt nicht weniger als seine Gemahlin unter dem frühen Tod seines Sohnes, mit dem all sein Stolz begraben ward, mit dem das alte edle Geschlecht der Grafen Hochberg-Lindeck erlosch für alle Zeiten. Aber sein Schmerz machte ihn noch härter als zuvor und tötete jedes weiche Gefühl, das sich etwa noch in seinem Herzen versteckt hatte.

In den ersten Jahren wartete er von Tag zu Tag, daß sich die Witwe seines Sohnes mit Forderungen an ihn wenden würde. Geld hätte er ihr gegeben, aber niemals hätte er sie und ihr Kind anerkannt. Aber die Zeit verging, ohne daß geschehen wäre, worauf er wartete. Kein Lebenszeichen kam von ihr und ihrem Kind. Und ohne daß er es wollte, mußte er sich oft in Gedanken mit diesen beiden Menschen beschäftigen.

Er wußte doch, daß die Witwe seines Sohnes arm war. Sie mußte doch Geld brauchen. Warum verlangte sie es nicht von ihm? War sie etwa zu stolz dazu? Wollte sie etwa gar keine Ansprüche geltend machen?

Diese Fragen erfüllten ihn schließlich mehr und mehr mit Unruhe. Und wenn nur Gräfin Katharina jetzt noch den Mut gehabt hätte, seinen Trotz zu durchdringen, vielleicht hätte er sich dann selbst bereitfinden lassen, nach den Menschen zu forschen, die ihm doch, neben seiner Frau, die nächsten hätten sein sollen.

So vergingen die Jahre, eins ums andere, und Graf Armin verbiß sich gegen sein besseres Gefühl immer mehr in seinen menschenfeindlichen Trotz.

Aber zu der Zeit, da Lori und Liselotte Lausanne verließen, erkrankte Graf Armin schwer. Und bald wußte er, daß seine Tage gezählt waren, daß er sterben mußte. Die Gräfin pflegte ihn treu und manchmal sah er mit unruhigem Blick in ihr stilles Leidensgesicht. Es kam ihm jetzt erst voll zum Bewußtsein, was er ihr mit seiner Härte angetan hatte.

Eines Abends blickte er lange sinnend vor sich hin.

»Katharina!« rief er plötzlich leise.

Sie beugte sich über ihn. »Was willst du, Armin?«

»Ich will dich fragen, Katharina, ob du mir verzeihen kannst, daß ich so hart war.«

Tränen traten ihr in die Augen.

»Ich weiß, du hast in deiner stolzen Seele selbst zu viel gelitten. Ich verzeihe dir gern, wenn ich etwas zu verzeihen hätte. Aber eine heiße Bitte habe ich an dich – verschließe dein Herz nicht länger dem unschuldigen Kind deines Sohnes. Wir sind so allein, Armin – und könnten doch in diesem Kind einen süßen Trost finden für unsern verlorenen Sohn.«

Diesmal wies sie der Graf nicht schroff zurück. Er seufzte tief auf. Dann sagte er leise:

»Ich weiß, daß ich bald sterben muß, Katharina. Und wenn ich die Augen geschlossen habe, sollst du nicht noch einsamer sein, als bisher. Du sehnst dich nach deiner Enkelin, ich weiß es. Und heute, da der Tod schon seine Hand nach mir ausstreckt, will ich dir gestehen, daß ich auch Stunden hatte, wo ich mich nach diesem Kinde sehnte. Aber mein Stolz erstickte diese Sehnsucht immer wieder. In den letzten Nächten sah ich unsern Sohn im Traum. Seine Augen sahen mich vorwurfsvoll und bittend an – wie die deinen so oft. So will ich endlich allen Stolz von mir werfen an der Schwelle der Ewigkeit. Du sollst deinen heißen Wunsch erfüllen. Wenn ich meine Augen geschlossen habe, suche nach dem Kind unseres Sohnes und setze es in all seine Rechte ein. Wir hinterlassen keine andern Erben als dieses Enkelkind – so mag es sein Erbe antreten – mag seinen Einzug halten in Schloß Hochberg. Ich gebe den Widerstand auf.«

Die Gräfin dankte ihm erregt.

Er schüttelte das Haupt.

»Danke mir nicht, ich war hart, sehr hart zu dir – aber ich war es auch gegen mich selbst. Aber nun ist mein Stolz gebrochen, der dich und mich so elend und arm machte. Ich will nun wenigstens mit dem Bewußtsein vor meinen Sohn hintreten, daß ich meinen Groll gegen seine Frau und sein Kind nicht mit ins Grab genommen habe. Hätte ich noch Zeit, ich würde meine Enkelin selbst aufsuchen und heimholen. Aber ich weiß, es geht bald zu Ende mit mir. So suche du gutzumachen, was ich versäumte – und verzeihe mir. Du warst mir immer ein gutes treues Weib, trotzdem ich dich quälte mit meinem Stolz«.

Seit dieser Aussprache wurde Graf Armin ruhiger. Und zwischen ihm und seiner Gemahlin herrschte ein zarter, liebevoller Ton. Die Gräfin brachte ihm das kleine Bild. Lange betrachtete er es. Seine Augen forschten in dem Antlitz der schönen jungen Frau, die sein Sohn so sehr geliebt hatte. Und ihm war, als könnte er es jetzt verstehen, daß er nicht hatte von ihr lassen wollen.

Und dann sah er in das lachende Kindergesicht seiner Enkelin.

»Mir scheint doch, daß sie eine echte Hochberg ist, sie hat die Augen unseres Sohnes und sein dunkles, lockiges Haar«, sagte er.

Das Bild ließ er nicht mehr von sich.

Zwei Tage später starb er, von seiner Gattin schmerzlich beweint.

Wenige Wochen später machte sich die Gräfin Katharina selbst auf den Weg, um Nachforschungen nach ihrer Enkelin und der Witwe ihres Sohnes zu halten. Sie hatte vorher noch eine Unterredung mit Baron Rainau, dem Freund ihres verstorbenen Sohnes. Von ihm ließ sie sich die Adresse Maria Hochbergs geben, bei der er ja damals selbst gewesen war, als er ihr seine Hilfe anbieten wollte.

Die Gräfin wollte dort mit ihren Nachforschungen beginnen und hatte die feste Zuversicht, daß sie die beiden Menschen finden würde.

Von ihrer Sehnsucht getrieben, reiste die Gräfin ab, nur von ihrer treuen, langjährigen Kammerfrau begleitet, auf deren Verschwiegenheit und Ergebenheit sie bestimmt rechnen konnte.

Zuerst reiste sie in die Stadt, wo ihr Sohn mit seiner jungen Frau und seinem Kinde in recht bescheidenen Verhältnissen gelebt hatte.

In dem Haus, wo sich seine Wohnung befunden, war ein Kaufladen, in dem man allerlei Lebensmittel erstehen konnte. Dieser Laden befand sich schon seit zwanzig Jahren darin, wie die Gräfin in Erfahrung gebracht hatte. In diesem Laden erschien Gräfin Katharina eines Tages, während ihre Kammerfrau draußen an dem Wagen wartete.

Der Geschäftsinhaber, ein Mann von ungefähr fünfundvierzig Jahren, war gerade beschäftigt, Mehl in Tüten abzuwiegen. Er fragte eifrig nach dem Begehr der vornehm aussehenden alten Dame. So vornehme Kundinnen sah er nicht alle Tage bei sich.

Die Gräfin fragte höflich, ob es wahr sei, daß er das Geschäft schon seit zwanzig Jahren besitze.

Er wunderte sich ein bißchen über diese Frage, antwortete aber redselig:

Nein, er habe das Geschäft vor reichlich zehn Jahren übernommen, als er eine kleine Erbschaft gemacht habe. Aber er sei vorher schon lange Jahre als Angestellter in dem Laden tätig gewesen. Da fragte die Gräfin weiter, ob er sich nicht erinnere, daß vor ungefähr zwölf oder dreizehn Jahren ein Graf Hochberg mit seiner jungen Frau und einem kleinen Töchterchen in dem Hause im ersten Stock gewohnt habe.

Jawohl, meinte der Kaufmann, darauf könne er sich sogar noch ganz genau besinnen. Der junge Herr Graf sei ein schöner, stattlicher Mann gewesen und die Frau Gräfin ein Engel an Güte und Schönheit. Der Graf sei dann aber, als er verreist gewesen war, verunglückt und die Gräfin habe sich darüber fast selbst zu Tode gegrämt. Er wisse ganz besonders gut Bescheid darüber, denn seine Frau, die damals freilich erst seine Braut gewesen wäre, sei als Dienstmädchen in der jungen gräflichen Familie in Stellung gewesen und habe das ganze Unglück mit durchgemacht.

Gräfin Katharina horchte auf.

»Kann ich vielleicht Ihre Frau einmal sprechen, mein Herr? Ich bin die Mutter des Grafen Hochberg und würde Ihrer Frau sehr dankbar sein, wenn sie mir einige Fragen beantworten könnte«, sagte sie bittend.

Der Kaufmann bat die Gräfin, ihm doch lieber in seine Wohnung zu folgen, da sei sie ungestörter als hier im Laden. Seine Frau befinde sich im Wohnzimmer und werde der Frau Gräfin gern jede Auskunft geben. Sie folgte ihm bereitwillig in das hübsche Wohnzimmer, wo eine sauber gekleidete Frau an der Nähmaschine saß. Sie erhob sich und nötigte die Frau Gräfin aufs Sofa. Freundlich und bescheiden gab sie über alles, was sie wußte, Bescheid.

Der Herr Graf und die Frau Gräfin hätten sehr glücklich miteinander gelebt, bis der Herr Graf abgereist sei. Als dann die Nachricht von seinem Tod gekommen wäre, da sei die Gräfin selbst wie tot umgefallen und habe einige Zeit krank gelegen und sich nicht fassen können. Nur die kleine Liselotte habe denn endlich mit ihrem Bitten und Weinen die Gräfin wieder zur Besinnung gebracht. Es sei ein ganz furchtbarer Schmerz gewesen. Nur langsam sei die junge Gräfin wieder zu sich gekommen, aber sie sei schrecklich blaß und elend gewesen. Mit starrem Gesicht sei sie umhergegangen, habe nicht geschlafen und nicht gegessen. Und dann habe sie einen Händler kommen lassen und habe alle Möbel verkauft und ihre und der kleinen Liselotte Sachen in Koffer gepackt. Die Wohnung sei gleich wieder vermietet worden. Sie selbst habe die Gräfin entlassen müssen, weil sie wenig Geld besessen habe. Und die Gräfin sei dann mit der kleinen Liselotte abgereist.

Aufmerksam hörte die Gräfin zu. Sie war sehr bewegt.

»Und können Sie mir nicht sagen, wohin die Frau Gräfin mit ihrem Töchterchen gereist ist?« fragte sie.

Die Kaufmannsfrau überlegte.

»Sie wollte nach Thüringen in ein Dorf, wo viel Wald war. Dort wollte sie sich erst einige Wochen erholen und beruhigen.«

»Können Sie mir das Dorf nennen? Oder wissen Sie vielleicht, wohin sie sich gewandt hat?«

»Nein, ich habe nie mehr etwas von ihr gehört. Und wie das Dorf heißt – nein – darauf kann ich mich jetzt nicht mehr besinnen, obwohl ich die Frau Gräfin zur Bahn brachte und die Fahrkarte löste. Aber – da fällt mir ein – die Hauswirtin hatte ihr das Dorf empfohlen wegen der schönen, ruhigen Lage. Sie war einmal auf einige Zeit dort in Sommerfrische gewesen. Wenn Frau Gräfin einige Minuten warten wollen, will ich gleich zu ihr hinaufspringen und sie fragen.«

»Oh, Sie würden mich sehr zu Dank verpflichten«, sagte die Gräfin erregt.

Die Kaufmannsfrau eilte bereitwillig davon. In wenigen Minuten kam sie wieder.

»Das Dorf heißt Bodenhausen, und die Hauswirtin sagte mir, sie habe der Frau Gräfin dort den Gasthof zur ›Weißen Taube‹ als guten und billigen Sommeraufenthalt empfohlen. Dorthin hat die Frau Gräfin gehen wollen«, sagte sie freundlich.

Gräfin Katharina bedankte sich sehr herzlich für die Auskunft und wurde sehr höflich und diensteifrig von dem Kaufmann und seiner Frau zu dem harrenden Wagen begleitet.

Noch an demselben Tag reiste sie mit ihrer Kammerfrau weiter – nach Bodenhausen, um ihre Nachforschungen fortzusetzen.

Inzwischen waren Liselotte und Lori aus Lausanne nach Hause zurückgekehrt. Zum Osterfest waren sie bereits in Bodenhausen. Junker Hans kam einige Tage auf Urlaub. Er hatte sich noch immer nicht entschließen können, sich um eine reiche Frau zu bewerben, so sehr seine Eltern ihn auch drängten. Er hatte sich sehr verändert. Der sorglose Leichtsinn der Jugend war von ihm gewichen. Er verbrachte seine Tage in Pflichterfüllung und hielt sich von allem zurück, was ihn zu Geldausgaben verleiten konnte.

Mehr als je zuvor hatte er in all der Zeit an Liselotte denken müssen, und als er sie nun wiedersah, erkannte er, daß er Liselotte liebte mit der ganzen Kraft seines Herzens, und daß er nie eine andere heiraten würde.

In Liselottes Augen glaubte er zu lesen, daß auch sie ihm von Herzen zugetan sei. Ach, wie glücklich hätte er sein können, wenn er die Hoffnung gehabt hätte, sie eines Tages zu seiner Frau machen zu dürfen. Aber er wußte auch, daß er Liselotte niemals heiraten konnte.

Und so bezwang er sich selbst und ging ihr aus dem Wege, wo er nur konnte. Und Liselotte machte ihm diese Zurückhaltung nicht schwer.

Seinen Eltern entging es nicht, daß Hans Liselotte nicht mehr unbefangen begegnete, und sie sahen ein, wie nötig es war, daß Liselotte aus dem Hause kam. Auch Lori machte ihre Beobachtungen und verhütete mißtrauisch jedes Alleinsein zwischen den beiden.

Als Liselotte in der ›Weißen Taube‹ war, um ihre Freunde zu begrüßen, sagte ihr Frau Schulz, daß den Baron nichts mehr retten könne als eine reiche Heirat seines Sohnes, die er auch um jeden Preis herbeiführen wolle.

Da zuckte Liselotte wie in tiefem Schmerz zusammen und wurde sehr bleich. Frau Schulz sah es wohl und machte ein besorgtes Gesicht. Liselotte nahm sich zwar gleich wieder zusammen und brachte es fertig, ein ruhiges Gesicht zu zeigen. Aber Frau Schulz sah doch, wie bleich sie war und wie trübe die Augen blickten.

Nun vermied Liselotte es noch ängstlicher, mit Junker Hans zusammenzutreffen.

Seine Eltern aber drangen darauf, daß er gleich nach dem Osterfest wieder abreise.

Er wußte, daß er Liselotte wahrscheinlich zum letztenmal sah, denn seine Eltern hatten bereits eine Anzeige in verschiedene Zeitungen drucken lassen, worin sie eine Stellung für Liselotte suchten. Wenn er wieder heimkam, war sie wohl für immer von Bodenhausen fort.

Und Liselotte wußte es auch, daß es ein Abschied für immer war.

»Leben Sie wohl, Liselotte – und alles Glück der Welt in Zukunft auf Ihrem Wege«, sagte er leise.

»Gott behüte Sie, Junker Hans. Und ich danke Ihnen für alles Gute und Liebe, was Sie mir getan haben«, erwiderte sie mit bebender Stimme.

Er lächelte wehmütig.

»Sie haben viel mehr für mich getan, Liselotte. Gott mag geben, daß ich es Ihnen vergelten kann.«

Sie winkte nur matt mit der Hand, als wolle sie davon nichts hören. Und da trat auch schon Lori neben sie und sah sie mit ihren kalten Augen an.

Liselotte lief in ihr Kämmerchen und weinte herzbrechend, es war ihr, als nähme sie Abschied von ihrer Jugend. Aber lange gab sie sich ihrem Schmerz nicht hin. Sie mußte tapfer sein, und sie war es.

Täglich durchsuchte sie die Zeitungen nach einer passenden Stellung, denn sie fühlte, daß die Baronin die Zeit nicht erwarten konnte, wo sie Bodenhausen verließ. Und Lori machte vollends kein Hehl daraus. Auch der Baron suchte sie nicht zu halten. Sie sah ja auch, daß es jetzt in Bodenhausen sehr knapp zuging, und erkannte die Notwendigkeit, sich auf eigene Füße zu stellen.

So war sie voll Unruhe und Erwartung, was ihr das Leben nun bringen würde. Aber das Herz tat ihr sehr weh bei dem Gedanken, daß sie nun von Bodenhausen für immer fortmußte. Als sie Frau Martha Schulz ihre Sorgen anvertraute, ob sie wohl bald eine Stellung finden würde, sagte diese tröstend:

Gräme dich doch nicht darum, Liselotte. Wenn sie dich im Schloß nicht mehr haben wollen, kannst du jeden Tag zu mir kommen. Du kannst meinetwegen immer bei mir bleiben, wenn du willst.«

Aber Liselotte schüttelte den Kopf.

»Nein, Tante Schulz, ich bin nun alt genug, um mir selbst mein Brot zu verdienen. Ich will nicht mehr wie bisher das Gnadenbrot essen, auch bei dir nicht, so gut du es meinst. Als Kind mußte ich mich dareinfügen, weil ich da nicht für mich selbst sorgen konnte. Aber jetzt soll das anders werden. Ich bin zu stolz, mich auch ferner noch auf andere Leute zu verlassen.«

Und so suchte Liselotte eifrig nach einem Wirkungskreis. Sie war gewillt, anzunehmen, was sich ihr bieten würde.

Es war an einem herrlichen Frühlingstage im Mai. Alles grünte und blühte im hellsten Sonnenschein.

Kurz nach Mittag war es. Der lange Heinrich hatte eine Frachtkiste vom Bahnhof abholen sollen und wartete nun gleich noch auf den Schnellzug. Man konnte nicht wissen – bei dem schönen Wetter verirrte sich vielleicht schon ein früher Sommergast in das Dörfchen, den er dann Frau Schulz als Überraschung mitbringen konnte. Heinrichs Hoffnung sollte sich wirklich erfüllen.

Aus einem Abteil der Polsterklasse – Heinrich hatte das ganz deutlich gesehen – stieg eine sehr vornehm aussehende Dame in Trauerkleidern, mit weißem Haar und einem blassen Antlitz. Ein langer Witwenschleier fiel von ihrem Hut herab. In ihrer Begleitung befand sich eine ebenfalls schwarzgekleidete Frau, die nicht ganz so vornehm aussah, die Heinrich aber sicher nicht für eine Dienerin gehalten hätte.

Er stand noch ganz verdutzt und sah mit offenem Munde auf die vornehme Dame. Ob es vielleicht Besuch für die Schloßherrschaft war?

Ehe er sich darüber klar wurde, trat die Dienerin der Gräfin Katharina, denn diese war die vornehme Dame, an Heinrich heran. An seinem Mützenschild stand deutlich: »Weiße Taube«. Das hatte sie gelesen.

»Sie sind wohl der Hausdiener aus dem Gasthof zur ›Weißen Taube‹?« fragte sie.

»Jawohl, gnädige Frau, der bin ich.«

»Können Sie mir sagen, ob wir in der ›Weißen Taube‹ einige saubere, freundliche Zimmer bekommen können?« fragte die Kammerfrau weiter.

»Das können Sie gewiß«, erwiderte Heinrich, »bei Frau Schulz ist alles wie aus dem Ei gepellt, meine Dame. Sie werden sicher zufrieden sein«.

Heinrich war stolz auf diese Antwort.

»Können wir einen Wagen haben, der uns bis zum Gasthof fährt?« fragte die Kammerfrau.

»Nein, einen Wagen gibt es hier nicht. Aber es ist nur ein kurzes Ende zu laufen und die Koffer bringe ich hin, gnädige Frau.«

Die Kammerfrau lächelte.

»Ich bin keine gnädige Frau, sondern nur die Kammerfrau der Gräfin Lindeck, die einige Tage in der ›Weißen Taube‹ wohnen will.«

Gräfin Katharina hatte vorgezogen, sich nur Gräfin Lindeck zu nennen, um sich nicht durch den Namen Hochberg, den wohl ihre Schwiegertochter führte, zu verraten.

Heinrich war nun ganz verwirrt. Er riß seine Augen vor Staunen weit auf.

»Ei! Eine Gräfin hat Frau Schulz noch nicht als Sommergast gehabt, wenn auch sonst schon sehr feine Leute bei uns gewohnt haben«, sagte er naiv. Dann fügte er aber vorsichtshalber hinzu: »Na, Frau Schulz wird die Frau Gräfin schon zufriedenstellen.«

Die Kammerfrau stattete nun der Gräfin Bericht ab und diese erklärte sich bereit, dem Hausdiener in die »Weiße Taube« zu folgen.

Eine halbe Stunde später stand in der »Weißen Taube« alles auf dem Kopf. Frau Schulz konnte gar nicht schnell genug hin- und herfliegen, um für ihren vornehmen Gast alles recht bequem herzurichten.

Die Gräfin fand die Zimmer wohl sehr schlicht und bescheiden, aber sie waren sauber und gut gelüftet. Das war immerhin etwas. Und die Kammerfrau machte es der Herrin gleich etwas behaglicher.

Diese bestellte sich dann frischen Kaffee, den Frau Schulz selbst bereitete und in der Laube auftrug, in der Maria Hochberg so oft mit Liselotte ihre Mahlzeiten eingenommen hatte. Und der Kaffee war wirklich vorzüglich, die Sahne köstlich und der von Frau Schulz selbstgebackene Kuchen durchaus nicht zu verachten. Und alles stand sauber und verlockend auf einem blütenweißen Tischtuch.

Leutselig lobte die Gräfin den Imbiß, und Frau Schulz strahlte vor freudigem Stolz. Die Gräfin ließ sich mit ihr in ein Gespräch ein. Von dem Zweck ihres Hierseins verriet sie noch nichts.

»Sie haben wohl immer viel Sommergäste, Frau Wirtin, weil Bodenhausen so herrlich am Walde liegt?« fragte sie. Frau Schulz strich glättend ihre Schürze.

»So arg ist es nicht damit, Frau Gräfin. Bodenhausen liegt doch ein bißchen abseits. Aber ab und zu kommt doch jemand her und ich habe fast alle Jahre einige Gäste gehabt.«

»So, so. Natürlich meist Familien mit Kindern, die sich hier erholen wollen, nicht wahr?« fragte die Gräfin sie interessiert weiter.

»Wie es so kommt, Frau Gräfin. Manchmal nur einzelne Herren oder Damen. Einige bleiben nur wenige Tage, andere wochenlang.«

»Da nehmen Sie natürlich einigen Anteil an Ihren Gästen, wenn sie länger verweilen?«

»O ja, das will ich meinen. Manchmal tut es einem dann leid, wenn sie wieder fortgehen. Ich hab schon einmal eine Dame hier im Haus gehabt mit einem Kind, an die hatte ich mein ganzes Herz gehängt. Na – an dem Kind hängt es noch immer. Das ist eine sehr traurige Geschichte, Frau Gräfin.'»

»Oh, die müssen Sie mir erzählen.«

»Gern, wenn es nicht langweilig für Frau Gräfin ist. Das ist wohl so an die zwölf, dreizehn Jahre her. Da kam eines Abends eine bildschöne junge Frau mit einem Kindchen hier an. Die junge Frau war in Trauer, hatte vor kurzer Zeit ihren Mann verloren und man sah ihr das Herzeleid aus den Augen schauen. So etwas Schönes und Liebes wie Mutter und Kind können sich Frau Gräfin gar nicht denken. Na – die Liselotte ist ja auch eine richtige Schönheit geworden.«

»Liselotte?« entfuhr es der Gräfin hastig.

Frau Schulz nickte.

»So hieß das Kind, und die Mutter hieß Maria Hochberg, eine feine, stille Frau.«

Und Frau Schulz erzählte nun ausführlich die Geschichte Maria

Hochbergs und ihrer Tochter Liselotte. Auch, wie es Liselotte ergangen war seit dem Tode ihrer Mutter.

Die Gräfin lauschte voll Erregung und ihre Augen wurden feucht. Nur mit Mühe konnte sie sich beherrschen. Nun wußte sie also das Schicksal ihrer Schwiegertochter und ihrer Enkelin. – Frau Schulz konnte gar kein Ende finden zu erzählen, da die Frau Gräfin so großen Anteil an der Geschichte nahm.

So sprach sich Frau Schulz auch alles vom Herzen, was Liselotte betraf. Sie schilderte sie als bildschönes, engelreines und gutes Geschöpf, das in seinem jungen Leben schon so viel Herzeleid erfahren hatte. Daß Liselotte ein schweres Dasein im Schlosse geführt hatte und hauptsächlich von Baronesse Lori weidlich gequält worden sei, und daß diese ihr den Namen Bettelprinzeß angehängt hatte – alles erzählte Frau Schulz der atemlos lauschenden alten Dame.

»Und dabei ist doch Liselotte so ein schönes, vornehmes Mädchen, sie könnte eine wirkliche Prinzessin sein. Und Baronesse Lori soll nur zusehen, daß sie nicht selbst eine Bettelprinzeß wird, denn es steht schlecht um die Schloßherrschaft. Und Liselotte soll nun in Stellung gehen, als Gesellschafterin. Sie ist ja so ein kluges Mädchen, hat viel gelernt, spricht Englisch und Französisch und kann wunderschön singen und Klavier spielen. Wenn sie nur bald eine gute Stellung finden würde. Ich nähme sie gern zu mir, aber sie ist in aller Armut so stolz und will sich selbst ihr Brot verdienen. Und sie paßt auch nicht in meinen schlichten Gasthof, das sehe ich wohl ein. Es stehen ja nun in vielen Zeitungen Anzeigen wegen einer Stellung für Liselotte. Im Schlosse ist jetzt jeder Esser zuviel und sie soll sobald als möglich fort. Auch wegen Junker Hans, denn der soll eine reiche Frau heiraten. Na – und die Liselotte – die ließe sich wohl gleich für den Junker in Stücke hauen. Er ist ja auch so gut zu ihr gewesen.

Ja, ja, Frau Gräfin, das ist eine lange Geschichte und wie ein richtiger Roman, nicht wahr?«

So schloß Frau Schulz ihren Bericht.

Tieferschüttert hatte die Gräfin zugehört. Sie stützte den Kopf in die Hand und beschattete ihre Augen, um ihre Erregung zu verbergen. Und als Frau Schulz davon sprach, daß Liselotte eine Stellung als Gesellschafterin suche, kam ihr blitzartig ein Gedanke.

Sich mühsam fassend, hob sie das Gesicht und sagte, so ruhig sie konnte: »Das war mir alles interessant, Frau Wirtin, und es ist mir lieb, daß Sie mir das alles so ausführlich erzählt haben. Ich habe nämlich die Anzeige in der Zeitung gelesen. Da ich eine junge Gesellschafterin suche, bin ich selbst hierhergekommen, um mir die junge Dame anzusehen. Das ist der Grund, weshalb ich mich hier bei Ihnen einmietete.«

Frau Schulz machte große Augen, »Ach – ich dachte mir doch gleich, daß Frau Gräfin mit einer besonderen Absicht hierhergekommen sind. So vornehme Gäste kehren sonst nicht in der ›Weißen Taube‹ ein. Wenn es Frau Gräfin nur nicht zu gering ist.«

»Darüber machen Sie sich nur keine Sorgen, Frau Wirtin. Also, Sie können mir die junge Dame empfehlen?«

Frau Schulz nickte.

»Das will ich meinen. Frau Gräfin werden schnell selbst herausfinden, was sie für ein Prachtgeschöpf ist. Sie ist freilich noch ein bißchen jung, steht erst im achtzehnten Lebensjahr. Aber sie sieht älter aus und ist auch ernst und reif über ihre Jahre. Ach, es würde mich so sehr freuen, wenn das Kind in gute Hände käme.«

Die Gräfin lächelte ein wenig.

»Seien Sie ganz außer Sorge, Frau Wirtin, bei mir soll es die junge Dame so gut haben, als Sie es nur für sie wünschen können. Und an ihrer Jugend stoße ich mich nicht. Sie wird mir schon gefallen.«

Ach, wie freute sich Frau Schulz über diese Worte.

Die Gräfin fragte nun noch allerlei. Sie wollte sogar wissen, wo das Grab der verunglückten Maria Hochberg sich befand, und Frau Schulz gab auf alles genaue Antwort. Sie wunderte sich weiter gar nicht über das große Interesse, das die Gräfin an den Tag legte. Gab es doch nach ihrer Ansicht so leicht keine spannendere Geschichte als die Maria Hochbergs und ihrer Tochter. Wenn die gute Frau Schulz erst geahnt hätte, daß diese Geschichte noch viel spannender war, als sie selbst wußte, wie hätte sie dann selbst gestaunt.

Die Gräfin zog sich an diesem Abend zeitig in ihr Zimmer zurück. Die große Erregung und die Freude, ihrer Enkelin so nahe zu sein, hatte sie ganz matt und müde gemacht. Sie fühlte sich heute außerstande, eine Begegnung mit Liselotte zu ertragen. Sie überlegte sich nun in Ruhe einen Plan. Hier schien kein Mensch zu ahnen, daß Liselotte eine Komtesse Hochberg-Lindeck war. So wollte sie es vorläufig auch nicht verraten. Auf jeden Fall wollte sie sich morgen nach Schloß Bodenhausen begeben, unter demselben Vorwand, den sie der Wirtin angegeben hatte. Und auf jeden Fall wollte sie dann Liselotte als Gesellschafterin verpflichten. Was dann weiter wurde, sollte der Augenblick entscheiden.

Viel Ruhe fand die sehnsüchtige Großmutter in dieser Nacht nicht. Erst gegen Morgen schlief sie ein und erwachte dann erst sehr spät.

Nachdem sie ihr Frühstück eingenommen hatte, schrieb sie an Baron Bodenhausen:

»Sehr geehrter Herr Baron! Durch eine Zeitungsanzeige aufmerksam gemacht, bin ich nach Bodenhausen gekommen, da es mir gerade am Wege lag, um die junge Dame, für die Sie eine Stellung als Gesellschafterin suchen, persönlich kennenzulernen. Ich möchte die junge Dame, wenn sie mir gefällt, zu mir nehmen. In der ›Weißen Taube‹ habe ich Wohnung genommen und bitte Sie höflichst, meiner Kammerfrau, der Überbringerin dieses Schreibens, zu sagen, wann ich mir erlauben darf, in Schloß Bodenhausen meinen Besuch zu machen. Ich empfehle mich Ihnen

Hochachtungsvoll

Katharina Gräfin Lindeck.«

Mit diesem Brief schickte sie ihre Kammerfrau nach dem Schloß. Heinrich ging mit, um ihr den Weg zu zeigen. Während der Abwesenheit der Kammerfrau begab sich die Gräfin allein nach dem Friedhof. Dort suchte sie nach dem ihr von Frau Schulz bezeichneten Grab Maria Hochbergs. Sie fand es auch bald. Es war mit Frühlingsblumen liebevoll geschmückt. Ein einfacher Denkstein lag zu Füßen des Grabes. Darauf stand in schlichten

Buchstaben: »Hier ruhet in Gott Frau Maria Hochberg.« Darunter das Datum ihres Todestages.

Tränen stürzten der Gräfin aus den Augen. Sie kniete nieder und strich wie liebkosend über das Grab.

»Armes – armes Kind! Du hast meinen Sohn geliebt um seiner selbst willen, sonst wärst du nicht so bescheiden unter diesem schlichten Namen in diese Einsamkeit gegangen. Und du sollst eine Ruhestatt finden an der Seite des geliebten Gatten. Da ich dich nicht lebend einführen kann in Schloß Hochberg, sollst du eines Tages dort im Tode mit allen Ehren deinen Einzug halten. Und an deinem Kind will ich gutmachen, was ich an dir versäumen mußte.«

So dachte sie tiefbewegt und faltete die Hände zum Gebet.

Lange verweilte sie so. Dann ging sie langsam wieder in die »Weiße Taube« zurück.

Bald kam auch die Kammerfrau zurück und brachte ihr ein Antwortschreiben des Barons. Es lautete:

»Hochgeehrte, gnädige Frau Gräfin! Jederzeit werden wir, meine Gemahlin und ich, bereit sein, Sie in Schloß Bodenhausen zu empfangen. Die junge Dame, Fräulein Liselotte Hochberg, die in meinem Hause erzogen worden ist und für die ich jederzeit einstehen werde, ist bereit, sich Ihnen vorzustellen. Wenn Sie wünschen, schicke ich Ihnen gern einen Wagen nach der ›Weißen Taube‹. Sie brauchen mir nur durch den Hausdiener Bescheid sagen zu lassen, wann er Sie abholen soll.

Ich empfehle mich Ihnen ganz ergebenst

Hochachtungsvoll
Baron Bodenhausen.«

Die Gräfin überlegte. Vor Tisch konnte sie nun nicht mehr gut nach dem Schlosse gehen. So sandte sie den Hausdiener nochmals mit einigen Zeilen dorthin.

»Sehr geehrter Herr Baron! Da ich eine alte Frau bin und mir nicht viel zumuten darf, nehme ich Ihr freundliches Anerbieten dank bar an und bitte Sie höflichst, mir Ihren Wagen heute nachmittag gegen fünf Uhr zu schicken. Ich hoffe, daß Ihnen dann mein Besuch angenehm ist. Mit einer ergebenen Empfehlung an Ihre Frau Gemahlin

Ihre ergebene
Gräfin Lindeck.«

In Schloß Bodenhausen hatte die Nachricht der Gräfin Lindeck einige Aufregung hervorgerufen. Der Baron ging sofort zu seiner Gemahlin und übergab ihr das Schreiben. – Sie atmete unwillkürlich auf.

»Es sollte mich wirklich freuen, wenn Liselotte eine Stellung in gutem Hause finden würde. Ich bin überzeugt, daß sie allen Ansprüchen genügen würde. Sie hat entschieden viel gelernt und besitzt zweifellos natürliche Gaben, die sie für den Posten als Gesellschafterin einer vornehmen Dame geeignet erscheinen lassen. Wir wollen aber Liselotte nicht eher etwas sagen, als bis die Gräfin hier ist, damit sie unbefangen bleibt.«

Damit war auch der Baron einverstanden. Als dann das zweite Briefchen der Gräfin kam, gab der Baron Befehl, daß zehn Minuten vor fünf Uhr der Wagen vor der »Weißen Taube« zu halten habe.

Punkt fünf Uhr fuhr dann am Nachmittag der Wagen mit der Gräfin vor dem Portal des Schlosses vor. Die Gräfin wurde in das Empfangszimmer geführt, wo sie der Baron und die Baronin bereits erwarteten. Sie begrüßten die alte Dame sehr zuvorkommend, und diese brachte nochmals ihr Anliegen vor, Fräulein Liselotte Hochberg kennen zu lernen.

Alle Kraft hatte die alte Dame nötig, ihre Selbstbeherrschung nicht zu verlieren, als der Baron Befehl gab, Liselotte herbeizurufen.

Gleich darauf trat Liselotte ein. Sie trug ein schlichtes, weißes Waschkleidchen, sah aber, wie immer, sehr schön und vornehm darin aus.

Als sie nun mitten im Zimmer stand, von hellem Sonnenlicht umflossen, da sah die Gräfin mit unbeschreiblicher Erregung, wie sehr dies junge, holde Wesen ihrem verstorbenen Sohne glich.

Wie ein freudiger Schlag ging es durch ihr Herz. Die Erregung machte sie fassungslos. Sie fiel, einer Ohnmacht nahe, in ihren Sessel zurück und konnte im ersten Augenblick kein Wort hervorbringen. Ihr Gesicht überzog sich mit einer fahlen Blässe.

Bestürzt beugten sich Liselotte und die Baronin über die halb bewußtlose alte Dame.

»Kann ich Ihnen helfen?« fragte Liselotte mit ihrer weichen klaren Stimme und mühte sich voll Teilnahme um die Gräfin, ohne zu ahnen, wen sie vor sich hatte.

Die alte Dame faßte sich schnell wieder. Wie holde Musik klang ihr die besorgte Frage Liselottes in den Ohren. Sie richtete sich gleich wieder empor und lächelte. »Es ist nichts – bitte beunruhigen Sie sich nicht – es geht gleich vorbei. Ich habe zuweilen so kleine Anfälle – gestatten Sie mir nur einen Augenblick, mich zu erholen«, sagte sie.

Liselotte brachte schnell ein Glas Wasser und Kölnisches Wasser herbei, und die Gräfin erholte sich schnell. Sie hatte sich wieder ganz in der Gewalt und blieb ruhig, als Liselotte ihr nun vorgestellt wurde. Dann sagte sie:

»Mein liebes Kind – ich bin gekommen, um Sie kennenzulernen. Ich brauche eine junge Gesellschafterin, ein liebevolles Wesen, das mir immer in meiner Einsamkeit zur Seite steht und immer um mich ist.

Ich habe vor kurzer Zeit meinen Gatten verloren und auch vor Jahren meinen einzigen Sohn dahingeben müssen. Ich muß deshalb jemand um mich haben, mit dem ich mich unterhalten kann. Der Herr Baron und Frau Baronin sagten mir, daß Sie eine Stellung anzunehmen wünschen. Sie gefallen mir, wenn Sie wollen, werden wir sofort einig.«

Liselottes Gesicht hatte sich vor Erregung rot gefärbt. Sie fühlte eine unerklärliche Zuneigung für die freundliche Dame und hätte am liebsten gleich zugegriffen. Aber sie sagte bescheiden:

»Frau Gräfin sind sehr gütig und es ehrt mich, daß Sie mir so viel Vertrauen erweisen. Aber ich möchte Frau Gräfin doch bitten, mich erst zu prüfen, ob ich auch die nötigen Fähigkeiten besitze.«

Die Gräfin lauschte entzückt der lieben, weichen Stimme und sagte hastig:

»Ja, gewiß, ich werde Sie danach fragen. Indes, die Hauptsache ist, daß Sie mir gefallen, denn Sie müssen viel um mich sein, wie ich schon sagte. Bitte, setzen Sie sich zu mir, damit wir noch einiges besprechen können. Sie gestatten doch, Herr Baron, Frau Baronin, daß ich ein kleines Verhör mit der jungen Dame anstelle?«

Der Baron und seine Frau verneigten sich zustimmend.

Dann wandte sich die Gräfin wieder an Liselotte:

»Also, mein liebes Kind, sind Sie ein wenig musikalisch?«

Liselotte verneigte sich.

»Ich spiele ziemlich fertig Klavier und singe ein wenig, Frau Gräfin.«

»Gut, gut. Das ist mir lieb. Und welche Sprachen beherrschen Sie außer Deutsch?«

»Englisch und Französisch, Frau Gräfin.«

»Oh, vorzüglich. Nun, ein wenig vorlesen, mit mir plaudern und ab und zu einen Brief für mich schreiben – das können Sie sicher auch?«

»Ich würde mich bemühen, Frau Gräfin.«

»Schön. Das genügt mir vollkommen.«

»Was beanspruchen Sie für Gehalt?«

»Darüber habe ich noch nicht nachgedacht, das würde ich Frau Gräfin überlassen.«

Die Gräfin lächelte ein wenig.

»So werde ich das der Ordnung halber mit dem Herrn Baron vereinbaren, der doch wohl ihr Vormund ist.«

Der Baron verneigte sich.

»So ist es, Frau Gräfin, Liselotte ist Waise.«

Die Gräfin besprach nun, ohne den Blick viel von Liselotte zu lassen, alles Nötige mit dem Baron und seiner Gemahlin. Beide waren erstaunt, wie glatt sich das alles abwickelte, und erfreut, daß die Gräfin Liselotte ein sehr hohes Gehalt aussetzte. Dann fuhr die Gräfin fort:

»Als Vormund der jungen Dame wünschen Sie, Herr Baron, natürlich auch Erkundigungen über meine Person und Verhältnisse einzuziehen, damit Sie auch sicher sind, daß Ihr Mündel in gute Hände kommt. Bitte, wenden Sie sich an meinen Notar, den Justizrat Höffner in Nieburg und an Baron Rainau auf Schloss Rainau, meinen nächsten Nachbarn. Ich werde einige Tage in Bodenhausen bleiben, bis Sie Antwort haben, und hoffe dann, Fräulein Liselotte gleich mit mir nehmen zu können.« Wieder verneigte sich der Baron.

»Wenn ich auch derartige Erkundigungen nicht für nötig halte, Frau Gräfin, so will ich doch als gewissenhafter Vormund nichts versäumen, was meines Amtes ist. Ich werde noch heute der Ordnung halber an die beiden Herren schreiben. Es soll mich natürlich sehr freuen, wenn Liselotte in gute Hände kommt, und Sie werden sicher mit ihr zufrieden sein.«

Wieder huschte ein Lächeln um den Mund der Gräfin.

»Darüber bin ich schon jetzt außer Sorge.«

Nun mischte sich die Baronin in das Gespräch.

»Darf ich Sie bitten, Frau Gräfin, während dieser Tage unser Gast zu sein? Die »Weiße Taube« ist doch kein ganz geeigneter Aufenthalt für eine Dame.«

Die Gräfin überlegte einen Augenblick. Dann sagte sie schnell entschlossen: »Ich nehme Ihr gütiges Anerbieten mit großem Dank an, Frau Baronin. Auf diese Weise lerne ich Fräulein Liselotte gleich noch ein wenig näher kennen und sie kann sich ein wenig an mich gewöhnen, damit es ihr nicht zu schwer wird, mit mir zu gehen. Es wird ihr ohnedies nicht leicht fallen, Bodenhausen zu verlassen.«

Liselotte ergriff lebhaft die Hand der Gräfin und führte sie an ihre Lippen. Sie, die keineswegs mit Liebe und Güte verwöhnt war, fühlte, wie ihr Herz sich der alten Dame zuneigte.

»Frau Gräfin sind zu gütig«, sagte sie bewegt.

Von ihrem Gefühl übermannt, streichelte die Gräfin sanft über Liselottes schönes Haar.

»Ich muß mir doch ein wenig Ihr Vertrauen zu gewinnen suchen, liebes Kind«, sagte sie warm und herzlich.

Die Baronin fand, daß die Gräfin ihrer zukünftigen Gesellschafterin sehr vertraulich entgegenkam. Sehr stolz schien die alte

Dame nicht zu sein. Jedenfalls hätte sich die Baronin ganz anders zu einer Gesellschafterin gestellt.

Vielleicht ahnte Gräfin Katharina etwas von den Gedanken der Baronin. Sie suchte sich jedenfalls Liselotte gegenüber mehr zu beherrschen, wenigstens solange sie in Bodenhausen weilte. Sie hatte einen Augenblick geschwankt, ob sie sich nicht gleich als Liselottes Großmutter zu erkennen geben sollte. Aber sie hatte den Wunsch unterdrückt. Es war nicht gut, Liselotte gleich mit der ganzen Wahrheit zu überraschen und sie zu erschrecken. So ein junges Gemüt konnte da leicht aus dem Gleichgewicht kommen. Was sollte sie ihr auch sagen, warum sich ihre Großeltern bisher so gar nicht um sie gekümmert hatten? Mußte es nicht schmerzlich auf Liselotte wirken, wenn sie erfuhr, daß man ihr und ihrer verstorbenen Mutter ihr gutes Recht so lange vorenthalten hatte? Nein, es war nicht gut, wenn sie so plötzlich die Wahrheit erfuhr. Ganz langsam sollte sich Liselotte an sie gewöhnen und sich im Schloß Hochberg einleben. Sie sollte die Großmutter erst liebgewinnen, sollte den tiefen Schmerz, den diese ertragen hatten, erst kennen und begreifen lernen, ehe sie erfuhr, wer sie war. Dann konnte sie verstehen, wie es gekommen war, daß sich die Großmutter erst jetzt um sie kümmerte.

Ehe die Gräfin sich ins Schloß begeben hatte, beauftragte sie ihre Kammerfrau, zwei Telegramme zu besorgen. Diese waren an Baron Rainau und Justizrat Höffner gerichtet und enthielten die Mitteilung, daß eine Anfrage über die Gräfin Lindeck einlaufen würde und daß man wahrheitsgetreue Auskunft geben möge, ohne den Doppelnamen zu erwähnen.

Nun sagte sich die Gräfin jedoch, daß sie ganz beiläufig im Gespräch erwähnen müsse, daß sie auf Schloß Hochberg wohne. Zunächst schickte die Baronin einen Diener nach der »Weißen Taube«, der dort Bescheid sagen sollte, daß die Gräfin im Schlosse bleiben würde, und der die Kammerfrau der Gräfin und das Gepäck nach Schloß Bodenhausen beorderte.

Es wurden sofort einige Zimmer für die Gräfin bereit gemacht. Diese bat dringend, keinerlei Umstände zu machen.

Dann nahm man zusammen den Tee ein. Bei dieser Gelegenheit

lernte Gräfin Katharina auch Baronesse Lori kennen. Sie machte ihr keinen angenehmen Eindruck. Auch ohne daß Frau Schulz ihr gesagt hätte, daß Lori sehr garstig zu Liselotte war, hätte sie das Wesen Loris nicht angenehm berührt.

Am Teetisch erklärte die Gräfin dann beiläufig:

»Habe ich Ihren Namen richtig verstanden, Fräulein Liselotte – heißen Sie Hochberg?«

Liselotte verneigte sich.

»So ist es, Frau Gräfin.«

Diese lächelte.

»Nun, so werden Sie sich in Ihrem neuen Wirkungskreis hoffentlich um so schneller einleben. Das ist ein hübsches Zusammentreffen. Ich wohne nämlich auf Schloß Hochberg, und wir führen außer dem Namen Lindeck auch noch den Namen der Grafen von Hochberg. Ich will das als ein gutes Zeichen betrachten.«

Danach ging sie schnell auf ein anderes Thema über.

Niemand fiel es ein, über diesen seltsamen Zufall nachzudenken. Man achtete gar nicht weiter darauf. Am wenigsten fiel es Liselotte ein, irgendwelches Gewicht darauf zu legen.

Der Baron schrieb sofort an Baron Rainau und Justizrat Höffner und erhielt von den beiden Herren umgehend die glänzendste Auskunft über die Gräfin Lindeck.

Danach hatte er nicht die geringsten Bedenken mehr, Liselotte mit der Gräfin abreisen zu lassen.

Die Gräfin hatte in den wenigen Tagen reichlich Gelegenheit, Liselotte zu beobachten. Sie ließ sie fast nicht mehr von ihrer Seite. Der Baron und seine Gattin freuten sich, daß Liselotte eine so gute Stellung gefunden hatte. Hauptsächlich war das dem Baron eine große Beruhigung, denn Liselotte war ihm sehr lieb geworden.

Aber Lori ärgerte sich, daß Liselotte es so gut getroffen hatte. Sie hätte ihr eine schlechtere Stellung gewünscht. Ganz wütend war sie, als sie merkte, wie gütig und liebevoll die Gräfin zu Liselotte war. Und sie suchte diese die letzten Tage noch weidlich zu kränken. Gräfin Katharina konnte verschiedentlich beobachten, wie häßlich Lori zu Liselotte war. Einmal hörte sie die Baronesse sagen:

»Du brauchst dir gar nichts darauf einzubilden, daß du nun in Schloß Hochberg wohnen wirst. Bist ja doch dort nichts als Gesellschafterin. Und die Gräfin ist nur so gut mit dir, weil dich meine Eltern empfohlen haben. Glaube nur nicht, daß das so weiter geht.«

Da antwortete Liselotte ruhig:

»Ich weiß, daß ich nur eine Untergebene der Gräfin sein werde. Um so mehr danke ich ihr für ihre Güte. Du wirst dich ja nun nicht lange mehr über mich zu ärgern brauchen, Lori, ich komme dir ja nun aus den Augen – für immer. Aber ich bitte dich so sehr, stelle doch wenigstens die letzten Tage die Feindseligkeiten gegen mich ein. Wenn du ehrlich sein willst, mußt du dir sagen, daß ich dir nie, niemals etwas zuleide getan habe, daß ich geduldig allen Groll ertrug, den du über mich ausschüttetest, ohne daß ich dir je Veranlassung dazu gab. Mein einziges Verbrechen ist, daß ich eine Waise, die arme Bettelprinzeß bin. Sei doch nur die letzten Tage gut zu mir. Ich möchte so gern auch an dich mit liebevollem Herzen zurückdenken können. Nur ein einziges Mal gib mir ein gutes Wort.«

Es lag ein so inniges Flehen in Liselottes Stimme, daß die Gräfin, die das vom Nebenzimmer aus mit anhörte, feuchte Augen bekam. Dieses Gespräch zeigte ihr zur Genüge, daß Frau Schulz recht gehabt hatte, als sie ihr sagte, Baronesse Lori quäle Liselotte ungemein und mache ihr das Leben zur Hölle.

Lori blieb auch jetzt kalt und ungerührt. »Ich wünsche gar nicht, daß du meiner mit liebevollem Herzen gedenkst. Ich bin froh, daß du mir aus den Augen kommst. Ich mag dich nun einmal nicht leiden, du bist mir verhaßt gewesen von Anfang an und bleibst es mir bis zum Ende.« Damit verließ sie das Zimmer und warf die Tür heftig ins Schloß. Liselotte sank in einen Sessel, als sie allein war, und preßte aufschluchzend die Hände vor das Gesicht.

Es tat ihr so weh, daß Lori auch jetzt kein gutes Wort für sie hatte. Das Trennungsweh übermannte sie. Ein heftiges Schluchzen schüttelte ihren Körper.

Da hielt es die Gräfin nicht länger drüben im Nebenzimmer. Sie trat über die Schwelle und beugte sich über das weinende Mädchen.

»Nicht weinen, mein liebes Kind! Die junge Baronesse war eben recht böse mit Ihnen. Die Wirtin aus der ›Weißen Taube‹, eine sehr gute Freundin von Ihnen, hat mir schon mancherlei erzählt, was Sie alles an trüben, schweren Stunden in Ihrem jungen Leben ertragen haben, wie man Sie gequält und gedemütigt hat. Seien Sie ruhig, mein Kind. Das soll nun anders werden. Sie sollen in Schloß Hochberg eine freundliche, schöne Heimat finden und alles Böse vergessen, was Ihnen widerfahren ist. Vertrauen Sie mir nur, ich will dafür sorgen, daß Sie keine Tränen mehr weinen sollen – denn – ich habe Sie herzlich lieb gewonnen.«

Diese liebevollen Worte erschütterten Liselotte ungemein. Ihr war, als wenn linde Mutterhände sie streichelten. Es erschien ihr wie ein Wunder, daß die Gräfin so zärtlich und gütig zu ihr war, und ihr ganzes junges Herz flog ihr dankbar entgegen.

Ergriffen beugte sie sich und küßte die Hände der alten Dame.

»So gütig sind Sie zu mir, Frau Gräfin, so unsagbar gütig – ich weiß nicht, wie ich das verdienen soll – und kann es nur mit schrankenloser Dankbarkeit und Ergebenheit vergelten«, stammelte sie.

»Und mit ein wenig Liebe, Kind. Ich bin eine einsame alte Frau, die ebensowenig jemand hat, der zu ihr gehört, wie Sie. Ich werde Ihnen für ein wenig Liebe so dankbar sein, wie Sie es sind. Wir wollen uns gegenseitig recht gut verstehen lernen, nicht wahr? Und nun nicht mehr traurig sein. Wenn Ihnen in Zukunft das Herz schwer ist, so kommen Sie damit zu mir – wie zu einer Mutter.«

Das war Liselotte wie ein schöner Traum. Sie konnte es nicht fassen und begreifen, daß sich ihr das gütige Herz der vornehmen alten Dame so voll Liebe und gütigem Verstehen zugewandt hatte.

Wie sehr hatte sie sich gefürchtet vor den fremden Menschen, bei denen sie ihr Brot verdienen sollte. Und nun schickte ihr der Himmel in seiner Vorsorge eine so edle Herrin.

Liselotte mußte nun ihre Sachen packen und zur Abreise rüsten.

Inzwischen hatte die Gräfin noch eine lange Unterredung mit dem Baron. Er erzählte ihr, was sie zum großen Teil schon von Frau Schulz wußte, wie Liselotte in sein Haus gekommen war. Und dann sagte er ihr, daß Liselottes Mutter einen versiegelten Umschlag mit Schriftstücken für ihre Tochter hinterlassen hatte, die er noch in Verwahrung habe.

»Liselotte soll diese Papiere auf Wunsch ihrer Mutter an ihrem achtzehnten Geburtstage erhalten. Es sind wahrscheinlich Familienpapiere. Wir haben den Umschlag, den Wunsch der Toten ehrend, verschlossen gelassen, obwohl man über die Herkunft dieser Frau Maria Hochberg hier nicht genau im klaren war. Liselotte steht jetzt im achtzehnten Lebensjahr. Ihr achtzehnter Geburtstag ist am fünfundzwanzigsten Februar nächsten Jahres. Darf ich Ihnen, Frau Gräfin, die Papiere gleich übergeben und Sie bitten, Liselotte dieselben an ihrem Geburtstag auszuhändigen?«

Damit schloß er seinen Bericht.

Die Gräfin erklärte sich bereit, die Papiere an sich zu nehmen und zu verwahren. Sie ahnte, daß diese Papiere Liselotte aufklären würden über ihren wahren Stand und Namen. – Mit einem seltsamen Gefühl nahm sie den versiegelten Umschlag entgegen.

Liselotte hatte noch Abschied nehmen müssen vom Grabe ihrer Mutter und von Frau Schulz und Heinrich.

Frau Schulz freute sich, daß die Gräfin Liselotte angestellt hatte.

»Sollst sehen, Liselotte, bei der Frau Gräfin wirst du es gut haben. Das ist eine wirklich vornehme und gute Dame. Soviel Menschenkenntnis habe ich. Und vergiß nicht, daß dir die ›Weiße Taube‹ im Falle der Not immer offensteht. Und schreib uns ab und zu, wie es dir geht«, sagte sie.

Heinrich nahm rührenden Abschied von Liselotte. Er mußte sein Taschentuch benutzen und schluckte krampfhaft, um seine

Fassung zu bewahren. Dann kam der Abschied im Schlosse.

Mit heißen Tränen sagte Liselotte dem Baron und der Baronin Lebewohl.

Der Baron nahm sie sichtlich bewegt in seine Arme und küßte sie auf die Stirn.

»Leb wohl, Liselotte, und Gottes Segen mit dir«, sagte er. Und leise flüsterte er ihr zu: »Du weißt, Kind, was wir dir schuldig sind, Hans und ich. Wir werden alles daran setzen, dir das Geld zu schaffen, laß uns nur ein wenig Zeit.«

Liselotte schüttelte den Kopf, als habe das gar keinen Wert für sie.

»Sorgen Sie sich nicht darum, Herr Baron, daran denke ich gar nicht. Und – und bitte - grüßen Sie Junker Hans von mir – noch ein letztes Mal.«

Diese Worte rangen sich, kaum verständlich, von ihren Lippen. Der Baron hatte sie aber doch verstanden.

»Das will ich tun, Liselotte«, sagte er, ihre Hand mit warmen Druck freigebend.

Nun wendete sich Liselotte zur Baronin und küßte ihr die Hand. Auch diese war ein wenig bewegt. Herzlicher als sonst sagte sie ihr Lebewohl und zog sie an sich. Sie merkte jetzt, daß ihr Liselotte in all den Jahren doch ein wenig ans Herz gewachsen war.

»Gott mit dir, Liselotte!« sagte sie herzlich.

Nur Lori verhielt sich bis zuletzt kalt und abweisend. Sie legte nur ihre Fingerspitzen in Liselottes Hand.

Die Gräfin sah sie mit großen, vorwurfsvollen Augen an. Da wandte sich Lori schroff zur Seite.

Noch ein halberesticktes »Lebewohl« drang über Liselottes Lippen, dann eilte sie, sich abwendend, zum Wagen, in dem die Gräfin bereits Platz genommen hatte. Diese zog Liselotte an ihre Seite, während die Kammerfrau auf dem Rücksitz Platz nahm.

Mit umflorten Augen und zuckenden Lippen sah Liselotte nach dem Schloß zurück.

Die Gräfin ließ sie still gewähren.

Als der Wagen an der »Weißen Taube« vorüberfuhr, standen

Frau Martha Schulz und Heinrich am Gartenzaun und winkten Liselotte mit feuchten Blicken ein letztes Lebewohl zu.

Sie beugte sich vor und sah zu ihnen hinüber und winkte matt mit der Hand. Ihr war zumute, als risse etwas in ihrem Herzen entzwei, als seien nun alle Bande zersprengt zwischen ihr und der alten Heimat, die sie trotzdem so liebgewonnen hatte. Und aufschluchzend lehnte sie sich im Wagen zurück.

Da faßte die Gräfin tröstend ihre Hand.

»Nicht weinen, liebes Kind, Sie werden alle, die Sie lieb haben, wiedersehen; seien Sie nur getrost.«

Liselotte schluckte tapfer die aufsteigenden Tränen hinab und küßte der Gräfin die Hand.

Wie staunte Liselotte, als sie Schloß Hochberg vor sich liegen sah, hoch oben auf stolzer Höhe, von der es die ganze Gegend beherrschte. Gegen dies stolze stattliche Gebäude schien Bodenhausen nur wie ein schlichtes Landhaus.

Mit großen Augen beugte sie sich aus dem Wagen, der sie und die Gräfin vom Bahnhof abgeholt hatte. Die Kammerfrau fuhr mit dem Gepäck hinter ihnen her in einem anderen Wagen. Neben dem Kutscher saß ein Diener, beide in vornehmer Dienerkleidung, und der Wagen war viel feiner als der Bodenhausener.

Nun stieg die Fahrstraße bergan. Sie führte zum Schlosse empor. Oben angelangt, fuhr der Wagen durch ein großes Gittertor aus kunstvoll gearbeitetem Schmiedeeisen und einen herrlichen alten Park. Dann ging es über einen weiten Rasenplatz, durch den eine breite Fahrstraße führte. In der Mitte dieses Platzes war ein riesiges Blumenbeet, dessen Mittelpunkt ein rundes steinernes Becken bildete, aus dem ein Springbrunnen einen mächtigen Wasserstrahl emporsandte.

Um dieses Blumenbeet fuhr der Wagen herum, gerade auf das Schloß zu. Eine breite, hohe Freitreppe führte zu dem großen Portal empor.

Mit heimlicher Rührung blickte die Gräfin in das schöne junge Gesicht mit den strahlenden Augen.

»Gefällt Ihnen Schloß Hochberg, Liselotte?« fragte sie lächelnd.

Sie hatte sich schon auf der Reise ausgebeten, die junge Dame einfach beim Vornamen nennen zu dürfen.

»Es ist herrlich – wunderschön, wie ein Märchenschloß«, erwiderte Liselotte ganz verträumt.

Der Wagen fuhr nun die breite Rampe empor, die zu beiden Seiten der Freitreppe bis unter das überdachte Portal führte. Dort hielt er an.

Der Diener sprang vom Wagen herab. Zugleich öffneten zwei andere Diener von innen die hohen schweren Torflügel. Auf der Schwelle erschien der Hausmeister in Kniehosen und Schnallenschuhen. Auf seinen Arm gestützt, stieg die Gräfin aus dem Wagen. Leichtfüßig sprang Liselotte hinter ihr her. Mit einem festen, warmen Druck ergriff Gräfin Katharina ihre Hand und führte sie so über die Schwelle.

»Gott segne deinen Eingang, mein Kind!« sagte sie dabei tief ergriffen und sehr feierlich.

Liselotte wurde ganz seltsam berührt durch das feierliche Wesen der Gräfin. Das trauliche ›Du‹, das sich jetzt über die Lippen der alten Dame drängte, mutete sie ganz sonderbar an. Am liebsten hätte die Gräfin hinzugefügt: »Du betritts jetzt dein Vaterhaus, deine echte und rechte Heimat.« Aber sie sagte sich, daß auf Liselottes junge Seele in den letzten Tagen schon zu viel eingestürmt war. Man mußte sorgsam umgehen mit solch einer jungen Menschenknospe.

Ganz allmählich mußte sie sich in Schloß Hochberg eingewöhnen, sollte erst heimisch werden und an ihre Liebe glauben lernen, ehe sie die Wahrheit erfuhr.

So schritt Liselotte an der Seite ihrer Großmutter ahnungslos über die Schwelle des Schlosses, dessen Herrin sie eines Tages sein würde.

Eine große, weite Halle tat sich vor ihren staunenden Blicken auf. Weiche Teppiche lagen auf dem Steinfußboden. Darauf schritt sie neben der Gräfin, die immer noch ihre Hand hielt, bis zu der breiten Treppe im Hintergrund der Halle.

Auch die Treppe war mit Teppichen belegt. Überall sah man die Zeichen großen Reichtums und eines wahrhaft vornehmen

Geschmacks. Durch hohe, mit kostbaren Glasmalereien geschmückte Fenster fiel das Sonnenlicht in warmen bunten Tönen herein. Das Geländer der Treppe war kunstvoll geschnitzt.

Breite, teppichbelegte Gänge führten von der Halle aus durch das Schloß. Auch oben im ersten Stock, wo sie nun anlangten, führten rechts und links die weiten Gänge zu den Zimmern.

»Das ist wie in einem Königsschloß«, sagte Liselotte tief aufatmend. – Die Gräfin lächelte.

»Das Königsschloß im Märchen, in das eine arme Bettelprinzeß ihren Einzug hält, um darin eine warme Heimat zu finden«, sagte sie herzlich.

Liselotte errötete.

»Frau Gräfin, Sie wissen, daß man mir diesen Namen gab?« fragte sie. – Die Gräfin nickte.

»Ja, Kind, ich weiß, daß Ihnen Baronesse Lori diesen Spottnamen gab, er soll Sie nun nicht mehr kränken.

Liselotte hatte schon so viele Beweise liebevollster Teilnahme von der Gräfin erhalten, daß sie fast aufgehört hatte, sich darüber zu wundern. Es war ihr nur immer wie in einem Traum zumute. Alles erschien ihr so unwirklich, so seltsam.

Die Gräfin wandte sich jetzt zu dem Haushofmeister, der sie begleitete.

»Rößler, führen Sie die junge Dame in ihre Zimmer, die ich brieflich für sie bestellt habe.«

Und zu Liselotte gewandt, fuhr sie fort:

»So, Kind, nun gehen Sie mit Rößler. Erfrischen Sie sich und halten Sie sich in einer Stunde bereit, den Tee mit mir einzunehmen. Wenn Sie irgendwelche Wünsche haben, brauchen Sie nur zu klingeln.«

Liselotte küßte der Gräfin die Hand und diese verschwand hinter einer Tür, die Rößler für sie geöffnet hatte und hinter ihr schloß.

Mit einer Verbeugung forderte er dann Liselotte auf, ihm zu folgen.

Er führte sie auf demselben Gang noch ein Stück weiter. Dann öffnete er auch für sie eine hohe Flügeltür und ließ sie eintreten.

»Haben gnädiges Fräulein noch Befehle?« fragte er devot.

Liselotte mußte ein ganz klein wenig in sich hineinlachen. Was war sie plötzlich für eine wichtige Person, daß dieser vornehme Hausmeister sich nach ihren Befehlen erkundigte? Sie – und Befehle? In Bodenhausen hatten ihr die Dienstboten schnippische Antworten gegeben, wenn sie nur mal bescheiden den geringsten Dienst verlangte.

»Nein – ich danke – ich bedarf Ihrer nicht mehr«, sagte sie, sich zu einer ebenso würdevollen Miene zwingend, wie sie der Hausmeister zur Schau trug.

Der verneigte sich und schloß die Tür. Da stand sie nun in einem großen, hohen Gemach mit wundervollen alten Möbeln. Liselotte sah sich zaghaft um, als traue sie ihren Augen nicht. Dieser wunderschöne, kostbar ausgestattete Raum konnte doch unmöglich ihr Zimmer sein. Aber da führte eine Tür in ein anderes Zimmer, diese Tür stand offen. Vielleicht lag dort erst ihr Zimmer. Zaghaft ging sie bis zur Tür. Da sah sie in ein entzückendes Schlafgemach hinein, ganz in Weiß und Rosa gehalten, mit rosaseidenen Vorhängen und einem ebensolchen Betthimmel. Die Sitzmöbel aus weißem Holz waren mit rosa Seidendamast überzogen und der Ankleidetisch war wie ein Traum aus rosa Seide und Spitzen.

Fast ängstlich sah Liselotte diese Pracht an. Gegen diese Gemächer waren die Zimmer, die Baronesse Lori in Bodenhausen bewohnte und die Liselotte immer so bewundert hatte, sehr schlicht und einfach.

Ach, der Hausmeister hatte sich wohl geirrt und sie in falsche Zimmer geführt.

Ängstlich sah sie sich um. Und da erblickte sie plötzlich in einem hohen Spiegel ihr eigenes Bild. Da stand sie in ihrem blauen Jackenkleidchen und sah sich selbst mit großen Augen an, als wollte sie sich fragen: Was willst du hier?

Seufzend blickte sie in all die rosa Pracht hinein. Auf den Fußspitzen lief sie über den zartgrauen, weichen Teppich mit den rosa Blumen nach einer anderen Tür, die in ein drittes Zimmer führte. Darin standen hohe Wandschränke mit Türen aus Spiegelglas. Ein Diwan und Sessel standen darin und ein Spiegel, der sich auf rollenden Füßen bewegen ließ. Das war sicher der Ankleideraum für eine vornehme Dame.

Nein – hier war sie ganz sicher falsch, davon war Liselotte überzeugt. Schnell schritt sie in das erste Zimmer zurück und wollte gerade an der Tür, durch die sie der Hausmeister hatte eintreten lassen, klingeln, als es an die Tür klopfte. – Liselotte rief: »Herein!«

Da erschien auf der Schwelle ein hübsches zierliches Mädchen mit einer weißen Schürze über dem knappen schwarzen Kleid und einem sauberen, weißen Häubchen auf dem schönen Blondhaar.

»Frau Gräfin lassen fragen, ob gnädiges Fräulein beim Umkleiden meiner Hilfe bedürfen. Das Gepäck wird im Augenblick hier sein«, meldete sie artig.

Liselotte strich sich über die Stirn, als ob sie träume.

»Sind das wirklich meine Zimmer – ist das kein Irrtum?« fragte sie ganz beklommen.

»Gewiß, das sind die Zimmer des gnädigen Fräuleins. Dies ist das Wohnzimmer, hier nebenan das Schlafzimmer und daranstoßend das Ankleidezimmer«, berichtete das Mädchen mit freundlicher Bescheidenheit.

Liselotte holte tief Atem. Aber sie sagte sich, daß sie dem Mädchen gegenüber keine Verwunderung zeigen dürfe.

»Es ist gut, ich danke Ihnen. Beim Umkleiden bedarf ich keiner Hilfe«, antwortete sie.

»Aber gnädiges Fräulein gestatten, daß ich beim Auspacken helfe.«

»Danke. Auch das werde ich allein besorgen. Bemühen Sie sich nicht.«

Das Mädchen sagte aber beharrlich:

»Frau Gräfin wünschen aber, daß ich die Sachen des gnädigen Fräuleins auspacke und einräume.«

»Dann tun Sie also, was Frau Gräfin befohlen haben«, sagte sie nach kurzem Zögern.

Das Gepäck wurde nun gebracht. Das Mädchen ließ es nach dem Ankleideraum schaffen.

Während es auspackte, kleidete sich Liselotte schnell um, wusch sich Gesicht und Hände und zog einen schlichten Rock und eine weiße Bluse an. Viel Auswahl an Kleidungsstücken besaß sie nicht.

Sie bürstete auch ihr Haar und ordnete es wieder in der zwanglos anmutigen Art, wie sie es jetzt immer trug. Und als sie dann fertig war, sah sie trotz des einfachen Anzuges schön und vornehm aus.

Das hübsche blonde Mädchen hatte inzwischen lautlos die Koffer ausgepackt und alle Sachen eingeräumt. Sie fragte nun bescheiden, ob das gnädige Fräulein noch Befehle habe. Liselotte verneinte und dankte freundlich. Da verließ das Mädchen die Zimmer.

Nun war Liselotte allein und ging in ihrem neuen Reich von einem Möbelstück zum andern und betrachtete alles mit staunenden Augen. Zuweilen schüttelte sie den Kopf, als begreife sie das alles nicht. Daß man sonst nicht eben viel Umstände mit einer Gesellschafterin machte, wußte sie nur zu gut. Sie hatte sich das auch alles ganz anders gedacht. Und voll Spannung wartete sie nun auf die weitere Entwicklung der Dinge.

Nach Ablauf von einer Stunde wurde sie von einem Diener abgeholt. Liselotte meinte, daß sie sich allein in dem großen Schlosse hätte verlaufen müssen. Endlich ließ sie der Diener in ein helles, mittelgroßes Gemach eintreten, das in altenglischem Stil eingerichtet war. Es hatte einen Erkerausbau, in dem ein einladend gedeckter Tisch stand, mit reichem Silbergerät und feinem Porzellan.

Hier trat ihr bereits die Gräfin Katharina lächelnd entgegen. Ein Diener rollte den Teewagen herbei.

Die Gräfin entließ ihn dann mit einer Handbewegung. Er verschwand sofort lautlos. »So, Kind, nun sind wir ungestört. Jetzt sollen mich Ihre jungen Hände ein wenig verwöhnen und bedienen. Das wird mir gut tun. Bitte, füllen Sie meine Tasse, und dann bedienen Sie sich selbst.« – Liselotte tat das in ihrer anmutigen, geschickten Art. Wohlgefällig sah ihr die Gräfin zu.

»Ach, wie wird es mir gut tun, Sie um mich zu haben, Liselotte. Es ist so furchtbar trostlos und einsam, wenn man in einem so großen Hause so allein ist«, sagte sie mit einem Seufzer der Erleichterung.

»Das kann ich Frau Gräfin nachfühlen. Wenn ich nur imstande sein werde, Frau Gräfin genügend zu unterhalten«, erwiderte Liselotte zaghaft.

Die Gräfin lächelte.

»Ich bin ganz sicher, daß Sie dazu imstande sind, Liselotte. Ich habe auf der Reise schon bemerkt, daß Sie sehr hübsch plaudern können. Nun sagen Sie mir erst einmal, wie Ihnen Ihre Zimmer gefallen.«

Liselotte sah ganz verwirrt aus.

»Ach – ich wollte gar nicht glauben, daß sie wirklich für mich bestimmt waren. Ich dachte an einen Irrtum. Frau Gräfin verwöhnen mich zu sehr. Ich habe in Bodenhausen ein ganz schlichtes, schmales Kämmerchen bewohnt, mit einem einzigen Fenster und den notwendigsten Möbeln.«

»Nun, Sie werden sich daran gewöhnen, liebes Kind. In Schloß Hochberg stehen zahlreiche Zimmer leer. Ich bin froh, daß einige davon bewohnt sind. Es stehen Ihnen natürlich auch sonst alle Zimmer im Schlosse zur Verfügung, außer den Gemächern, die ich persönlich benutze. Sie können sich ungehindert im ganzen Schlosse bewegen, wie es Ihnen beliebt. Und ich habe die Absicht, Sie zu verwöhnen, damit es Ihnen recht gut in Hochberg gefällt und Sie sich nie mehr fortsehnen – denn ich habe Sie sehr lieb gewonnen, Liselotte.«

Das junge Mädchen küßte ihr die Hand und sah sie dankbar an.

»Wenn ich nur wüßte, wie ich so viel Güte verdiene.«

Die Gräfin atmete tief auf und streichelte ihre Hand.

»Nehmen Sie an, liebes Kind, daß mich Ihr Anblick an einen heißgeliebten, längst verlorenen Angehörigen erinnert. Sie werden es dann verständlich finden, daß Ihnen mein Herz gleich entgegenflog .«

Aber dankbar darf ich doch sein, Frau Gräfin?« fragte Liselotte mit einem reizenden Lächeln. Die Gräfin streichelte ihre Wange.

»Versuchen Sie lieber, mich ein wenig liebzugewinnen, das ist mir mehr wert als alle Dankbarkeit. Wir wollen nicht wie fremde Menschen miteinander leben, sondern in inniger Gemeinschaft. Sie sollen mir ein liebes Töchterchen ersetzen. Wollen Sie das?«

Liselottes Augen wurden feucht.

»Ach, liebe teure Frau Gräfin – ob ich will – ich kann ja gar nicht anders, als Ihnen mein ganzes Herz entgegenbringen. So viel Güte und Liebe kann man nur mit Liebe erwidern.«

Verstohlen wischte die Gräfin mit ihrem feinen Spitzentuch über die Augen und zwang sich, um ihre Rührung zu verbergen, zu einem Scherz.

»Das ganze Herz? Ei, Kind, da versprechen Sie wohl zu viel. Auf Ihr Herz wird doch wohl noch manch anderer Anspruch erheben?«

Liselotte wurde rot. Aber dann sagte sie mit bebender Stimme:

»Ich bin jetzt so völlig von meinem alten Leben losgelöst. Und den Menschen, die mir liebgeworden sind, darf nur noch mein liebevolles Erinnern gehören. Wenn Frau Gräfin gestatten wollen, Sie lieb zu haben, so ist das für mich ein großes Geschenk.«

»Nun – ich gestatte es Ihnen. Mir gegenüber brauchen Sie sich keine Schranken aufzuerlegen. Ich werde Ihnen für jeden Liebesbeweis sehr dankbar sein, liebes Kind.«

Liselotte konnte sich nun wenigstens erklären, warum die Gräfin so gut zu ihr war und sie gleich so liebgewonnen hatte. Sie sah vielleicht einer geliebten Angehörigen der Gräfin ähnlich, die diese durch den Tod verloren hatte. Das betrachtete Liselotte als ein großes Glück. Und ihr Herz verlangte wirklich danach, der gütigen Herrin etwas zuliebe zu tun. Sie fühlte sich zu ihr hingezogen in dankbarer Liebe und Verehrung und ahnte nicht, daß es die Stimme des Blutes war, die in ihrem Herzen sprach.

Nach einer Weile sagte die Gräfin dann: »Ich sandte Ihnen vorhin Betty, die Ihnen beim Umkleiden und Auspacken helfen sollte, Bitte, betrachten Sie Betty als Ihre persönliche Bedienung. Sie soll Ihnen beim Ankleiden helfen, Sie frisieren und Ihnen sonst zur Hand gehen.«

Liselotte strich sich über die Stirn, als sei ihr zu heiß.

»Oh, Frau Gräfin, ich bin gewöhnt, mich selbst zu bedienen und mir in allen Dingen ganz allein zu helfen. Das möchte ich auch jetzt tun. Was soll aus mir werden, wenn ich mich hier so verwöhnen lasse? Wenn Frau Gräfin meiner eines Tages nicht mehr bedürfen, dann wird mich das Leben wieder viel härter anfassen und ich darf es mir nicht so bequem machen.«

Gräfin Katharina verbarg ihre Bewegung unter einem Lächeln.

»Denken Sie schon daran, mich zu verlassen? Sie sind doch kaum erst in Hochberg angelangt«, sagte sie scherzend. – Liselotte schüttelte den Kopf.

»Ich werde mich ganz sicher nicht von Hochberg fortsehnen, aber Frau Gräfin können mich doch eines Tages entlassen.«

»Daran werde ich niemals denken. Mein Wort darauf, Kind, Sie sollen bei mir bleiben, solange Sie mich nicht verlassen wollen. Und nun erfüllen Sie meinen Wunsch. Ich möchte, daß Sie hier ganz als Dame auftreten sollen. Die Dienerschaft hat Weisung, jeden Ihrer Befehle zu erfüllen. Und Betty ist zu Ihrer persönlichen Bedienung bestimmt. Außerdem – es ist unbedingt erforderlich, daß Sie eine andere Ausstattung bekommen. Sie sehen zwar in Ihrem einfachen Kleidchen sehr lieb aus, aber ich sehe gern gutgekleidete Menschen um mich. Natürlich bestreite ich diese neue Ausstattung, von Ihrem Gehalt können Sie das selbst nicht tun. Meine Kammerfrau wird Ihnen später Maß nehmen und dann alles Erforderliche für Sie bestellen. Ich will Sie immer recht geschmackvoll gekleidet sehen.«

Liselotte atmete tief und schwer.

»Mein Gott, mir ist zumute, als erlebe ich ein Märchen.« – Die Gräfin lächelte gerührt.

»Nun, es soll ein schönes Märchen werden, ein Märchen, das Wirklichkeit wird. Dafür lassen Sie mich sorgen, Kind. Es macht mir Freude, wie die gute Fee für das arme kleine Aschenbrödel zu sorgen.«

Und es erschien Liselotte alles, was sie in Schloß Hochberg erlebte, wie ein wirkliches Märchen, in dem die Herrin die Rolle der Fee übernommen hatte.

Die Kammerfrau der Gräfin hatte Liselotte Maß genommen und eine Menge schöner Sachen bestellt. Nach kurzer Zeit kamen allerlei Sendungen von großen Modewarengeschäften mit herrlichen Kleidern, Mänteln und Hüten für Liselotte. Auch feine Schuhe, Wäsche, Handschuhe und Schirme, überhaupt alles, was eine vornehme Dame braucht.

Liselotte mußte sich von Betty all die schönen Sachen anprobieren lassen und sich der Gräfin darin vorstellen. Ach, was war da aus der armen kleinen Bettelprinzeß für eine feine junge Dame geworden! Die Augen der Gräfin Katharina leuchteten auf in zärtlichem Stolz, wenn sie auf ihrem schönen liebreizenden Enkelkind ruhten.

Und Liselotte staunte sich selbst an. Mit sicherer Anmut bewegte sie sich in den kostbaren Kleidern, als habe sie nie andere getragen.

Wenn sie in ihren neuen schönen Kleidern in ihrem hübschen Ankleidezimmer vor dem Spiegel stand, dann mußte sie daran denken, wie mühsam ihr das gute Fräulein Herter früher Loris abgelegte Kleider zurechtgemacht hatte.

Sie wurde tatsächlich in Schloß Hochberg wie eine Prinzessin gehalten und hatte nichts anderes zu tun, als die Gräfin zu unterhalten, ihr vorzusingen oder vorzulesen, mit ihr zu plaudern und sich hübsch ankleiden zu lassen. Die Dienerschaft begegnete ihr auf Befehl der Gräfin sehr ehrerbietig, und diese selbst überhäufte sie mit Liebesbeweisen. Aber Liselotte blieb immer schlicht und bescheiden in ihrem Wesen. Je länger sie aber in Hochberg weilte, desto offener und ungezwungener zeigte sie auch der Gräfin ihre Liebe und Zuneigung.

Und Gräfin Katharina war darüber sehr glücklich.

Eines Tages, Liselotte weilte noch nicht lange in Schloß Hochberg, hatte Gräfin Katharina Besuch erhalten. Baron Rainau, der Freund ihres verstorbenen Sohnes, ließ sich melden.

Sie empfing ihn herzlich.

»Mein lieber Baron, wenn Sie nicht heute gekommen wären, hätte ich Sie aufgesucht«, sagte sie lebhaft.

Er küßte ihr ehrerbietig die Hand.

»Ich bin nur gekommen, Frau Gräfin, um zu hören, ob Ihre Nachforschungen nach Ihrer Schwiegertochter und Enkelin Erfolg hatten. Da ich einige Wochen mit meiner Frau verreist war, konnte ich mich nicht eher bei Ihnen einfinden.«

Die Gräfin atmete tief auf.

»Ja, mein lieber Baron, ich fand schneller, als ich zu hoffen wagte, die Spuren der Verschwundenen. Und meine Enkelin befindet sich schon seit Wochen in Hochberg, ich habe sie gleich mitgebracht.«

Sie erzählte dem aufmerksam Lauschenden alles, was sie in Erfahrung gebracht hatte über das Schicksal Liselottes und ihrer Mutter. Als sie mit ihrem Bericht zu Ende war, sagte der Baron lebhaft:

»So darf ich doch die junge Komtesse Hochberg kennenlernen, verehrteste Frau Gräfin?«

Die Gräfin neigte das Haupt.

»Ja, lieber Baron, das sollen Sie. Aber erst hören Sie mich an. Liselotte weiß noch nicht, daß sie eine Komtesse Hochberg ist. Ihre Mutter hatte sich in Bodenhausen nur schlicht Maria Hochberg genannt. Sie hat Liselotte jedoch Papiere hinterlassen, die diese erst an ihrem achtzehnten Geburtstage erhalten soll. So habe ich beschlossen, Liselotte bis dahin im unklaren zu lassen.«

»Und warum wollen Sie das tun, verehrteste Gräfin?« – Sie seufzte auf.

»Das Kind hat eine schwere Jugend hinter sich, lieber Baron, und ich mache mir schwere Vorwürfe, daß ich nicht eher den Mut hatte, gegen meines Gatten Willen meiner Enkelin ihr Recht zu verschaffen. Wie sollte ich Liselotte das alles erklären, ohne in ihren Augen als eine lieblose Großmutter dazustehen? Sie hätte vielleicht ihr Herz vor mir verschlossen. Und deshalb wollte ich Zeit gewinnen. Sie soll mich schon liebgewinnen und kennenlernen, ehe sie weiß, wer ich für sie bin. Und nach und nach will ich ihr alles erklären. Vorläufig lebt sie hier als meine Gesellschafterin Liselotte Hochberg, und ich bin schon auf dem besten Wege, mir ihre Liebe zu gewinnen. Man darf das Kind auch nicht so plötzlich vor solch eine Veränderung stellen. Und deshalb habe ich mir die Frist bis zu ihrem Geburtstag gesteckt. Dann soll sie alles wissen, bis dahin habe ich sie genügend vorbereitet. Sie müssen nun auch vorsichtig sein und nichts verraten, lieber Baron.«

»Darauf können Sie sich verlassen, verehrteste Gräfin«, antwortete der Baron.

Die Gräfin klingelte nun und befahl dem eintretenden Diener, Fräulein Liselotte zu rufen.

Sie erschien sofort. Baron Rainau sah überrascht und bewundernd auf die liebreizende junge Dame. Sie trug ein duftiges, weißes Kleid, das sich weich um ihre schöne, schlanke Gestalt schmiegte.

»Das ist eine echte Gräfin Hochberg«, dachte der Baron. Auch ihm fiel sofort Liselottes Ähnlichkeit mit ihrem verstorbenen Vater auf.

»Liebes Kind, Baron Rainau, ein treuer Freund unseres Hauses, wünscht meine junge Gesellschafterin kennenzulernen. – Das ist Liselotte Hochberg, lieber Baron«, sagte die Gräfin gütig.

Liselotte verneigte sich anmutig vor dem Baron. Und sie wunderte sich, wie artig und zuvorkommend der Baron sie begrüßte und wie liebenswürdig er mit ihr plauderte.

Ach, es war überhaupt alles so wunderbar, was sie erlebte in Schloß Hochberg. – Als der Baron fortgegangen war, sagte Liselotte zur Gräfin:

»Soll ich Frau Gräfin noch Gesellschaft leisten oder mich wieder zurückziehen?«

Die Gräfin legte den Arm um ihre Schulter. »Was wäre Ihnen lieber, Liselotte?« fragte sie lächelnd.

Liselotte sah mit ihren schönen, ehrlichen Augen offen in die der Gräfin.

»Ich möchte am liebsten immer um meine gütige Herrin sein.«

Da küßte sie die Gräfin auf die Stirn.

»Liebes, liebes Kind – wie mich das freut. Also bleiben Sie und singen Sie mir einige Ihrer hübschen Lieder. Haben Sie schon neue Noten kommen lassen?«

»Ja, Frau Gräfin, und es sind sehr schöne Lieder dabei.«

»Nun – so will ich hören, kleine Nachtigall.«

Und Liselotte sang die schönsten Weisen. – Am Abend desselben Tages, als Liselotte sich in ihre Zimmer zurückgezogen hatte, schrieb sie an Fräulein Herter:

»Mein liebes, teures Fräulein! Zuweilen muß ich mich jetzt tüchtig in die Ohren zwicken, damit ich weiß, daß ich nicht träume. Ich bin noch immer nicht dazu gekommen, Dir einen längeren Brief zu schreiben. Aber heute soll es sein. Ich habe Dir so viel Neues und Schönes zu berichten.

Also daß ich jetzt Gesellschafterin bei der Gräfin Hochberg-Lindeck bin, habe ich Dir schon mitgeteilt. Nun sollst Du auch Einzelheiten erfahren. Denke Dir nur, ich bekomme ein höheres Gehalt, als Du damals in Bodenhausen erhieltest, fast doppelt soviel. Und fast alles kann ich sparen, ich brauche gar nichts davon auszugeben. Wie eine Prinzessin werde ich hier gehalten und Du kannst Dir gar nicht ausdenken, wie ich verwöhnt werde. Mir wird manchmal ganz bange vor dem Glück, das ich mit meiner Stellung gefunden habe, denn ich denke mir immer, es kann nicht von Dauer sein. Schloß Hochberg ist ein riesengroßes wundervolles Bauwerk. Und all die Zimmer und Säle sind sehr schön und kostbar ausgestattet. Meine gütige Herrin, die ich von Herzen liebe und verehre, muß eine furchtbar reiche Frau sein. Geld scheint hier überhaupt keine Rolle zu spielen.

Das Grafengeschlecht, dem meine Herrin angehört, soll sehr alt sein. Eine lange Reihe von Gemälden hängt in dem großen

Ahnensaal. Menschen aus längst vergangenen Jahrhunderten sind da abgebildet, in oft ganz drolligen Kostümen aus allen Stilepochen. Wenn ich sehr übermütig bin – ja, Fräuleinchen, das kommt jetzt zuweilen vor –, dann stelle ich mich den Grafen und Gräfinnen vor, deren Namen ich zufällig trage, mache ihnen eine Verbeugung und sage: ›Ich heiße auch Hochberg, meine hochgeehrten Herrschaften, aber ich bin nur eine arme Bettelprinzeß und keine stolze Gräfin.‹

Unter diesen Bildern habe ich auch meinen besonderen Liebling. Das ist der verstorbene Sohn meiner gütigen Herrin, Graf Botho v. Hochberg-Lindeck. Er muß sehr jung gestorben sein und war sicher ein bildschöner Mensch. Und er hat gute, liebe Augen, die mich immer ganz freundlich ansehen, als wollten sie sagen: ›Ich freue mich, daß du hier bist, kleine dumme Bettelprinzeß.‹ Ach, Fräulein! – Ja, mir ist der Abschied von Bodenhausen furchtbar schwer geworden. Ich darf gar nicht daran denken, dann kommen mir gleich die Tränen und das Herz tut mir so weh.

Aber ich will tapfer und dankbar sein, daß ich solch eine gute Stellung gefunden habe. Es hätte auch anders kommen können. Von einem andern Bild im Ahnensaal muß ich Dir noch erzählen. Das stellt Graf Armin dar, den verstorbenen Gemahl meiner Herrin. Er ist erst im März dieses Jahres gestorben und muß ein sehr stolzer und strenger Herr gewesen sein. Seine Augen blicken fast finster, und doch sind es die schönen dunklen Augen seines Sohnes. Vater und Sohn sehen sich sehr ähnlich, aber der Gesichtsausdruck ist sehr verschieden. Da muß ich an Junker Hans denken. Er sah seinem Vater auch sehr ähnlich und – aber nein, ich will ja nicht mehr daran denken.

Ich will Dir nur noch erzählen, daß es in Bodenhausen furchtbar schlecht stehen soll, und ich sorge mich schrecklich um meine Wohltäter, am meisten um Junker Hans. Ach, das ist eine schlimme Sorge für mich. Ich sitze jetzt hier in Wohlleben , trage die herrlichsten Kleider, die mir meine gütige Herrin schenkt, und die Menschen, die mir so viel Gutes getan haben, wissen vor Sorgen nicht aus und ein. Wie schwer ist doch das Leben! Und ich habe oft eine so unsinnige Sehnsucht nach Bodenhausen, daß ich alles stehen und liegen lassen könnte und davonlaufen möchte bis nach Bodenhausen. Ob ich wohl noch einmal im Leben Junker Hans sehen werde?

Auch um Dich habe ich Sorge, liebe Gute, weil Du es so schlecht in Deiner Stellung getroffen hast. Sind Deine Zöglinge immer noch so unartig und schlimm zu dir? Hättest Du es nur so gut wie ich. Denke Dir nur, drei wunderschöne große Zimmer habe ich für mich allein im Gebrauch. Die Fenster meiner Zimmer liegen nach dem Park hinaus. Der ist noch viel, viel schöner als der in Bodenhausen und liegt so still und abgeschlossen da – wie ein Zauberreich.

Die Zimmer meiner Herrin liegen gleich neben den meinen. Ich muß fast den ganzen Tag um sie sein und das ist mir lieb – sie ist eine so gute Dame, der ich alles zuliebe tun möchte. Nur wenn die Frau Gräfin nach Tisch ruht, streife ich allein im Park umher und träume von Bodenhausen. Bei schlechtem Wetter bleibe ich im Schloß – da gibt es so viel Schönes und Bemerkenswertes zu sehen.

Meine Herrin hört mich gern singen. Darüber bin ich froh, denn ich singe sehr gern, wenn es nicht vor vielen Zuhörern sein muß.

Was könnte ich Dir nur noch erzählen? Ach ja – die Dienerschaft hier! Du kannst Dir nicht denken, wie aufmerksam ich hier bedient werde. Wenn ich etwas fallen lasse, kommt ein Diener herbeigestürzt, um es aufzuheben. Will ich eine Tür öffnen, ist schon ein Diener zur Hand, ich darf beinahe nichts selbst tun als essen und schlafen. Sogar eine eigene Zofe habe ich, die mich frisieren und ankleiden muß. Das Stillhalten fällt mir oft schwerer, als wenn ich alles selbst mache. Aber meine Herrin will es so, ich soll doch ganz Dame sein. Und wenn einmal etwas zu meiner Kleidung fehlt, meldet es Betty, meine Zofe, schnell der Kammerfrau der Gräfin, und gleich wird es bestellt. Du würdest Deine arme kleine Bettelprinzeß, die immer Loris abgetragene Kleider tragen mußte, gar nicht wiedererkennen. Ich komme mir selber oft so fremd vor und mache eine höfliche Verbeugung vor meinem eigenen Spiegelbild. Ob ich doch vielleicht verzaubert und in ein Märchenschloß geraten bin?

Von meiner Freundin Susi v. Bredow bekomme ich oft liebe

Briefe. Das Gut ihrer Eltern liegt gar nicht weit von Hochberg entfernt und sie hofft, daß wir uns einmal wiedersehen können. Das wäre natürlich sehr schön. Susi hatte ich am liebsten von allen Mädchen.

Nun will ich aber meinen langen Brief schließen, denn es ist sehr spät geworden, und gleich schlägt die Geisterstunde. Ich will nun in mein schönes rosa Himmelbett schlüpfen – es ist fast so groß wie meine ganze Kammer in Bodenhausen und ich kann mich darin kreuz und quer legen. Nun gute Nacht, liebe Gute, und schreibe bald wieder

Deiner dankbaren Liselotte.«

Wochen und Monate waren vergangen. Liselotte war schon ganz heimisch im Schlosse geworden. Sie hatte sich so an das neue Leben gewöhnt, als sei es nie anders gewesen. Ein inniges Verhältnis herrschte zwischen ihr und Gräfin Katharina.

Eines Tages stand Liselotte, wie schon oft, im Ahnensaal des Schlosses und schaute in Gedanken versunken zu dem Bildnis des Grafen Botho empor. Es war ein regnerischer Tag, und da die Gräfin sich zur Mittagsruhe zurückgezogen hatte, vertrieb sich Liselotte die Zeit damit, die Gemälde zu betrachten.

Über das Anschauen des Bildes hatte sie vergessen, auf die Zeit zu achten. Sie sah auch nicht, daß Gräfin Katharina eintrat und sie voll Rührung vor dem Bilde ihres Vaters stehen sah. Erst als die Gräfin herbeikam, sah sich Liselotte nach ihr um.

»Oh – Frau Gräfin haben wohl schon auf mich gewartet?« fragte sie, erschrocken nach ihrer Uhr sehend.

Die Gräfin schüttelte den Kopf und legte ihren Arm um Liselottes Schultern. »Nein, nein, es ist noch Zeit. Sie betrachten sich wohl die Ahnenbilder, Liselotte?«

»Ja, Frau Gräfin, das tue ich oft. Hauptsächlich dieses Bild zieht mich immer wieder hierher. Es ist so lebendig – mir ist oft, als rede es mit mir.«

Die Augen der Gräfin wurden feucht und sahen empor in das lebensvolle Gesicht ihres Sohnes.

»Also dies Bild spricht zu Ihnen, Liselotte? Es ist das Bild meines Sohnes, meines so früh verlorenen und schmerzlich beweinten einzigen Kindes.«

»Er ist so früh gestorben – so jung«, sagte Liselotte leise.

»Ja, kaum fünfunddreißig Jahre ist er alt geworden. Ruchlose Wilderer haben ihn mir getötet.«

Es lag ein so tiefer Schmerz in den Worten der Gräfin, daß Liselotte ihre Hand unwillkürlich wie tröstend streichelte, und auch feuchte Augen bekam.

»Oh, wie furchtbar muß das für Sie gewesen sein!«

Die Gräfin zog Liselotte auf eine gepolsterte Bank, die dem Bilde gegenüber unter dem Fenster stand.

»Ja, meine liebe Liselotte – um so furchtbarer, als mir das Leben meinen Sohn schon seit Jahren genommen hatte. Ich will Ihnen das einmal erzählen, gerade hier, unter seinem Bilde. Wollen Sie die Geschichte hören?« – »Gern, wenn ich sie hören darf.«

Gräfin Katharina erzählte nun, wie es gekommen war, daß Graf Botho von seinem Vater verstoßen worden war und wie sie selbst so unsagbar darunter gelitten hatte. So wenig als möglich suchte sie dabei ihren Gemahl anzuklagen, sie suchte Liselotte begreiflich zu machen, daß er nicht anders hatte handeln können nach seiner Wesensart und daß er selbst am meisten darunter gelitten hatte.

»Vielleicht«, schloß sie ihren Bericht, »wäre es damals doch noch zu einer Versöhnung zwischen Vater und Sohn gekommen. Aber da brachten sie uns den Sohn, tödlich getroffen von der Kugel eines Wilderers, heim, und mein Gemahl verhärtete sich in seinem Schmerz noch mehr gegen die Witwe seines Sohnes und erlaubte auch mir nicht, ihr näherzutreten.«

Daß ihr Sohn eine Tochter hinterlassen hatte, verriet die Gräfin nicht.

Liselotte hatte atemlos gelauscht. Ihr junges Herz war voll Mitleid und Teilnahme.

»Ach, wie schrecklich müssen Sie gelitten haben, Frau Gräfin«, sagte sie mit bebender Stimme.

Die Gräfin seufzte. »Ja, Kind, in solch schweren Stunden hadert man mit Gott und den Menschen. Da bricht man zusammen in bitterer Not.«

»Und darf ich wissen, was aus der Witwe des Grafen Botho geworden ist?« fragte Liselotte, in das schöne Gesicht des jungen Offiziers emporblickend.

Die Gräfin strich sich über die Augen. »Mein Gemahl wollte in seiner Bitterkeit nichts von ihr hören und hat sie nicht anerkannt. Auch ich durfte mich nicht um sie kümmern, so gern ich es getan hätte. Baron Rainau, der Freund meines Sohnes, wollte sich ihrer annehmen, als ich nach dem Tode meines Sohnes noch krank darniederlag. Da war sie aber aus ihrer Wohnung verschwunden, niemand wußte, wohin. Erst auf seinem Krankenbett gab mein Gemahl seinen Groll gegen sie auf und gestattete mir, an der Ärmsten alles gutzumachen. Ich sollte sie nach Schloß Hochberg rufen, sie in ihre Rechte einsetzen – aber da war es zu spät. Als ich ihren Aufenthalt ermittelt hatte, erfuhr ich, daß sie längst meinem Sohn in den Tod gefolgt war. Und ich hatte nichts davon gewußt.«

Keine Ahnung kam Liselotte, daß sie soeben die Geschichte ihrer Eltern gehört hatte. Aber ihre junge Seele war voll Mitleid. Wie sehr mußte Graf Botho das arme Bürgermädchen geliebt haben, daß er sie, allem zum Trotz, zu seiner Frau gemacht hatte. Und so bald hatte der Tod dieses Band gelöst. Auch mit Gräfin Katharina fühlte sie tiefes Mitleid.

»Und nun sind Sie so ganz allein zurückgeblieben auf der Welt, haben keinen lieben Menschen behalten«, sagte sie, der Gräfin die Hand küssend. Diese zog Liselotte an sich und küßte ihre Stirn. Sie sah dabei zum Bild ihres Sohnes empor. Ein Sonnenstrahl teilte draußen die Regenwolken und huschte über das Bild wie ein Lächeln.

»Jetzt habe ich ja meine kleine Liselotte, die wie ein warmer Sonnenstrahl meine Einsamkeit erhellt. Ach, Kind, liebes Kind – wenn Sie wüßten, wie viel Sie mir geworden sind. Nicht wahr, Sie haben mich auch ein wenig liebgewonnen?«

»Ja, Frau Gräfin – sehr lieb. Das ist gekommen, ohne daß ich etwas dazu tun konnte. Ich hätte Sie lieben müssen, auch wenn Sie es mir nicht gestattet hätten.«

Hastig wischte die Gräfin die Tränen aus ihren Augen.

»Um so besser, liebes Kind. Und nun kommen Sie noch ein

Stündchen hinaus in den Park. Die Sonne bricht durch die Wolken und Sie waren heute noch nicht im Freien.«

Sich auf Liselottes Arm stützend, schritt die Gräfin mit ihr hinaus. Der Park hatte schon viel entlaubte Bäume und in großen Haufen waren die welken Blätter zusammengefegt worden.

»Bald wird der Winter seinen Einzug halten, Liselotte. Dann wird es noch stiller und einsamer in Schloß Hochberg. Aber nächstes Jahr, wenn die Trauerzeit vorüber ist, dann wollen wir uns hier nicht mehr so allein einspinnen, dann sollen wieder fröhliche Menschen in Hochberg aus- und eingehen«, sagte die Gräfin.

Liselotte sehnte sich aber gar nicht nach Verkehr. Sie fand es so schön und friedlich hier und hatte niemals Langeweile. Sie freute sich zwar, wenn Baron Rainau mit seiner Gemahlin zu Besuch kamen, denn diese beiden Menschen waren sehr lieb und gut mit ihr. Sie hatten auch einige Male ihren Sohn mitgebracht, einen lustigen Studenten, der ungefähr in Liselottes Alter war und voll Übermut mit ihr gescherzt hatte. Wenn dieser wieder Urlaub hatte und mit nach Hochberg kam, wollte sie sich freuen. Aber sonst verlangte sie nicht nach fremden Menschen.

Das sagte sie aber nicht. Sie ahnte ja nicht, daß die Gräfin nur ihretwegen wieder ein regeres Leben in Schloß Hochberg einführen wollte. –

So vergingen die Tage und der Winter zog ins Land. Wenn der Schnee sich ringsum über Berg und Tal legte, hatte man ein wundervolles Bild vor sich. Durch die entlaubten Bäume des Parkes konnte man jetzt viel weiter sehen als im Sommer.

Liselotte bekam ab und zu Briefe von ihren Lieben. Fräulein Herter schrieb regelmäßig, auch Frau Schulz schwang sich zuweilen zu einem ausführlichen Brief auf. Ab und zu sandte auch Baron Bodenhausen ein kurzes Schreiben, in dem er sich nach Liselottes Ergehen erkundigte. Liselotte freute sich immer sehr über diese Zeichen des Gedenkens. Susi v. Bredow schrieb auch oft ihre lustigen Briefe und auch von Winnifred Balfort war schon zweimal ein Lebenszeichen eingetroffen. Über all diese Nachrichten sprach sie offen mit Gräfin Katharina, die an allem regen Anteil nahm.

Am meisten freute sich Liselotte jedoch, wenn zuweilen eine Ansichtskarte von Junker Hans kam. Darauf stand immer nur: »Herzliche Grüße sendet Ihnen, liebe Liselotte, Ihr Hans Bodenhausen.«

Aber wenn Gräfin Katharina ihr dann eine solche Karte aus der Posttasche reichte, dann flog immer eine jähe Röte über ihr Antlitz. Und Gräfin Katharina beobachtete sie dann und machte sich über dieses Erröten ihre besonderen Gedanken.

Wenn sie dem Baron und der Baronin Bodenhausen über ihr Ergehen berichtete, bat sie stets, daß sie einen Gruß an Junker Hans und Baronesse Lori bestellen möchten.

Lori ließ nie etwas von sich hören, aber das hatte Liselotte auch nicht anders erwartet.

Gräfin Katharina verstand es, sich Liselottes Liebe und Vertrauen mehr und mehr zu erringen. Es lag eine so echt mütterliche Liebe und Güte in ihrem Wesen, daß Liselotte sich oft schon hätte in ihre Arme werfen mögen. Sie wagte es nur nicht. Aber sonst zeigte sie ihr offen ihre Liebe und Verehrung. Ihr war, als könnte sie dieser gütigen Frau ihre geheimsten Gedanken und Wünsche anvertrauen.

Sie mußte der Gräfin auch immer wieder alle Einzelheiten aus ihrem Leben erzählen, und noch nie hatte sich Liselotte so rückhaltlos über alles ausgesprochen, was sie erlebt und erduldet hatte, als zu Gräfin Katharina. Nie wurde diese müde, zuzuhören. Ganz ausführlich mußte Liselotte werden. Von ihrer frühesten Kindheit an war der Gräfin jede Kleinigkeit wichtig. Auch alle Erlebnisse aus dem Töchterheim mußte sie berichten. Die Szene, wo Susi v. Bredow zum ersten Male so ernstlich für Liselotte eingetreten war und sich als ihre Freundin erklärt hatte, mußte Liselotte immer wieder schildern.

Und einmal sagte die Gräfin ganz böse:

»Dieser Baronesse Lori möchte ich wohl einmal einen gründlichen Denkzettel geben dafür, daß sie so garstig zu Ihnen war, mein armes, liebes Kind.«

Aber. Liselotte fand dann noch immer entschuldigende Worte für Lori. Sie vergaß nie, daß diese die Tochter ihrer Wohltäter und die Schwester von Junker Hans war.

Dieser wurde der Gräfin von Liselotte natürlich in den leuchtendsten Farben geschildert. Als sie erzählte, wie Junker Hans ihr damals zum Gartenfest einen Teller voll Süßigkeiten gebracht und mit ihr die Zeichensprache verabredet hatte, da bekam die Gräfin feuchte Augen. Und sie nahm sich vor, allen Menschen, die Liselotte Gutes erwiesen hatten, ihre Dankbarkeit zu beweisen.

Von einem sprach aber Liselotte auch der Gräfin Katharina nicht – von jener Szene im Arbeitszimmer des Barons, wo sie Junker Hans das Geld gegeben hatte. Das blieb ihr Geheimnis.

Schneller als man dachte, verging die Zeit bis zu Liselottes achtzehnten Geburtstage.

Am Morgen desselben kam Liselotte wie sonst zum Frühstück herunter. Sie fand heute die Gräfin schon ihrer wartend da.

Erschrocken eilte Liselotte zum Frühstückstisch, um sie zu bedienen. »Ich bitte sehr um Entschuldigung, Frau Gräfin, daß ich zu spät komme«, sagte sie bittend.

Gräfin Katharina sah sehr blaß und erregt aus, suchte aber ruhig zu scheinen. »Sie kommen nicht zu spät, mein liebes Kind. Ich hatte nur eine unruhige Nacht und kam früher als sonst herunter.« Während sie von Liselotte liebevoll bedient wurde, sah die Gräfin mit einem seltsamen Blick zu ihr auf.

»Kind – warum haben Sie heute nicht ein Festkleid angelegt?« fragte sie.

Liselotte sah sie erstaunt an.

»Ein Festkleid, Frau Gräfin?«

»Nun ja – heute ist doch ein Festtag für Sie. Den achtzehnten Geburtstag sieht man doch als ein wichtiges und freudiges Ereignis an, nicht wahr?«

Liselotte lächelte errötend.

»Ach – Frau Gräfin wissen?«

»Ja, Liselotte – ich habe mir den fünfundzwanzigsten Februar sehr genau gemerkt. Baron Bodenhausen hat mir damals, als ich Sie entführte, ein Päckchen mit Schriftstücken für Sie gegeben. Die hat Ihre Mutter mit der Bestimmung hinterlassen, daß sie Ihnen zu Ihrem achtzehnten Geburtstag ausgeliefert werden. Nun frühstücken Sie nur erst. Und dann müssen Sie ein weißes Festgewand anlegen. Ich möchte Sie heute in Weiß und festlich geschmückt sehen. Dann kommen Sie zu mir in meinen kleinen Salon. Dort sollen Sie die Papiere erhalten. Ich möchte, daß Sie sie in meiner Gegenwart lesen. Es sind auch schon Briefe und kleine Sendungen für Sie angekommen. Erst müssen Sie aber ordentlich frühstücken.« – Liselotte lächelte.

»Ach, Frau Gräfin – so viel Umstände sind nie mit meinem Geburtstage gemacht worden«, sagte sie, aber doch ein wenig erregt.

Sie war ja so gespannt, ob auch von Junker Hans ein Lebenszeichen gekommen war. Und daß sie von ihrer lieben Mutter ein Vermächtnis erhalten sollte, regte sie auch ein wenig auf, wenn sie auch keine Ahnung hatte, wie sehr dieses Vermächtnis ihr ganzes Leben ändern sollte.

Sehr wichtig war ihr heute das Frühstück nicht und die Gräfin brachte auch kaum einige Bissen hinunter.

Gleich nach dem Frühstück eilte Liselotte auf ihr Zimmer. Da hatte ihr Betty auf Befehl der Gräfin schon eines ihrer schönsten Kleider aus weißer Seide und Spitzen zurechtgelegt und half der jungen Dame geschickt und schnell hinein.

Als Liselotte fertig war, brachte ihr Betty auch noch zwei wunderschöne Rosen, die aus dem Gewächshaus herübergeschickt worden waren. Die Rosen befestigte ihr Betty am Gürtel. »So, nun sehen gnädiges Fräulein ganz festlich aus, wie Frau Gräfin wünschten«, sagte sie, Liselotte befriedigt betrachtend.

Diese seufzte beklommen auf.

»Ach, Betty – mir ist heute so ganz sonderbar zumute«, sagte sie leise und verzagt.

Betty lachte.

»Wenn gnädiges Fräulein nun erst die vielen schönen Geschenke sehen, die Frau Gräfin für Sie aufgebaut haben, dann werden sich gnädiges Fräulein schon freuen«, sagte sie schelmisch.

Liselotte begab sich nun zur Gräfin.

Gräfin Katharina saß in einem hohen Sessel am Kamin. Sie

deutete wortlos auf einen Sessel, der neben ihr stand. Dort mußte sich Liselotte niederlassen. Zwischen ihnen stand ein kleines Tischchen. Darauf lag der versiegelte dicke Umschlag mit den Papieren, die Maria Hochberg ihrer Tochter hinterlassen hatte.

Die Gräfin faßte Liselottes Hand.

»Mein liebes Kind, jetzt müssen Sie recht tapfer sein und ruhig bleiben. Ich glaube, Sie werden aus diesen Papieren etwas erfahren, was Sie ein wenig beunruhigen wird. Nun bitte – lesen Sie – ich werde ganz still warten, bis Sie zu Ende sind.«

Beklommen und ein wenig verzagt faßte Liselotte nach dem Päckchen. Sie sah in das blasse, zuckende Gesicht der Gräfin und wunderte sich, daß deren Hände so zitterten.

Befangen und zögernd löste sie das Siegel und öffnete den Umschlag. Er enthielt mehrere Papiere und ein Bild.

Nach diesem Bild faßte Liselotte zuerst. Aber kaum hatte sie einen Blick darauf geworfen, da stieß sie einen leisen Schrei aus.

»Mein Gott – das ist doch – aber nein – das kann ja nicht sein – wie käme meine Mutter zu dem Bilde des Grafen Botho?« stammelte sie fassungslos.

Die Gräfin nahm ihr das Bild aus der Hand. Sie konnte nicht sprechen, deutete nur stumm auf die Papiere.

In höchster Aufregung sah Liselotte diese Papiere durch. Ihr Herz klopfte zum Zerspringen. Es war der Trauschein ihrer Eltern und noch allerlei auf ihre Herkunft bezügliche Papiere. Dabei lag ein Brief ihrer Mutter an sie selbst. Den las sie mit einem seltsamen Gefühl. Er lautete:

»Mein heißgeliebtes Kind! Wenn Dir diese Papiere einst an Deinem achtzehnten Geburtstag von fremder Hand gegeben werden, dann ist Deine Mutter schon Deinem teuren unvergeßlichen Vater in den Tod gefolgt. Mich hat nach seinem Tode nichts mehr am Leben gehalten als die Sorge um Dich, mein Liebling. Aber mein Herz ist gebrochen an dem Tage, da ich die Kunde erhielt vom Tode Deines Vaters, der von Wilderern erschossen worden ist. Und ich glaube, meine Kraft reicht nicht mehr weit.

Wer Dein Vater war, das erfährst Du aus den beiliegenden

Papieren. Ich habe nach seinem Tod den Titel abgelegt, zu dem mich die Heirat mit Deinem Vater berechtigte. Seine Eltern haben mich nicht als die Gattin ihres Sohnes anerkannt, gegen ihren Willen vermählten wir uns, weil wir nicht voneinander lassen konnten. Ich zürne seinen Eltern darum nicht, daß sie nichts von mir wissen wollten. Dein Vater wollte versuchen, sie mit uns zu versöhnen – da traf ihn die Kugel eines Wilddiebs.

Was Dir nun das Leben auch bringen wird, mein geliebtes Kind, bleibe immer dessen eingedenk, daß Du die Tochter Deines edlen Vaters bist. Bleibe immer gut und brav. Ob Du jemals durch diese Papiere ein Anrecht geltend machen willst an Deine Großeltern, das überlasse ich Dir. Ich mag nichts von ihnen annehmen und habe mich in die Einsamkeit zurückgezogen, damit ich ihnen ganz aus den Augen komme. Dein Stolz und Dein Herz werden Dir den rechten Weg zeigen. Auf jeden Fall hast Du das Recht, Dich eine Gräfin Hochberg zu nennen, und dies Recht beweisen die beiliegenden Papiere, bei denen Du auch eine ausführliche Aufzeichnung über das Leben und Schicksal Deiner Eltern finden wirst.

Was auch kommen mag, mein geliebtes Kind, der Segen Deiner Eltern begleitet Dich auf allen Wegen. Vielleicht ist es Dir einst vergönnt, auch am Grabe Deines Vaters zu beten, was mir zu meinem tiefsten Herzeleid versagt blieb. Er ist in der Gruft seiner Vorfahren auf Schloß Hochberg beerdigt worden. Stehst Du an seinem Grabe, dann gedenke auch meiner. Behüt Dich Gott, meine Liselotte.

In treuer Liebe
Deine Mutter, Maria Gräfin Hochberg.«

Liselotte sah auf dies Schreiben herab wie gelähmt. Die widerstreitendsten Empfindungen stürmten auf sie ein. Mit einem unbeschreiblich hilflosen Blick sah sie auf das Gesicht der Gräfin Katharina. Sie gedachte dessen, was diese ihr erzählt hatte von ihrem Sohn. Und plötzlich war ihr klar, warum die Gräfin so unermeßlich gut und liebevoll zu ihr gewesen war.

Sie blickte mit großen, bangen Augen in das zuckende Gesicht der alten Dame. Diese breitete in stummem Sehnen die Arme aus, ihrem Enkelkind entgegen. Da erhob sich Liselotte taumelnd und brach vor der Gräfin in die Knie.

»Großmutter – liebe Großmutter – nicht wahr – du bist meine liebe, liebe Großmutter?« stammelte sie fassungslos und barg schluchzend ihr Antlitz in dem Schoß der alten Dame.

Innig umfaßte die Gräfin das schluchzende Mädchen. Lange hielten sie einander fest umschlungen, küßten sich und sahen sich in die Augen.

Immer wieder mußte Liselotte fragen:

»Ist es nur wahr, bist du meine Großmutter und war Graf Botho mein lieber Vater?«

Die Gräfin nickte und strich ihr zärtlich beruhigend das Haar. Und dann sagte sie, sich fassend:

»Ja, mein herzliebes Kind. Gleich nach dem Tod deines Großvaters machte ich mich auf, dich und deine Mutter zu suchen. Ich fand leider nur dich, deiner armen Mutter Grab war alles, was ich noch von ihr gefunden habe. Dich wollte ich nicht gleich mit der ganzen Wahrheit erschrecken, wollte mir erst deine Liebe gewinnen. Als ich von Frau Schulz hörte, daß du in Stellung gehen solltest, faßte ich den Plan, dich vorläufig als meine Gesellschafterin mit mir zu nehmen. Ach, mein herzliebes Kind, wie glücklich bin ich, daß ich Dich nun in meinen Armen halten darf. So sehnsüchtig habe ich darauf gewartet. Nun bist du keine arme Bettelprinzeß mehr, sondern die reiche Komtesse Hochberg-Lindeck, meine einzige Erbin. Noch heute werde ich dich den Beamten und Dienern unseres Hauses als meine Enkelin und künftige Herrin von Hochberg vorstellen. Nur meine Kammerfrau wußte, wer du bist, und auch Baron Rainau und seine Familie. Ach, Liselotte, daß ich dich nun endlich an meinem Herzen halten kann! Sag, hast du deine Großmutter lieb?«

Liselotte nickte unter Tränen und schmiegte sich in ihre Arme.

»Ach, so sehr, so sehr! Wie oft habe ich mir gewünscht, dich zu umarmen und zu küssen. Ich wagte es nur nicht. So lieb habe ich dich gewonnen. Wie eine liebe Mutter schienst du mir oft. Und ich konnte und konnte nicht begreifen, warum du so einzig gut zu mir warst.«

»Aber nun begreifst du es, nicht wahr?«

»Ja, nun ist mir alles klar. Und nun laß uns zusammen zu dem Bilde meines Vaters gehen. Weiß ich doch nun, was mich immer zu ihm hinzog.

Ach – wenn doch das mein armes Mütterchen noch erlebt hätte! Nun schläft sie so weit von uns entfernt auf dem Bodenhausener Friedhof.«

»Nicht lange mehr, mein Kind. Als ich an ihrem Grab betete, hab ich mir gelobt, daß sie wenigstens im Tode ihren Einzug halten soll in Schloß Hochberg. Sie soll an der Seite deines Vaters ihren Ruheplatz finden. Im Frühjahr lassen wir ihre sterblichen Überreste nach hier überführen.«

Hand in Hand traten Großmutter und Enkelin vor das Bild des Grafen Botho. Und dann führte die Gräfin Liselotte vor das Bild des Grafen Armin.

»Da bringe ich dir deine Enkelin, Armin. Hättest du sie doch an dein Herz drücken können, ehe du starbst!« sagte sie leise.

Und zu Liselotte gewendet fuhr sie fort: »Zürne deinem Großvater nicht, mein liebes Kind, daß er so hart und stolz war, er hat selbst darunter gelitten.«

Liselotte nahm die beiden Rosen aus ihrem Gürtel. Die eine befestigte sie am Bilde des Grafen Armin.

»Ich zürne ihm gewiß nicht, sondern beklage ihn von Herzen. Diese Rose soll nicht die letzte sein, die ich seinem Gedenken weihe. Und diese andere bekommt mein lieber Vater.«

Sie befestigte die andere Rose am Bilde ihres Vaters. –

Inzwischen hatten sich auf Befehl der Gräfin in der großen Halle die Beamten und Diener versammelt. Liselotte an der Hand führend, trat die Gräfin in ihre Mitte.

»Ich stelle Ihnen allen hier meine Enkelin, die Tochter meines Sohnes, des Grafen Botho, und seiner Gemahlin, der Gräfin Maria vor. Die Komtesse Liselotte Hochberg-Lindeck wird die künftige Herrin von Hochberg sein. Sie wissen jetzt, weshalb ich von Ihnen allen wünschte, daß ihre Wünsche und Befehle zu beachten waren wie meine eigenen.«

Ein Raunen und Murmeln ging durch die Versammlung. Erstaunte Augen sahen von allen Seiten auf die weißgekleidete Mädchengestalt an der Seite der Gräfin Katharina.

Der Verwalter der gräflichen Güter faßte sich zuerst und trat vor.

»Ein Hoch der Komtesse Liselotte Hochberg-Lindeck und unserer jetzigen gütigen Herrin, der Gräfin Katharina von Hochberg-Lindeck! « So rief er laut und ein schallendes Hoch durchbrauste die Halle.

Liselotte erbebte und schmiegte sich an die Seite der Großmutter.

»Herr Verwalter, die Leute sollen heute alle einen Festtag haben zur Feier des achtzehnten Geburtstages meiner Enkelin. Bitte, veranlassen Sie mit dem Hausmeister Rößler alles weitere«, sagte die Gräfin laut und klar.

Wieder tönte ein lauter Hochruf durch die Halle.

Die Gräfin neigte lächelnd das Haupt. Auch Liselotte dankte nun freundlich und ein wenig zaghaft.

Dann zogen sich die beiden Damen zurück.

»Und nun sollst du endlich zu deinem Gabentisch kommen, mein liebes Kind«, sagte die Gräfin und führte Liselotte in ein schönes großes Zimmer. Da stand in der Mitte eine große Tafel. In deren Mitte brannten um einen Blumenkorb achtzehn Kerzen und ringsum war an Gaben aufgebaut, was Liebe nur ersinnen und Reichtum gewähren kann.

Liselotte stand wie benommen vor all der Pracht. Sie gedachte der Geburtstage in Bodenhausen. Da hatte kaum jemand darauf geachtet. Nur Fräulein Herter, Tante Schulz und der lange Heinrich hatten sie mit Blumen und Kleinigkeiten erfreut. Freilich – Junker Hans hatte diesen Geburtstag nie vergessen. Irgendeine kleine Überraschung hatte er immer für sie gehabt.

Sie atmete tief auf. Und zwischen all den reichen Gaben suchten ihre Augen zuerst nach einem Lebenszeichen von Junker Hans. Und da sah sie auch schon ein flaches Päckchen vor sich liegen, dessen Adresse von seiner Hand geschrieben war. Danach faßte sie zuerst.

»Von Junker Hans!« rief sie, lieblich erglühend.

Gräfin Katharina sah das Erglühen und das Aufleuchten in Liselottes Augen. »Nun, mein Herzenskind – jetzt verlangt dich wohl danach, das Päckchen zu öffnen? Und du verlangst sicher auch danach, all diese Briefe zu lesen. Da ist einer von Baron Bodenhausen, einer von deinem lieben Fräulein und einer von deiner Freundin Susi. Und dies ist, scheint mir, die Handschrift deiner prächtigen Tante Schulz. Du siehst, alle haben an dich gedacht.«

Liselotte strich sich das Haar aus der heißen Stirn.

»Ach, was werden sie nur alle sagen, mein liebes Großmütterlein, wenn sie hören, was mit der armen Bettelprinzeß geschehen ist.«

Die Gräfin ließ sich lächelnd in einen Sessel nieder.

»Das werden wir sehen. Jetzt will ich hier ganz still sitzen und dich nicht stören, bis du deine Briefe alle gelesen hast. Nur ansehen will ich dich und mich an deinem Anblick freuen.«

Liselotte küßte sie innig. Dann öffnete sie das Päckchen von Junker Hans zuerst. Es enthielt ein Kästchen aus Pappe mit roten Rosen gefüllt, die in feuchtes Moos gepackt waren. Dabei lag ein Brief, den Liselotte mit bebenden Fingern öffnete und entfaltete. Er lautete:

»Meine liebe Liselotte! Gestatten Sie mir, daß ich Ihnen zu Ihrem achtzehnten Geburtstage die herzlichsten, innigsten Glückwünsche sende – und einige Rosen aus dem Bodenhausener Gewächshause. Es werden wohl die letzten sein, die ich hier pflücke, liebe Liselotte, denn Bodenhausen wird uns nicht lange mehr gehören. Darüber will ich Ihnen aber nichts schreiben, ich weiß, daß es Sie betrüben würde. Nur sagen will ich Ihnen, daß es nun wohl noch lange dauern wird, bis ich meine Schuld bei Ihnen abtragen kann.

Ich sollte eine reiche Erbin heiraten, Liselotte, und mein Vater hatte schon alles in die Wege geleitet. Aber so gern ich ihm und mir Bodenhausen erhalten hätte – um diesen Preis konnte ich es nicht tun. Ich kann keine Frau heiraten, die ich nicht liebe. Und daß mein Herz Ihnen gehört, Liselotte, das wissen Sie, nicht wahr, wissen es so sicher, als ich weiß, daß Ihr Herz mir gehört. Lassen Sie mich das heute ein einziges Mal aussprechen. Ich weiß, daß ich für jetzt keine Hoffnung daran knüpfen darf. Dieser Brief soll ein Abschied sein, vielleicht für immer. Ich werde in nächster Zeit ins Ausland gehen, wenn erst alles vorüber ist. Ich bin jetzt nur noch in Bodenhausen, um meinen Eltern so viel als möglich beizustehen. Mein Vater weiß, daß ich Sie liebe, Liselotte, ich habe es ihm gesagt, daß ich deshalb nie eine andere Frau nehmen kann. Er zürnt mir nicht, weil er mich versteht.

Ob es mir gelingen wird, mir ein bescheidenes Dasein zu gründen, wird die Zeit erst zeigen. Aber sollte es mir glücken, Liselotte, sollte ich so weit kommen, daß ich einer Frau an meiner Seite ein sicheres, wenn auch einfaches Los bieten könnte – dann will ich Sie fragen, Liselotte, ob Sie diese Frau sein wollen. Sie sind ja so bescheiden in Ihren Ansprüchen an das Leben, und wir würden auch in schlichten Verhältnissen glücklich sein, nicht wahr?

Aber bis dahin vergehen wohl Jahre. Ich kann nicht abreisen, ohne Ihnen gesagt zu haben, wie es in mir aussieht. Werden Sie mir eine Zeile schreiben, ob Sie michlieb behalten und auf mich warten wollen? Darf ich Ihnen zuweilen schreiben über mein Ergehen? Mein Vater ist sehr elend, daß er Bodenhausen aufgeben muß, und meine Mutter nicht minder. Lori ist ganz außer sich und fassungslos, sie hat erst jetzt erfahren, wie es um uns steht, und sie macht mir heftige Vorwürfe, daß ich mich nicht geopfert habe. Aber ich konnte nicht, Liselotte, lieber arbeite ich im Schweiß meines Angesichts um mein täglich Brot. – Ich konnte Sie nicht vergessen, liebe, teure Liselotte.

Leben Sie wohl und senden Sie eine Zeile

Ihrem Sie herzlich liebenden
Hans Bodenhausen.«

Liselotte war in einen Sessel gesunken und drückte den Brief an ihr Herz, während Tränen über ihr Antlitz rannen. Glück und Schmerz stritten in ihrem Herzen um die Oberhand.

»Ach, Großmutter – liebe Großmutter!« rief sie erschüttert. Die

Gräfin erhob sich schnell und beugte sich besorgt über sie.

»Was ist dir, mein Kind? Vertraue mir! Kann ich dir helfen?«

Liselotte reichte ihr schluchzend den Brief. »Da – lies selbst, liebe Großmutter, vor dir will ich kein Geheimnis haben. Du sollst wissen, was mich glücklich und unglücklich zugleich macht. Ach, Großmutter, ich liebe ihn ja so sehr – und nun ist er so unglücklich. Ach, wenn ich ihm doch helfen könnte.«

Gräfin Katharina zog Liselottes Köpfchen an sich und streichelte es, während sie den Brief las. Wie tiefe Rührung und Bewegung zuckte es in ihrem Gesicht. Die schlichten Worte des Junkers verrieten ihr, wie treu und selbstlos er Liselotte liebte.

Als sie zu Ende war, lächelte sie.

»Nur ruhig, mein Herzenskind, nur ruhig! Da sehe ich noch keine Ursache zum Verzagen. Junker Hans ist ein Ehrenmann und er ist wohl wert, daß ihm meine Liselotte ihr Herz geschenkt hat. Und bedenke doch nur, daß du jetzt nicht mehr die arme Bettelprinzeß bist, sondern eine sehr, sehr reiche Erbin. Es wird dir gar nicht schwerfallen, deinem geliebten Junker zu helfen und seinen Eltern auch.«

Liselotte hob die Augen zu ihr empor. Wie bange Hoffnung leuchtete es aus ihrem Blick.

»Er soll nicht ins Ausland gehen, liebste Großmutter!« flehte sie.

Lächelnd schüttelte die Gräfin den Kopf. »Nein, nein, wir lassen ihn gar nicht erst fort. So tüchtige Männer können wir in unserem deutschen Vaterland sehr gut brauchen. Vertraue mir nur, mein Herzenskind. Ich will doch meine Liselotte glücklich sehen. Und da sie es nur sein kann, wenn Junker Hans ihr dabei hilft und selbst glücklich ist, so muß ich mir wohl etwas ausdenken, wie ich euch beide glücklich machen kann. Laß mich das in Ruhe bedenken. Lies du inzwischen deine anderen Briefe. Aber halt – erst wollen wir eine Vase bringen lassen, damit du deine schönen Rosen in Wasser stellen kannst.« Sie klingelte und gab Befehl, eine mit Wasser gefüllte Vase zu bringen. Dahinein stellte Liselotte die Rosen, die sie erst schmeichelnd an ihre Lippen drückte.

Ihre Tränen waren versiegt. Sie vertraute den Worten der Großmutter. Es mußte ja noch alles gut werden.

Während die Gräfin sich wieder in ihren Sessel niederließ und nachdenklich vor sich hinsah, las Liselotte ihre anderen Briefe. Der von Frau Schulz hatte folgenden Inhalt:

»Meine liebe Liselotte! Zu Deinem Geburtstag wünsche ich Dir alles Gute und Schöne, was Du Dir nur selbst wünschen könntest. Auch von Heinrich soll ich Dir tausend Glückwünsche bestellen – unter tausend tut er's nicht. Er ist gerade beim Gläserspülen und ruft es mir herüber, damit ich's ja nicht vergesse.

Ich freue mich so sehr, daß es Dir so gut geht bei Deiner Frau Gräfin. Gott segne sie dafür, daß sie so gut zu Dir ist. In Bodenhausen, meine liebe Liselotte, ist es nun leider zum Krach gekommen, das wird Dein weiches Herz sehr betrüben. Heute in acht Tagen kommt es zur Versteigerung. Die Gläubiger wollen Bodenhausen verkaufen, damit sie zu ihrem Geld kommen. Für den Herrn Baron wird wohl kein Pfennig bleiben, die Gläubiger sagen, sie wollen froh sein, wenn der Kaufpreis ihre Forderungen so leidlich deckt. Ja, ja, meine liebe Liselotte, das ist nun sehr schlimm für die Familie des Barons. Junker Hans ist jetzt in Bodenhausen. Er hat eine reiche Erbin heiraten sollen, die er aber nicht mag. So lange hatten die Gläubiger noch gehofft, daß sich das alles durch die reiche Heirat des Junkers einrichten könne. Aber nun haben sie die Geduld verloren. Der Junker will ins Ausland. Na, er ist ja ein junger, gesunder Mensch und nicht auf den Kopf gefallen. Und sehr vernünftig und tüchtig ist er auch geworden, er wird sich schon durchbeißen. Aber wie es nun mit dem Baron und den beiden Damen wird, die nicht gewohnt sind, ein Staubtuch mit den feinen Händen anzufassen, das weiß Gott. Der Baronesse Lori geschieht ja recht, ich weiß, daß du das nicht hören willst, aber es ist doch so, sie hat es um Dich verdient, daß sie nun selber eine richtige Bettelprinzeß geworden ist. Aber ihre Eltern tun mir doch leid. Der Baron ist ein rechtlicher Mann, und was die Baronin ist, na, ein bißchen sehr stolz und hoffärtig war sie ja auch, aber doch eine gerechte Frau. Schlecht ist sie nicht, nur sehr leichtsinnig gewirtschaftet hat sie. Aber darüber will ich nicht richten und Dir das Herz noch schwerer machen.

Sei nur froh, daß du jetzt in so guter Stellung bist, Liselotte. Und bestelle der Frau Gräfin einen untertänigen Gruß und ich bin noch ganz stolz, daß mal eine richtige Gräfin in meiner ›Weißen Taube‹ gewohnt hat, wenn auch nur eine Nacht. Heinrich ist seitdem ganz rappelig geworden, er behauptet, bei Frau Schulz in der ›Weißen Taube‹ könnte auch der feinste, vornehmste Gast wohnen, wenn's darauf ankäme. Ganz breitspurig steht er sonntags vor dem Tore und erzählt den Gästen von der Frau Gräfin. Und auf Deine Bekanntschaft ist er nun noch stolzer, seit Du in einem Grafenschloß lebst.

Aber nun will ich schließen, so einen langen Brief hab ich wohl mein Lebtag noch nicht geschrieben. Leb wohl, meine liebe Liselotte, und vergiß uns nicht.

Deine alte Tante Schulz.«

Liselotte reichte auch diesen Brief der Gräfin hinüber.

»Ach, liebste Großmutter, in acht Tagen soll Bodenhausen schon unter den Hammer kommen. Und sicher bleibt Junker Hans dann nicht länger in Deutschland; wenn du doch helfen könntest«, sagte sie leise.

Die Gräfin zog sie an sich.

»Sei ganz unbesorgt, mein Kind, ich weiß schon, was ich tue. Überlasse alles mir, hörst du. Ich verspreche dir, daß alles gut wird. Du mußt aber auch ganz froh und heiter sein. Und versprich mir, daß du nichts nach Bodenhausen berichten willst, was du heute erfahren hast. Ich will mir eine kleine Überraschung vorbehalten. Schreibe nur an den Junker Hans, daß du seinen Brief erhalten hast samt seinen schönen Rosen – und was dir sonst dein Herz eingibt. Versprich ihm, daß du warten willst auf ihn, bis er dich heimführen kann. Aber verrate mit keinem Wort, daß du jetzt eine reiche Erbin und die Komtesse Hochberg bist. Willst du mir das versprechen?«

Liselotte umarmte sie innig.

»Alles verspreche ich dir, wenn du ihm nur hilfst und ihn nicht fortgehen läßt«.

»Das soll gewiß alles nach deinem Wunsch geschehen. Vertraue mir. Ich habe jetzt die Lebensaufgabe, zu deinem Glück beizutragen, was ich kann. Und ich bin auch Baron Bodenhausen viel Dank schuldig. Er hat dir all die Jahre eine Heimat gegeben und dir eine Erziehung angedeihen lassen, daß ich stolz sein kann auf meine Enkelin. Ohne sein Eingreifen in dein Schicksal hätte ich dich vielleicht auch als ungebildetes Dorfkind wiederfinden können, und das wäre mir sehr schmerzlich gewesen. Jetzt bietet sich mir eine Gelegenheit, meinen Dank abzutragen, und es soll geschehen, verlaß dich darauf«.

Baron Rainau und seine Gemahlin kamen heute auch nach Hochberg, um Liselotte zum Geburtstag zu beglückwünschen und sie endlich als Komtesse Hochberg zu begrüßen. Die Herrschaften blieben zu Tisch. Es gab heute eine besonders festlich geschmückte Tafel mit dem schweren alten Familiensilber.

Bei Tisch brachte Baron Rainau einen Trinkspruch aus auf das Wohl der jungen Komtesse, der Tochter seines unvergeßlichen Freundes.

Nach Tisch ging Liselotte mit der Baronin in das Zimmer, wo ihre Geschenke aufgebaut waren, um sie ihr zu zeigen. Die Gräfin blieb inzwischen mit Baron Rainau allein in ihrem traulichen kleinen Salon, in dem sie sich gern aufhielt.

»Lieber Baron«, sagte sie, »ich habe heute wieder einmal eine große Bitte an Sie«.

»Die ich selbstverständlich erfüllen werde, wenn es in meiner Macht steht«, erwiderte er herzlich. Sie reichte ihm die Hand.

»Ich weiß, Sie sind uns ein treuer Freund. Nun hören Sie mich an. Sie wissen, unter welchen Verhältnissen meine Enkelin aufgewachsen ist. Und nun will ich Ihnen auch ein zartes Geheimnis verraten. Liselotte und der junge Baron Bodenhausen lieben sich, trotzdem bisher alles gegen eine Verbindung der beiden jungen Menschen sprach. Jetzt ist das anders. Ich möchte Liselotte glücklich sehen und habe nichts gegen eine Verbindung einzuwenden, trotzdem Bodenhausen stark verschuldet ist und in den nächsten Tagen unter den Hammer kommen wird. Ich bin dem Baron viel Dank schuldig und habe beschlossen, Bodenhausen für meine

Enkelin zu kaufen. Aber ich möchte vorläufig ein Geheimnis daraus machen. Es soll in Bodenhausen niemand wissen, wer der Käufer ist. Das habe ich mir als Überraschung vorbehalten. Und deshalb brauche ich eine Mittelsperson. Meinen Notar möchte ich mit dem Kaufe nicht betrauen, weil sein Name dem Baron bekannt ist, da er bei ihm über mich Erkundigungen einholte. Deshalb bitte ich Sie, Ihren Geschäftsführer mit dem Ankauf von Bodenhausen zu beauftragen. Er kann ja wissen, daß es in meinem Auftrag geschieht, soll aber unter keiner Bedingung den Namen des Käufers nennen. Es muß schnell geschehen, denn Bodenhausen kommt schon in den nächsten Tagen unter den Hammer. Wollen Sie die Güte haben, in dieser Angelegenheit mit dem Geschäftsführer zu verhandeln?«

»Aber das bedarf doch keines Wortes, verehrteste Frau Gräfin. Ich werde gleich heute noch meinem Geschäftsführer telefonieren, damit er mich morgen früh aufsucht, und ich ihm die nötigen Anweisungen geben kann«.

Die Gräfin nickte zustimmend.

»Oh, sehr gut, lieber Baron. Aber ich habe noch allerlei Bestimmungen zu treffen. Auf jeden Fall will ich verhindern, daß der Baron mit seiner Familie Bodenhausen verläßt, und außerdem möchte ich der Baronesse, die so häßlich zu meiner Enkelin war, einen kleinen Denkzettel geben. Wie ich mir das alles gedacht habe, werde ich heute nicht mit Ihnen besprechen können. Am besten ist es wohl, ich komme morgen früh nach Rainau und wohne Ihrer Besprechung mit Ihrem Geschäftsführer bei. Da kann ich ihm selber noch meine Wünsche äußern. Liselotte soll erst davon erfahren, wenn der Kauf abgeschlossen ist«.

»Ich verstehe, verehrteste Gräfin, und ich werde Sie morgen vor Mittag in Rainau erwarten«.

Jetzt kamen Liselotte und die Baronin zurück und die Angelegenheit wurde nicht mehr erwähnt.

Am nächsten Tage fuhr die Gräfin nach Rainau, um alles Nötige mit dem Baron und seinem Geschäftsführer, dem Notar Doktor Heller, zu besprechen.

In der großen Halle von Schloß Bodenhausen war eine Menge von Menschen versammelt. Heute sollte die Versteigerung von Bodenhausen stattfinden. Da waren allerlei fremde Gestalten aufgetaucht, die aus den verschiedenartigsten Gründen der Versteigerung beiwohnen wollten. Viele kamen nur aus Neugier.

Der Baron und seine Familie saßen mit blassen Gesichtern und in bedrückter Stimmung im Wohnzimmer. Bleich und verfallen, um Jahre gealtert, saß der Baron am Fenster und ließ seine Augen mit mattem Blick hinausschweifen. Ihm gegenüber hatte Junker Hans Platz genommen. Er trug einen schlichten Joppenanzug mit Reitstiefeln, denn er war eben erst von einem Ritt heimgekehrt. Auch sein Antlitz war bleich und er sah bedrückt auf die leise vor sich hinweinende Mutter.

Auf seinem Herzen trug er einen lieben Brief von Liselotte. Er enthielt so viele gute, tröstende Worte und die feste Zuversicht, daß trotz der schlimmen Tage, die ihm und seinen Lieben nun bevorstünden, doch noch alles gut werden würde. Zum Schluß hatte sie geschrieben: »Ich danke Ihnen so sehr, so aus tiefsten Herzen, daß Sie mir geschrieben haben, wie lieb ich Ihnen bin. Es macht mich unsagbar glücklich. Mein Herz gehört meinem lieben Junker Hans schon seit ich ihm als kleines Barfüßchen über den Weg lief, wenn es auch damals eine kindliche, unverstandene Neigung war. Sie ist mit mir gewachsen und füllt nun mein ganzes Herz. Ich werde in Treue warten, bis Sie mich eines Tages an Ihre Seite rufen. Dieser Tag wird der glücklichste meines Lebens sein. Weiter will ich Ihnen heute nichts sagen, als ein Behüt Gott auf allen Wegen.

In Liebe und Treue
Ihre Liselotte Hochberg.«

Dieser Brief hatte Junker Hans mit neuer Kraft erfüllt. Er wollte nun mutig tragen, was kommen mußte. Wenn nur die Mutter nicht so trostlos weinen wollte. Es tat ihm so furchtbar weh, daß er ihr nicht helfen konnte.

Lori saß auch mit blassem, verweintem Gesicht in einem Sessel und starrte vor sich hin. Sie konnte noch gar nicht fassen, daß sie verarmt waren, daß ihnen Bodenhausen genommen werden sollte. Was sollte nun aus ihnen werden? Wenn von draußen das Geräusch der fremden Menge hereindrang, preßte sie wie entsetzt die Hände an die Ohren.

Sie fürchtete sich namenlos vor der Armut, und ihr hochmütiges Herz litt unsäglich unter dem Bewußtsein der Verarmung. Es dünkte sie eine Schmach, arm zu sein. Und sie war so grenzenlos verwöhnt und konnte sich nicht denken, daß es ihr nun am Nötigsten fehlen würde. So saßen sie alle in dumpfer Bedrückung und harrten der Dinge, die da kommen sollten.

Wieder drang lauter Lärm von draußen herein. Die Gläubiger und Makler stritten rücksichtslos miteinander und liefen im ganzen Schlosse umher, als habe der Baron schon kein Recht mehr daran.

Viele Kauflustige hatten sich nicht eingefunden, denn die Zeiten waren schlecht und Bargeld stand hoch im Werte. Die Gläubiger waren besorgt, ob wohl bei der Versteigerung genug herauskam, damit ihre Ansprüche befriedigt würden. Niemand dachte daran, was aus dem Baron und seiner Familie würde. Einige Nachbarn hielten sich still im Hintergrund. Sie waren gekommen, um dem Baron ein teilnehmendes Wort zu sagen und zugleich ihre Neugier zu befriedigen.

Wieder hielt sich Lori wie außer sich die Ohren zu.

»Diese Menschen! Sie tun, als wären sie schon die Herren von Bodenhausen!« rief sie erregt und verächtlich.

Ihr Vater sah sie mit kummervollen Augen an.

»Das sind sie auch, Lori. Du mußt dich an den Gedanken gewöhnen, daß uns hier kein Stein mehr gehört«, sagte er dumpf.

Sie riß zornig an ihrem Taschentuch.

»Oh, an all dem Elend ist nur die abscheuliche Bettelprinzeß schuld!« rief sie gehässig. »Hättet ihr sie doch nie in euer Haus aufgenommen.«

Junker Hans zuckte zusammen und wandte sich nach ihr um, als wollte er etwas sagen. Aber sein Vater kam ihm zuvor. »Was sind das für törichte Worte, Lori? Was kann Liselotte dafür, daß wir verarmt sind?«

Lori ballte die Hände.

»Nun, Mama hat mir doch gesagt, wenn sie Hans nicht den Kopf verdreht hätte, dann hätte er sich mit der reichen Erbin verheiratet und wir hätten nicht fortgehen müssen von Bodenhausen.« Wieder wollte Junker Hans sprechen, aber sein Vater winkte ihm zu.

»Laß sein, Hans! Ich werde Lori die rechte Antwort geben. Also höre zu, meine Tochter. Nur in meiner Angst, weil ich keinen anderen Ausweg sah, riet ich Hans dazu – sich zu verkaufen. Er wollte es tun, um uns zu retten, aber er war ein zu ehrlicher Mensch, um es zu können. Du hast kein Recht, ihm deshalb einen Vorwurf zu machen. Und noch weniger Recht hast du, Liselotte einen solchen zu machen. Sie ist ein edles, braves Mädchen, von dem du, mein Kind, recht viel hättest lernen können. Du hast es immer vorgezogen, verächtlich auf Liselotte herabzublicken, und möchtest ihr nun, wie immer, alle Schuld aufbürden. Gehe in dich und denke lieber daran, daß du jetzt nicht mehr bist als sie.« – Lori fing an zu weinen.

»So ist's recht, Papa, zanke du nun auch noch mit mir wegen diesem undankbaren Geschöpf, das euch alle Wohltaten so schlecht belohnt hat.«

Der Baron erhob sich und trat vor seine Tochter hin.

»Diesen Wahn, den dir dein Hochmut eingibt, laß nur fallen, Lori. Es ist dir vielleicht gut, wenn er dir endlich genommen wird. Und Mama kann das jetzt auch mit anhören. Was wir an Liselotte getan haben, ist wenig genug gewesen. Wir haben kaum etwas von ihrem Aufenthalt gemerkt. Sie trug deine abgelegten Kleider und aß sich an unserem Tisch mit satt. Fräulein Herter hat sie mit dir zusammen unterrichtet, ohne daß wir dafür einen Pfennig mehr ausgegeben hätten, und sie schlief in einem Kämmerchen, das sonst leergestanden hätte. Das einzige Mal, da wir eine größere Ausgabe für sie hatten, war, als sie mit dir nach Lausanne ging. Dafür aber – merke auf – schulden wir ihr fünfzehntausend Mark, ihr mütterliches Erbe, das sie mir großherzig zur Verfügung stellte, als Ehre und Leben deines Bruders eines Tages bedroht waren. Und wir werden ihr dies Geld vielleicht nie wieder zurückzahlen können. Damit rechnet sie auch gar nicht. Ganz selbstverständlich hat sie ihren Notgroschen geopfert und sich noch glücklich gepriesen, daß wir das Geld annahmen. Und klaglos und geduldig ließ sie sich von dir mit Geringschätzung auch dann noch Bettelprinzeß nennen und verriet keinem Menschen, was sie für uns getan hat. Seit jenem Tage habe ich Liselotte liebgewonnen und hochschätzen gelernt, und ich kann deinen Bruder nur zu gut verstehen, daß er Liselotte liebt, die in ihrer sanften Bescheidenheit so hoch über manch anderer Frau steht. Du kannst dir ruhig an ihr ein Beispiel nehmen. Frage dich, ob du im gleichen Falle auch so edel gehandelt hättest. Und nun will ich nie wieder von dir ein verächtliches Wort über Liselotte hören, merke dir das. Suche dich lieber so tapfer in dein Schicksal zu fügen, wie sie es stets getan hat. Wir haben es jetzt alle zusammen sehr nötig, tapfer zu sein. Sei deiner armen Mutter eine liebevolle Stütze und mache deinem Bruder das Herz nicht noch schwerer, als es schon ist, durch deine unangebrachten Vorwürfe.«

Lori hörte erst mit Staunen und dann mit Erschrecken auf die ernsten Worte des Vaters. So hatte er noch nie zu ihr gesprochen. Und was er von Liselotte sagte, war ihr ganz unfaßbar. So sehr war sie immer von dem Gedanken durchdrungen gewesen, daß Liselotte ihnen Dank schuldig war. Und nun sollte es plötzlich umgekehrt sein. Das wollte ihr nicht in den Kopf, und ihr Groll auf Liselotte ließ sich nicht so leicht vertreiben. Sie duckte sich wohl unter den Worten des Vaters, aber zu überzeugen war sie nicht. Mit verkniffenem Gesicht saß sie da.

Auf die Baronin hatten die Worte ihres Mannes viel mehr gewirkt. Aber sie war jetzt zu sehr in ihre Sorgen vertieft, als daß sie hätte davon sprechen mögen.

Draußen war inzwischen eine gewisse Stille eingetreten. Sie lauschten hinaus und sahen sich an. Dann hörte man eine laute, einzelne Männerstimme reden. Darauf einige andere nacheinander und durcheinander. Das dauerte eine ganze Weile.

Und dann hörte man nach einer kurzen Stille das dumpfe Aufschlagen des Hammers.

Der Baron zuckte zusammen und Hans trat schnell neben ihn, legte seine Hand auf seinen Arm und sagte beruhigend: »Vater – lieber Vater!«

Der sah zu ihm auf und seine Augen waren feucht.

»Jetzt ist Bodenhausen einem Käufer zugesprochen worden – wir sind heimatlos. Ich war ein schlechter Wirtschafter, habe zu sehr aus dem vollen gelebt und nicht ans Sparen gedacht, als es noch Zeit war. Nun ist dein Erbe verlorengegangen.«

Auch die Baronin war zusammengezuckt. In ihrem Antlitz wechselten Röte und Blässe. Aber plötzlich erhob sie sich wie in einem festen Entschluß und trat ebenfalls zu ihrem Gatten. Sie nahm seine Hand.

»Mache dir nicht allein Vorwürfe – ich habe auch das meine getan, unsere Verhältnisse herabzubringen. Aber diese letzten Jahre waren eine harte Schule für mich. Und nun will ich auch in Armut und Not zu dir stehen. Laß uns zu sammen tragen, was nun kommen wird. Unsere Ehre wenigstens haben wir gerettet«, sagte sie leise, aber fest.

Da sprang der Baron wie neubelebt auf und zog sie in seine Arme.

»Hab Dank für dieses Wort, es hat mir gut getan in dieser schweren Stunde und gibt mir neuen Mut. Ich will arbeiten für Weib und Kind, Gott wird uns nicht verlassen.«

Gefaßt sahen sie nun dem Kommenden entgegen. Nur Lori trotzte und haderte noch mit dem Geschick und wollte sich nicht in das Unvermeidliche fügen.

Draußen lärmte es wieder durcheinander. Wirr und laut klangen verschiedene Stimmen zusammen. Aber endlich wurde es stiller. Dann fuhren verschiedene Wagen davon. – Und dann ließ sich dem Baron der Notar Doktor Heller melden.

Der Baron ließ ihn ins Wohnzimmer bitten.

Doktor Heller trat ein, ein schlanker, grauköpfiger Herr mit klugem Gesicht und scharfen Zügen. Eine goldene Brille saß auf seiner Nase. Er verneigte sich zuerst artig gegen die Damen und dann gegen die Herren. Zu dem Baron gewendet, sagte er höflich:

»Herr Baron, ich wollte Ihnen melden, daß ich Bodenhausen im

Auftrag eines Klienten erworben habe. Es ist mir soeben in der Versteigerung zugesprochen worden.«

Der Baron verneigte sich gefaßt.

»Sie wollen uns wohl nun zugleich mitteilen, Herr Doktor, daß wir nun Bodenhausen unverzüglich zu räumen haben?«

Der Notar schüttelte lächelnd den Kopf.

»O nein, damit hätte ich mich wohl kaum so sehr beeilt. Im Gegenteil – ich hoffe Ihnen einen Vorschlag machen zu können im Namen meines Klienten, der vorläufig ungenannt bleiben will, der Ihnen aber vielleicht nicht ganz unangenehm sein wird. «

Der Baron deutete auf einen Sessel.

»Bitte, nehmen Sie doch Platz, Herr Doktor, und lassen Sie hören, was Sie mir zu sagen haben.«

Der Notar ließ sich nieder und sah die vier Menschen der Reihe nach mit seinen klugen Augen an.

Dann sagte er verbindlich:

»Mein Klient ist durch anderweitige Verpflichtungen verhindert, Bodenhausen selbst zu bewirtschaften. Es liegt ihm viel daran, einen tüchtigen Verwalter dafür zu finden. Er glaubt, annehmen zu können, daß Sie, Herr Baron, Land und Leute genau kennen, der beste Verwalter für Bodenhausen sein würden, wenn Sie es über sich gewinnen könnten, als solcher in Bodenhausen zu bleiben. Mein Klient hat sich durch mich über alle Verhältnisse hier unterrichten lassen und ich habe ihm einige Hoffnungen gemacht, daß Sie sich dazu verstehen würden. Ich bin im Fall Ihrer Zusage ermächtigt, alles Weitere mit Ihnen zu vereinbaren. Wir könnten sogleich einen Vertrag auf Jahre hinaus abschließen, und ein entsprechendes Gehalt festsetzen. Also bitte – wollen Sie mir sagen, ob Sie Lust hätten, auf das Anerbieten einzugehen.«

Alle hatten mit Spannung seinen Worten gelauscht. Der Baron sah seine Gattin und seinen Sohn an und ein tiefer, zitternder Atemzug hob seine Brust. Ihm war, als würde eine furchtbare Last von ihm genommen.

»Fragen Sie einen Ertrinkenden, ob er nach dem rettenden Tau greifen will, Herr Doktor? Wie einem solchen ist mir dieser Tage zumute gewesen. Ich stehe vor dem Nichts. So können Sie wohl ermessen, mit welchen Gefühlen ich Ihrem Anerbieten gegenüberstehe. Wenn Ihr Herr Klient das Vertrauen in mich setzen will, mir dies Amt zu übertragen, so nehme ich dies Anerbieten dankbar an. Und weiß Gott – ich will alles tun, Ihren Klienten zufriedenzustellen.«

So sagte er bewegt.

Der Notar verneigte sich.

»Schön, Herr Baron. Wir werden die Förmlichkeiten nachher erledigen. Jetzt habe ich noch einen anderen Vorschlag. Meinem Klienten ist Ihr Herr Sohn als ein außerordentlich ehrenwerter und tüchtiger Herr geschildert worden. Er weiß, daß er beabsichtigt, ins Ausland zu gehen. Mein Klient ist der Ansicht, daß wir auch in Deutschland tüchtige Männer sehr gut gebrauchen können. Wenn Ihr Herr Sohn sich entschließen könnte, ebenfalls in Bodenhausen zu bleiben und sich unter Ihrer Leitung auszubilden, so daß er später, wenn Sie einmal nicht mehr tatkräftig genug sind, Ihr Amt einnehmen könnte, so würde mein Klient auch Ihrem Herrn Sohn ein entsprechendes Gehalt aussetzen lassen. Und so wende ich mich an den jungen Herrn Baron mit der Frage, ob auch er in Bodenhausen bleiben will.«

Junker Hans trat mit blassem, erregtem Gesicht einen Schritt vor und sah von dem Notar auf seinen Vater und dann wieder auf den Notar.

»Ihr Herr Klient muß ein sehr edler und uns sehr freundlich gesinnter Herr sein, Herr Doktor. Wer so mit allen Fasern an der Heimat hängt und sie so schweren Herzens aufgibt wie ich, der läßt sich zu gern halten. Ich hoffe und wünsche nur, mich dieser Güte und dieses Vertrauens wert zeigen zu dürfen.«

Wieder neigte der Notar das Haupt.

»Davon ist mein Klient überzeugt, Herr Baron. Und nun weiter. Mein Klient weiß, daß auch eine erwachsene Tochter im Hause ist und nimmt als selbstverständlich an, daß auch diese das Ihre tun will, um die Verhältnisse aufzubessern. Er will auch für die Baronesse ein kleines Gehalt aussetzen. Dieselbe muß dann natürlich sich im Haushalt fleißig betätigen und sich als eine Art Wirtschafterin hier in Bodenhausen nützlich machen. Es soll ihr ein bestimmter Pflichtenkreis angewiesen werden, damit an ihrer Stelle eine Dienerin überflüssig wird.«

Dies hatte der Notar halb zu Lori, halb zu ihren Eltern gesagt. Die Baronesse bekam einen roten Kopf und fuhr entrüstet auf:

»Mein Herr, ich glaube, Sie vergessen, daß ich eine Baronesse Bodenhausen und nicht eine Angestellte bin«, sagte sie schroff.

Der Baron sah seine Tochter streng an.

»Du vergißt, Lori, daß du nicht mehr die Tochter des Herrn von Bodenhausen bist, sondern die eines angestellten Beamten. Es ist ganz selbstverständlich, daß du jetzt ebenfalls deinen Pflichtenkreis auszufüllen hast. Das Leben einer großen Dame kannst du jetzt nicht mehr führen. Deine Mutter wird und muß sich darin fügen, die Frau eines Beamten zu sein, die selbst mit Hand anlegen muß, wo es nötig ist. So mußt du dich auch fügen. Das hätte ich jetzt als selbstverständlich von dir verlangt. Herr Doktor, ich nehme auch für meine Tochter das Anerbieten Ihres Herrn Klienten an. Sein großherziges Vertrauen hat uns vor einer schlimmen, sorgenvollen Zukunft bewahrt und wir fügen uns dankbar und bedingungslos seinen Wünschen.«

Doktor Heller sah ein klein wenig spöttisch in das entrüstete Gesicht der Baronesse.

»Ich habe allerdings den Befehl, nur dann den Vertrag mit Ihnen abzuschließen, wenn die Bedingungen, die mein Klient stellt, restlos erfüllt werden. Baronesse werden sich also fügen müssen.«

»Sie wird es tun, Herr Doktor, dafür werde ich sorgen«, erwiderte der Baron bestimmt.

»Schön, Herr Baron. So können wir denn den Vertrag aufsetzen. Jetzt möchte ich Sie bitten, mich durch das Haus zu führen und mir sämtliche Räume zu zeigen. Mein Klient wird sich zuweilen vorübergehend in Bodenhausen aufhalten und ich habe Vollmacht, einige Räume, die mir passend erscheinen, für ihn zu belegen. Im großen ganzen werden Sie wohl Ihre Wohnräume im Schloß behalten können, doch muß ich mir einige mir notwendig scheinende Änderungen vorbehalten, in die Sie sich ebenfalls bedingungslos fügen müssen müßten.«

»Selbstverständlich, Herr Doktor. Wenn Sie wünschen, können

wir sogleich das Haus besichtigen.«

»Ich bitte darum. Vielleicht schließen sich die Damen und der junge Baron an, damit ich meine Wünsche Ihnen allen zugleich bekanntgeben kann.«

Das geschah. Lori folgte allerdings mit einem halb trotzigen, halb entsetzten Gesicht. Vor ihren Augen stand ein Schreckgespenst – sie sah sich im Geiste schon mit Staubtuch und Kochlöffel, zur Dienerin erniedrigt, hantieren. Und ihre Eltern standen ihr zu ihrer Entrüstung nicht bei, sondern schienen das selbstverständlich zu finden. Oh, wie sah es schlimm aus in dem hochmütigen Sinn Loris.

Aber ihre Eltern und Junker Hans folgten dem Doktor mit dankbaren, von schwerer Sorge befreiten Herzen.

Es ging nun durch das ganze Haus, von Zimmer zu Zimmer. Der Baron nannte jedesmal die bisherige Bestimmung des Raumes.

Bei den meisten Räumen sagte der Notar nach kurzer Prüfung:

»Das kann auch in Zukunft bleiben wie bisher.«

So behielten der Baron, die Baronin und Junker Hans ihre Zimmer für ihren Gebrauch. Nun kam man an die Zimmer der Baronesse.

Hier zögerte Doktor Heller länger als zuvor. Dann sagte er ruhig:

»Diese Zimmer wünsche ich für den neuen Besitzer von Bodenhausen. Sie müssen stets für ihn bereit sein.«

Wieder fuhr Lori empört auf.

»Aber das sind doch meine Zimmer, Herr Doktor. Wo soll ich denn wohnen?«

Der Notar sah sie mit scharfen Blicken an.

»Das werde ich bestimmen, wenn ich einen Raum finde, der sich für Sie eignet, Baronesse«, sagte er kurz, fast schroff.

Weiter ging es durch das Haus.

»Dies ist das Zimmer, in der die ehemalige Erzieherin meiner Tochter wohnte«, erklärte Baron vor einer Tür. Und die nächste öffnend, fügte er hinzu: »Und in diesem kleinen Zimmer wohnte eine Pflegetochter von uns, ein angenommenes Kind. Sie ist jetzt nicht mehr im Hause. Auch dies Zimmerchen ist jetzt unbenutzt.«

Doktor Heller trat auf die Schwelle des schmalen Raumes.

»Ah – da ist ja also gleich ein passendes Zimmer für die Baronesse. Sie werden also das Zimmer Ihrer Pflegeschwester bewohnen, Baronesse«, sagte er kurz und bestimmt. – Lori wurde leichenblaß.

»In dieser elenden Kammer soll ich hausen?« stieß sie außer sich hervor. Mit einem unbeschreiblichen Lächeln sah sie Doktor Heller an.

»Warum nicht, Baronesse? Wenn Ihre Pflegeschwester darin wohnte, paßt es doch sehr nett für Sie. Ich bitte, uns nicht unnötig aufzuhalten.«

Lori wollte sich auflehnen, aber ihre Mutter faßte sie am Arm und sah sie warnend an. Sie fand, gleich ihrem Gatten, daß Doktor Heller Lori sehr ungleich ihnen gegenüber bedachte, aber sie nahmen an, daß Loris aufsässiges Wesen ihn gereizt hatte. Sie hatte es sich sicher selbst zuzuschreiben, daß er so streng mit ihr verfuhr. Die Baronin war viel zu glücklich, daß sie vor Not geschützt in Bodenhausen bleiben konnte, als daß sie sich zum Vorteil Ihrer Tochter gegen Doktor Heller aufgelehnt hätte. Lori mußte sich eben fügen, und schließlich brauchte sie ja das kleine Zimmer nur als Schlafraum zu benutzen. Sonst standen ihr ja die anderen Zimmer noch als Aufenthalt offen.

Daß es sich nur um einen wohlverdienten Denkzettel für Lori handelte, der Doktor Heller von seinem Klienten vorgeschrieben war, ahnte niemand.

So mußte sich also Lori fügen, in die Kammer Liselottes überzusiedeln, das demütigte die hochmütige Baronesse natürlich sehr.

Im weiteren Verlauf der Verhandlungen zeigte sich Doktor Heller um so liebenswürdiger und entgegenkommender. Nur gegen die Baronesse behielt er einen schroffen Ton bei.

Zu des Barons heimlicher Freude und Genugtuung wurde ihm ein sehr anständiges Gehalt ausgesetzt. Auch Junker Hans wurde ein Gehalt zugesichert, das seine Erwartungen weit übertraf. Lori erhielt nur ein geringes Gehalt. Sie hätte es am liebsten zurückgewiesen, denn es erschien ihr schmachvoll, dadurch in eine dienende Abhängigkeit zu geraten. Sie fand es richtiger, sich von ihrem Vater erhalten zu lassen, als selbst etwas zu tun und zu verdienen. Aber sie wagte nicht mehr zu widersprechen. Doktor Hellers scharfe, spöttische Blicke jagten ihr Furcht ein. Sie wünschte sehnlichst, daß er erst wieder fort wäre. Keine Spur von Dankbarkeit war in ihrer Seele, daß sie mit den Eltern nicht heimatlos geworden war.

Doktor Heller blieb aber noch zwei Tage in Bodenhausen, um alles mit dem Baron und seinem Sohn zu besprechen. Es gab auch noch allerlei Beratungen zur Abwicklung der Geschäfte. Ehe er abreiste, teilte er dem Baron mit, daß sein Klient nach einigen Wochen, etwa um die Osterzeit, nach Bodenhausen kommen würde, um seinen neuen Besitz zu besichtigen und um vielleicht noch einige persönliche Wünsche vorzubringen. Der Baron versicherte, alles zum Empfang würdig vorzubereiten.

Lori war schweren Herzens und unter Tränen und Seufzen in Liselottes enge Kammer übergesiedelt. Die Baronin hatte wohl Mitleid mit ihr, konnte ihr jedoch nicht helfen. Sie versprach Lori jedoch, bei dem neuen Besitzer ein gutes Wort für sie einzulegen, wenn er an Ostern kam, daß er ihr wenigstens noch das Zimmer von Fräulein Herter zu der engen Kammer gab.

Aber Lori war untröstlich. Sie schämte sich vor der Dienerschaft, die ihre Sachen mit schadenfrohen Gesichtern in die enge Kammer brachte.

Es begann überhaupt eine schlimme Zeit für das hochmütige Mädchen. Sie mußte wirklich arbeiten, bekam ihren bestimmten Wirkungskreis, und Vater und Mutter hielten streng darauf, daß sie ihn auch ausfüllte. Die Eltern hatten in der letzten schweren Zeit eingesehen, daß Lori faul und untüchtig war, und daß es nur von Nutzen für sie sein konnte, wenn sie den Segen der Arbeit an sich selbst erkennen lernte. So konnte man die hochmütige Baronesse jetzt jeden Tag, mit einer Schürze über dem Hauskleid, bei der Arbeit sehen. Sie verrichtete aber alles mit mürrischem Gesicht und mit Seufzen und Wehklagen. Und so blieb der Segen für sie aus. Mit Murren und Klagen an eine Arbeit zu gehen, macht sie zur Strafe und zur Qual.

Sich zu widersetzen wagte Lori aber nicht. Der Vater verlangte streng von ihr, daß sie ihre Pflicht erfüllte.

»Wenn du das nicht tun willst, so mußt du aus dem Hause gehen und dir dein Brot bei fremden Leuten verdienen«, sagte er zu ihr.

Das wäre Lori natürlich noch viel härter angekommen, und so fügte sie sich, wenn auch mit Widerwillen, in ihr Schicksal. Der Baron und seine Frau fanden sich überraschend schnell und leicht in die veränderten Verhältnisse. Gar zu sehr empfanden sie es nicht, daß sie jetzt in abhängiger Stellung waren, blieben sie doch in der alten Heimat, in der alten Umgebung. Und der Baron arbeitete jetzt mit Lust und Liebe, nun er der furchtbaren Geldsorgen ledig war. Die Baronin hatte sich sehr zu ihrem Vorteil geändert. Sie gab sich redlich Mühe, ihren Mann zu unterstützen und eine praktische, vernünftige Hausfrau zu werden. Sie griff selber tapfer mit zu und merkte zu ihrem eigenen Erstaunen, daß ihr das sehr gut bekam und daß sie sich zufriedener fühlte als seit langer Zeit. Es herrschte jetzt auch ein viel harmonischeres, innigeres Verhältnis zwischen ihr und ihrem Gatten.

Am glücklichsten war Junker Hans über das alles. Mit einer Freudigkeit ohnegleichen ging er an seine Arbeit und schaffte fleißig von früh bis spät, um seinen Vater möglichst zu entlasten.

Gleich in den ersten Tagen schrieb er an Liselotte:

»Meine liebe, teure Liselotte! Ein gütiges Geschick hat uns alle vor dem Ärgsten bewahrt. Bodenhausen ist an einen neuen Besitzer verkauft worden, der uns aber nicht aus der geliebten Heimat trieb, sondern uns allen unter günstigen Bedingungen das Bleiben gestattete. Ich bin so unsagbar glücklich, daß meine Eltern nicht heimatlos geworden sind. Näheres schreibe ich Dir – nicht wahr, Liselotte, ich darf Dich wieder mit dem trauten Du anreden –, wenn ich mehr Zeit habe. Heute will ich Dir nur sagen, daß auch ich in Bodenhausen angestellt bin. Und wenn es auch noch lange dauert, bis ich imstande sein werde, Dich als meine liebe Frau heimzuführen, so haben wir doch die Hoffnung, daß es eines Tages geschehen wird. Wir sind noch jung und können warten.

Und ich werde sehr fleißig sein, um mich emporzuarbeiten. Ich danke Dir für Deine lieben Worte. Dein Brief soll mir ein Talisman sein. Seit ich ihn besitze, ist das Unglück von mir gewichen.

Wirst Du mir zuweilen wieder schreiben? Ach, wenn uns doch erst einmal ein Wiedersehen beschieden wäre. Ich habe so große Sehnsucht nach Dir. Aber darauf muß ich wohl noch lange warten.

Meine Eltern lassen Dich herzlich grüßen. Sie sind ausgesöhnt mit ihrem Schicksal und werden Dich, wenn die Zeit gekommen ist, als ihre liebe Tochter aufnehmen. Du bist ihnen viel lieber geworden, als Du wohl denkst. Mama weiß jetzt, was Du für mich getan hast, und sie dankt es Dir, daß Du ihren Sohn vor dem Verderben bewahrtest.

Damit will ich heute schließen. Gott behüte Dich, meine herzliebe Liselotte.

Dein treuer Hans.«

Als Liselotte diesen Brief erhielt, wußte sie bereits von ihrer Großmutter, daß sie nun die Besitzerin von Bodenhausen war. »Das ist noch ein nachträgliches Geburtstagsgeschenk für dich, mein Herzkind«, hatte die alte Dame lächelnd gesagt. »Das Schicksal des Barons von Bodenhausen und seiner Familie liegt nun in deinen Händen. Sie sind jetzt bei dir in Lohn und Brot. Du sollst nun ganz frei über Bodenhausen verfügen.«

Ach, wie seltsam war Liselotte bei alledem zumute. Wenn sie frühmorgens aufwachte, mußte sie sich immer wieder erst besinnen, ob sie es nicht nur geträumt hatte, daß sie eine Komtesse Hochberg war. Die Großmutter hatte ihr auch erzählt, wie sie Lori gestraft hatte.

Ein klein wenig mußte Liselotte doch lächeln, wenn sie sich ausmalte, wie Lori sich bei der Arbeit anstellen würde, und wie sie sich in dem engen Kämmerchen ausnahm. Aber dann überwog doch schnell das Mitleid jede andere Empfindung.

»Ach, Großmutter, das wird Lori furchtbar hart ankommen. Nicht wahr, so streng willst du sie nicht auf die Dauer bestrafen, das soll nur eine kleine Strafe sein. Du erläßt sie ihr bald, ja?« sagte sie bittend.

Die Gräfin lächelte in ihr liebes, schönes Gesicht.

»Ei, hast du gar keine Freude daran, daß du der bösen Lori nun Gleiches mit Gleichem vergelten und sie für ihren Hochmut bestrafen kannst?«

Liselotte schüttelte den Kopf.

»Nein, liebe Großmutter. Sie tut mir leid. Ihr wird ganz schrecklich zumute sein in ihrem stolzen Sinn.«

Da küßte Gräfin Katharina ihre Enkelin sehr zärtlich.

»Du liebes, gutes Kind! Also du sollst Lori selbst von ihrer Strafe erlösen, wenn wir nach Bodenhausen reisen. Sobald wärmeres Wetter wird – ich denke in den Ostertagen – reisen wir. Ich freue mich schon auf die Überraschung, wenn ich die arme Bettelprinzeß als meine Enkelin und Herrin von Bodenhausen vorstellen kann. Was meinst du wohl, was dein Hans für ein Gesicht dazu macht?«

Ein sonniges Lächeln flog über Liselottes Gesicht.

»Er wird es nicht glauben wollen, daß ich eine Komtesse Hochberg bin.«

Die Gräfin lachte.

»Und am Ende mag er dich nun gar nicht mehr zur Frau, weil du eine reiche Erbin bist. Er hat sich doch so lange dagegen gewehrt, eine solche zu heiraten.«

Liselotte preßte ihre Wangen an den Arm der Großmutter.

»Ach, liebstes Großmütterlein, mich will er schon haben. Wir haben uns doch so lieb. Und ob reich oder arm, Komteß oder Bettelprinzeß, unsere Herzen gehören doch zusammen für alle Zeiten«, sagte sie innig.

»Dazu gebe Gott seinen Segen, mein Herzkind. Ich möchte mich noch ein Weilchen an deinem Glücke freuen.« – Liselotte sah zu ihr auf.

»Großmütterlein, du hast mir schon so viel zuliebe getan – und noch immer habe ich einen Wunsch, einen großen Wunsch auf dem Herzen.«

»Nun, dann schnell heraus damit. Du glaubst nicht, was es mir für Freude macht, dir deine Wünsche zu erfüllen.«

Liselotte atmete tief auf.

»Ach, liebe, gute Großmutter – mein armes Fräulein – es geht ihr so schlecht in ihrer Stellung. Und ich bin ihr doch so viel Dank schuldig. Ich möchte so gern etwas für sie tun. Geht das nicht an?«

Die Gräfin streichelte lächelnd ihre Wange. »Hab ich mir nicht gedacht, daß so etwas herauskomme? Für dich selbst hast du keine Wünsche, immer nur für andere. Ich wette, du möchtest auch den guten langen Heinrich mit dem Flachskopf etwas Gutes tun und sicher auch der Tante Schulz ein recht schönes Geschenk mitnehmen, wenn wir nach Bodenhausen reisen.« Liselotte lachte.

»Wie du mich kennst, Großmütterlein. All meine Gedanken kannst du erraten.«

»Das ist nicht schwer, mein Herzkind. Also was meinst du dazu, wenn wir Fräulein Herter einladen, für immer nach Schloß Hochberg zu kommen? Wenn meine Liselotte erst hier mit ihrem Junker Hans herrscht, dann habe ich doch manchmal Langeweile. Ihr junges Volk fliegt dann zuweilen in die Welt hinaus und ich kann nicht mehr mitfliegen. Dann könnte mir dein Fräulein wohl eine gute Gesellschafterin sein. Und wir könnten ihr dann das Leben angenehm und sorgenlos gestalten und eine große Dankesschuld abtragen. Wie gefällt dir das?«

Jubelnd umarmte Liselotte die Großmutter.

»Ach, himmlisch, himmlisch ist der Gedanke, Großmütterlein. Du Liebe, Gute, wie wird mein armes Fräulein sich freuen. Gleich nachher, wenn du deine Mittagsruhe hältst, schreibe ich ihr das.«

Die Gräfin nickte lächelnd.

»Ja, ja, das tue nur. Und für deinen Freund Heinrich darfst du dir auch etwas ausdenken. Auch, wie wir Frau Schulz eine Freude machen können. Und die lustige Susi v. Bredow ladest du dir zum Sommer auf einige Wochen nach Hochberg ein. Ich bin doch begierig, was der Wildfang hier für lustige Streiche anstellen wird. Bist du nun zufrieden?« Ach, Liselotte erdrückte die Großmutter fast vor Wonne. Sie mußte sich lachend wehren.

»Bringe mich nur nicht gleich um vor Freude, du Unband. Ich will doch noch einige Jahre am Leben bleiben, hab' ich doch so viel nachzuholen«, sagte sie und küßte Liselotte innig.

Von ganzem Herzen glücklich, setzte sich Liselotte nach Tisch an ihren Schreibtisch, um an Fräulein Herter zu schreiben. Der Brief lautete:

»Mein liebes, teures Fräulein! Wenn ich Dir alles erzählen wollte, was in der letzten Zeit mit mir geschehen ist, so müßte ich ein ganzes Buch schreiben. Ich hoffe jedoch, Dir bald alles persönlich erzählen zu können. Ach, Du Liebe – ich bin nun doch in ein Märchenschloß geraten und ein Wunder ist geschehen. Denke Dir, Deine arme kleine Bettelprinzeß ist eine richtige vornehme Gräfin Hochberg-Lindeck geworden. Meine gütige Herrin ist in Wirklichkeit meine Großmutter, und Graf Botho, von dessen Bild ich Dir schrieb, war mein Vater. Denke nicht, daß ich im Traume rede, es ist wirklich so. Das alles hat sich an meinem achtzehnten Geburtstag herausgestellt. Mein goldiges Großmütterlein – ach, Du Liebe, wie herrlich ist es, ein Großmütterlein zu haben – hat es aber schon vorher gewußt und hat mich deshalb hier wie eine Prinzessin gehalten.

Ach, Fräulein – und nun kommt etwas ganz Wunderschönes. Du sollst so schnell als möglich nach Schloß Hochberg kommen, auf Lebenszeit. Mein Großmütterlein ist Dir so dankbar, daß Du mich so gut erzogen hast, und ich – ach, wie dankbar ich Dir bin, weißt Du selbst. Ich will Dich nun bei mir haben und Du sollst Großmutter an meiner Stelle Gesellschaft leisten, wenn – ach – da muß ich Dir nun noch etwas Wunderschönes melden. Halte Dich aber fest, hörst Du! Also – Deine Liselotte wird eines Tages die glückselige Frau ihres geliebten Junker Hans. Da steht es und mir klingt es selbst wie ein Märchen, ist aber pure Wahrheit. Ach – ich habe Dir so viel zu erzählen, schreiben kann ich das nicht alles.

Nun kündige ganz schnell Deine Stellung, damit Du Dich nicht mehr über Deine schlimmen Zöglinge ärgern mußt. Großmutter schreibt Dir heute noch selbst, damit Du nicht denkst, ich sei von Sinnen. Packe schnell Deine Sachen, meine liebe Gute, und eile, so schnell Du kannst zu Deiner überglücklichen

Liselotte
Komtesse Hochberg-Lindeck

Jawohl, so heiße ich.«

Das Osterfest war herbeigekommen. In Schloß Bodenhausen erwartete man den neuen Besitzer, der seine Ankunft für das Osterfest angemeldet hatte. Doktor Heller hatte geschrieben, daß er selbst seinen Klienten nach Bodenhausen begleiten würde. Baron Bodenhausen hatte aus seinem dankbaren Herzen heraus einen festlichen Empfang für den neuen Herrn vorbereitet.

So froh und glücklich fühlte er sich jetzt in Bodenhausen in der sicheren Stellung, die ihn und seine Familie vor Not schützte.

Mit großem Eifer hatte er samt seinem Sohn sein neues Amt ausgefüllt. Es war jetzt ein anderes Leben wie früher. Die verschwenderischen Angewohnheiten mußten abgelegt und über jede Ausgabe genau Buch geführt werden. Aber das hatte man schon in den letzten Zeiten gelernt. Man konnte jetzt sparsam sein. Und im Vergleich zu den schweren Jahren war das Leben doch jetzt sorgloser und glücklicher. In treuer Gemeinschaft schritt die Baronin an der Seite ihres Gatten, und jetzt merkte sie erst, wieviel im Haushalt gespart und erhalten werden konnte, wenn man sich selbst um alles kümmerte. Die überflüssige Dienerschaft war schon lange entlassen worden, nur das nötigste Personal war geblieben. Die Baronin bemerkte zu ihrem eigenen Erstaunen, daß man auch ohne großen Aufwand glücklich und zufrieden sein konnte. Und sie war jetzt viel liebenswürdiger und liebenswerter als zuvor.

Sie fühlten sich alle in den neuen Verhältnissen glücklich – nur Lori nicht. Diese murrte noch immer gegen das Schicksal und konnte sich nicht damit aussöhnen, daß sie jetzt den ganzen Tag arbeiten mußte. Sie seufzte, wenn sie Staub wischte und wenn sie schadhafte Wäsche ausbessern mußte. Sehr gut machte sie überhaupt keine Arbeit. Die schlichten Kleider, die sie mit einer Schürze darüber tragen mußte, waren ihr verhaßt, und daß sie in der engen Kammer hausen mußte, war ihr ein Greuel.

Vater und Mutter hielten aber streng darauf, daß sie ihren Pflichtenkreis ausfüllte. Sie durfte nie mehr faul herumsitzen.

So spürte Lori den Segen der Arbeit nicht an sich. Sie schämte sich ihrer und das ist das törichste, was ein Mensch tun kann. Jede Arbeit, die man freudig verrichtet, adelt den Menschen, mag es auch die niedrigste Beschäftigung sein. Nur wer verdrossen an die Arbeit geht, macht sich zum Sklaven.

Am meisten ärgerte sich Lori darüber, daß es Liselotte jetzt als Gesellschafterin der Gräfin Hochberg viel besser ging als ihr. Und daß die Eltern oft so gut und warm mit Hans über Liselotte sprachen, erboste sie ungemein. Der Gedanke, daß Liselotte eines Tages die Frau ihres Bruders werden könnte, war ihr verhaßt.

So fühlte sich die stolze Lori jetzt recht wenig wohl in ihrer Haut.

Und nun sollte heute der neue Besitzer von Bodenhausen ankommen. Da standen ihr am Ende neue Demütigungen bevor, denn auch der unausstehliche Doktor Heller, der sie immer so spöttisch ansah und so schroff mit ihr redete, würde mitkommen.

Zur bestimmten Zeit wurde der Wagen zum Bahnhof geschickt, um den neuen Herrn und Doktor Heller abzuholen. Inzwischen nahm das Personal Aufstellung am Eingang des Schlosses. Der Baron stellte sich mit seiner Familie am Portal auf. Lori hatte auf besonderen Wunsch ihrer Eltern auch heute eine hausfrauliche Schürze umbinden müssen, damit der neue Herr sah, daß sie sich wirklich im Haushalt betätigte.

Lori entrüstete sich natürlich darüber. »Wie eine Dienerin muß ich den neuen Herrn empfangen«, stieß sie hervor.

»Wir sind hier auch nichts anderes mehr als Angestellte«, sagte der Vater streng. »Du kannst dich leider noch immer nicht an den Gedanken gewöhnen, daß wir nicht mehr die Herren von Bodenhausen sind, sondern nur Angestellte.«

Ach, Lori konnte und konnte ihren hochmütigen Sinn nicht beugen und litt sehr unter der Demütigung, die ihr das Schicksal auferlegt hatte. Aber nie kam ihr der Gedanke, daß sie das um Liselotte verdient hatte. Es war, nach ihrer Meinung, doch ein großer Unterschied zwischen einem Bürgermädchen und einer Baronesse. Sie glaubte ein Anrecht zu haben, daß das Schicksal mit ihr behutsamer umging, weil sie Baronesse war.

Etwas aufgeregt waren der Baron und seine Gattin doch. Auch Junker Hans war nicht ohne Unruhe. Würde der neue Besitzer mit ihnen zufrieden sein?

Endlich rollte der Wagen herbei. Er war geschlossen, wie es Doktor Heller ausdrücklich bestimmt hatte.

Der Kutscher saß mit einem eigentümlichen Gesicht auf dem Bock. Er wußte ja bereits, wer im Wagen saß, und hatte die Überraschung schon hinter sich. Aber niemand achtete jetzt auf den Kutscher, aller Augen waren erwartungsvoll nach dem Wagenschlag gerichtet.

Der Baron eilte selbst herbei, um ihn zu öffnen.

Zuerst stieg Doktor Heller aus und begrüßte den Baron freundlich mit einem Handschlag. Dann sagte er lächelnd: »So, Herr Baron, hier bringe ich Ihnen den neuen Besitzer von Bodenhausen.«

Damit half er der Gräfin Katharina aus dem Wagen.

Betroffen sahen aller Augen auf die alte Dame.

»Frau Gräfin Lindeck! Sie, verehrte, gnädige Frau Gräfin, sind die neue Herrin von Bodenhausen?« stammelte der Baron fassungslos.

Die Gräfin lächelte.

»Nein, mein lieber Herr Baron, nicht ich bin die Herrin von Bodenhausen, sondern meine Enkelin, die Komtesse Hochberg-Lindeck, für die ich es gekauft habe. Bitte, helfen Sie der Komtesse aus dem Wagen.«

Damit trat sie zur Seite. Aller Augen richteten sich nun nochmals auf die Wagentür. Der Baron trat heran. Eine schmale, fein behandschuhte Damenhand streckte sich ihm entgegen. Der Baron faßte danach und sah auf. Seine Augen weiteten sich in maßlosem Staunen. War das nicht Liselotte? Aber nein, diese vornehme junge Dame konnte doch nicht Liselotte sein.

Ehe er sich darüber noch recht klar wurde, fiel Liselotte ohne alle Umstände dem Baron um den Hals. Dabei lachte und weinte sie in einem Atem. Alle standen stumm und starr und sahen auf die junge Dame.

»Die Bettelprinzeß!«

So lief es durch die Reihe der Angestellten. Liselotte kümmerte sich nicht darum. Nachdem sie den fassungslosen Baron begrüßt hatte, umarmte sie lachend und weinend die Baronin, die sich das alles auch nicht erklären konnte.

Gräfin Katharina ließ sich von Baron Bodenhausen in das Haus führen.

Doktor Heller folgte mit den anderen, nur die Dienerschaft blieb draußen.

Hier sagte die Gräfin erklärend:

»Liselotte ist die Tochter meines Sohnes, dessen Verheiratung mit einem bürgerlichen Mädchen mein Gemahl nicht anerkennen wollte. Ich wußte schon damals, als ich Liselotte mit mir nahm, daß sie meine Enkelin war. Sie selbst weiß es erst seit ihrem achtzehnten Geburtstag aus den Papieren, die ihre Mutter hinterlassen hat.«

Hans stand wie gelähmt von fern. Seine Augen starrten auf Liselotte wie auf ein holdes Wunder. Und nun sie die Baronin aus ihren Armen ließ, wandte sie sich nach ihm um. Die beiden jungen Augenpaare strahlten ineinander in höchster Glückseligkeit. Unwillkürlich breitete Hans sehnsüchtig seine Arme nach Liselotte aus. Da flog sie an seine Brust und er umfaßte sie innig.

»Liselotte, meine teure, liebe Liselotte!« rief er fassungslos.

Unter Tränen lächelnd sah sie zu ihm auf.

»Ach Hans, lieber Hans – nun mußt du dennoch eine reiche Erbin heiraten. Nun bin ich nicht mehr die arme kleine Bettelprinzeß.«

Gerührt betrachtete die Gräfin die beiden glücklichen jungen Menschen.

»Mein lieber Hans – Sie gestatten, daß ich Sie von heute an auch so nenne – es ist wohl das beste, Sie gehen mit Liselotte ein wenig in den Park hinaus und lassen sich alles von ihr erzählen. Ich werde inzwischen alles Weitere mit Ihren Eltern besprechen.«

Hans küßte der Gräfin die Hand und stammelte in seiner Aufregung einige unzusammenhängende Worte. Die Gräfin schob ihn lächelnd zu Liselotte hin. Und Arm in Arm ging das junge Paar hinaus in den lachenden, sonnigen Frühlingstag.

Stumm, mit seltsam bewegten Gesichtern folgten der Baron und die Baronin der Gräfin in ein Zimmer. Mit unbeschreiblichen Gefühlen ging Lori, die wie versteinert gestanden hatte, hinter ihnen her.

Doktor Heller zog sich zartfühlend zurück und sorgte, daß sich die versammelte Dienerschaft zerstreute. Die meisten von ihnen machten auch recht seltsame Gesichter, als sie nun merkten, daß die ehemals so verachtete und herumgestoßene Bettelprinzeß die neue Herrin von Bodenhausen und eine Grafentochter war.

Drin nahm die Gräfin Lori und ihren Eltern gegenüber Platz.

Sie erzählte, wie es gekommen war, daß ihre Schwiegertochter sich mit ihrem Kind unter bürgerlichem Namen nach Bodenhausen zurückgezogen und in so bescheidenen Verhältnissen gelebt hatte. Dann berichtete sie, weshalb sie selbst nach Bodenhausen gekommen war und Liselotte mit sich genommen hatte. Und dann schilderte sie Liselottes Geburtstag, in allen Einzelheiten. Auch ihren Schmerz, als sie erfuhr, daß ihre Pflegeeltern, denen sie so viel Dank schuldig war, in großer Not waren, und daß ihr geliebter Junker Hans ins Ausland gehen wollte.

»Ob ich wollte oder nicht«, schloß die Gräfin lächelnd, »ich mußte helfen, wollte ich meine kleine Liselotte wieder froh machen. Und so ließ ich Bodenhausen für sie kaufen. Da aus ihr und Ihrem Sohne ein hoffentlich recht glückliches Paar werden wird, bleibt also nun Bodenhausen doch im Besitz Ihrer Familie, lieber Herr Baron. Ich wollte nun auch meinen Spaß dabei haben und Sie alle mit der Tatsache überraschen, daß Liselotte meine Enkelin und zugleich die neue Herrin von Bodenhausen ist. Diese Überraschung ist mir wohl gelungen?«

Der Baron und seine Gattin hatten sich in tiefster Bewegung bei den Händen gefaßt und nickten.

»Allerdings – ich bin nie in meinem Leben so fassungslos gewesen, als in dem Augenblick, als ich der Komtesse Hochberg aus dem Wagen helfen wollte und mir Liselotte lachend und weinend um den Hals fiel«, sagte der Baron.

»Ja, es ist eine wunderbare Fügung des Himmels«, pflichtete die Baronin sehr bewegt bei.

»Nun, ich denke also, weder Sie noch ich werden Einwendungen machen, wenn uns Hans nachher Liselotte als seine Braut zuführt. Für mich gibt es nur noch einen Lebenszweck – das Glück meiner Enkelin nach Kräften zu fördern. Liselotte ist nach meinem Tode die Erbin eines großen Vermögens und die Herrin der Grafschaft Hochberg und unserer Nebengüter. Sie sehen, Herr Baron, Frau Baronin, soweit es Äußerlichkeiten betrifft, ist das Glück unseres jungen Paares fest gegründet. Und was die innere Glückseligkeit betrifft, dafür können wir die jungen Leute selbst sorgen lassen. Ihre Liebe hat sich in den schwersten Proben siegreich bewährt. Ich lege freudig die Hand meiner Enkelin in die Ihres Sohnes. Die Hochzeit können wir wohl getrost noch ein Jahr verschieben. Liselotte ist ja noch sehr jung. Nach der Hochzeit möchte ich das junge Paar gern in Hochberg haben, für den Rest meines Lebens möchte ich mich nicht mehr von meiner Enkelin trennen. Bis zur Hochzeit halten wir einen regen Verkehr zwischen Hochberg und Bodenhausen aufrecht. Ihr Sohn kann noch ein Jahr in Ihrer Schule fleißig lernen, denn er wird einst als Herr über unsere Güter einen großen Besitz verwalten müssen und dazu gehören mancherlei Kenntnisse. Ich bin Ihnen auch so großen Dank schuldig, daß Sie meiner Enkelin eine so vorzügliche Erziehung angedeihen ließen.«

Der Baron und seine Gemahlin hatten wie im Traume zugehört.

»Daran haben wir weniger Verdienst, als Sie annehmen, Frau Gräfin«, wehrte der Baron bescheiden ab.

»Und doch danke ich es nur Ihnen, daß ich Liselotte nicht als ein kleines, unwissendes Bauernmädchen wiederfand. Sie ist gottlob in einer Umgebung aufgewachsen, die es ihr jetzt ohne Schwierigkeiten möglich macht, als vornehme Dame aufzutreten. Und nun will ich gleich noch über Ihre Zukunft mit Ihnen reden. Sie, Herr Baron, sollen mit Ihrer Frau Gemahlin bis an Ihr Lebensende in Bodenhausen bleiben und in Vertretung Ihres Sohnes die Herrschaft übernehmen. Ich ließ Ihnen nur den Verwalterposten anbieten, um Sie bis zu unserer Ankunft in Bodenhausen festzuhalten. Ich hatte ja auch meiner Liselotte fest versprochen, daß ich Junker Hans nicht gehen lassen würde.«

Der Baron und seine Gattin dankten der Gräfin tiefbewegt für ihre Güte. Sie sahen nun das Leben wieder sonnig und hell vor sich liegen und hatten doch in harter Schule gelernt, daß der wahre Wert des Lebens nicht in äußerlichem Glanz und eitlen Vergnügungen liegt, sondern im Bewußtsein treuer Pflichterfüllung. Dankbaren Herzens erkannten sie, daß ihnen all das Glück, das ihnen nun widerfuhr, die arme kleine Bettelprinzeß ins Haus gebracht hatte mit ihrem liebevollen, goldtreuen Gemüt.

Und Baronesse Lori?

Die hatte all die Worte der Gräfin Katharina ebenfalls vernommen und saß nun ganz benommen und niedergedrückt, wie ein Häuflein Unglück, in ihrem Sessel. Sie wagte gar nicht aufzusehen in das Gesicht der Gräfin und wartete auf ein Strafgericht. Wußte sie doch nun sehr wohl, warum sie in Liselottes Kämmerchen und zu Staubtuch und Kochlöffel verdammt worden war. Aber wer hätte auch denken können, daß das barfüßige Bettelkind eine Gräfin Hochberg war?

Aber dies alles war nun selbst für ihr hochmütig stolzes Wesen eine tiefe Demütigung, und zum ersten Male in ihrem Leben schämte sich Baronesse Lori so recht eindringlich und inbrünstig und machte sich selbst bittere Vorwürfe über ihr liebloses, gehässiges Benehmen Liselotte gegenüber. Diese würde ihr ja nie, niemals verzeihen, was sie ihr all die Jahre angetan hatte, und würde nun Gleiches mit Gleichem vergelten und sie demütigen, wo sie nur konnte. Mit ihrer Verbannung in die enge Kammer hatte wohl Liselotte nur den Anfang gemacht. Nun würde es noch viel ärger kommen – und das hatte sie um Liselotte verdient.

Der Baronesse war sehr schlimm zumute. Ängstlich blickte sie nun auch in das Antlitz der Gräfin.

Diese wandte sich ihr mit einem ernsten Blick zu.

»Sie müssen nicht denken, Baronesse Lori, daß es Liselottes Wunsch gewesen ist, Sie in ihr Kämmerchen zu verbannen und niedere Arbeit von Ihnen zu verlangen. Diese kleine Strafe ließ ich Ihnen von Doktor Heller auferlegen. Ich war hier in Bodenhausen selbst eines Tages Zeuge, als Sie Liselotte sehr feindlich und lieblos demütigten. Ich wollte Ihnen zeigen, wie weh es tut, wenn man gekränkt und gedemütigt wird. Nicht Liselotte hat sie angeklagt. Dazu ist sie zu großherzig. Ich will es nun auch in Liselottes Hand legen, darüber zu bestimmen, ob Sie auch in Zukunft in dem engen Kämmerchen wohnen sollen oder ob Sie Ihre Zimmer wieder beziehen dürfen. Herr Baron, Frau Baronin, Sie verzeihen mir meinen Eingriff in Ihre erzieherischen Rechte. Aber diese kleine Genugtuung glaubte ich meiner Enkelin schuldig zu sein.«

Lori war dunkelrot geworden und in sich zusammengesunken wie eine reumütige Sünderin. Ihre Eltern sahen sie ernst an.

»Es war eine gute Lehre für Lori, Frau Gräfin«, sagte der Baron.

In diesem Augenblick kamen Junker Hans und Liselotte Hand in Hand aus dem Park zurück. Ihre Gesichter strahlten im sonnigsten Glück. Sie traten vor die Gräfin.

»Verehrteste, gnädigste Frau Gräfin, bewegten Herzens bitte ich Sie um die Hand Ihrer Enkelin, der Komtesse Liselotte. Ich habe sie von ganzem Herzen lieb und hätte sie auch zum Weibe begehrt, wenn sie die arme kleine Bettelprinzeß geblieben wäre, die ich ebenso herzlich liebte wie jetzt die Komtesse Hochberg.«

Die Gräfin zog den Kopf des jungen Mannes zu sich herab und küßte ihn auf die Stirn.

»Lieber Hans, Liselotte hat mir schon versichert, daß sie nie einen andern Mann lieben und keinem ihre Hand reichen will als Ihnen. Und ich finde, daß ihr beide eine gute Wahl getroffen habt. Ich gebe euch meinen Segen, meine lieben Kinder, werdet glücklich miteinander. Und nun geht zu euren Eltern und laßt euch segnen.«

Das junge Paar dankte ihr herzlich und Hans führte dann Liselotte seinen Eltern zu.

Liselotte brauchte nichts zu sagen. Die Eltern küßten sie herzlich und nannten sie ihre liebe Tochter.

»Du bist unsere liebe kleine Wohltäterin geworden, mein liebes Kind. Laß dir von Herzen dafür danken«, sagte die Baronin mit tränenden Augen.

Liselotte sah nun auch zu Lori hinüber, die sehr bedrückt und unglücklich in ihrem Sessel saß. Rasch und lebhaft ging Liselotte auf sie zu und reichte ihr warmherzig die Hand.

»Liebe Lori, wollen wir alles Vergangene vergessen sein lassen? Sei mir eine liebe Schwester, wie auch ich es dir allezeit sein will.« – Da schluchzte Lori laut auf.

»Ich bin nicht wert, daß du so gut zu mir bist, Liselotte«, sagte sie in ehrlicher Zerknirschung.

Liselotte umarmte und küßte sie herzlich.

»Du wirst nun lieb und gut zu mir sein, liebe Lori, dann ist alles gut. Noch heute beziehst du wieder deine alten Zimmer, aus denen dich mein liebes Großmütterlein vertrieben hat. So lange wir in Bodenhausen bleiben, bewohne ich wieder mein liebes Kämmerchen. Das lasse ich mir nicht nehmen. Und Großmutter wohnt in den Gastzimmern, die sie schon das erste Mal hier bewohnt hat. Und ihr alle müßt dann für einige Zeit mit nach Hochberg kommen. Ihr müßt doch das neue Heim der Bettelprinzeß kennenlernen. Dort werdet ihr dann auch eine alte Bekannte finden. Fräulein Herter kommt in nächster Zeit für immer nach Hochberg.«

Hans sah mit leuchtenden Augen zu seiner jungen Braut hinüber. Was war sie für ein liebes, herrliches Geschöpf, so voll echter Güte und wahrer Vornehmheit des Herzens. Er trat auf sie zu und küßte andächtig ihre Hände. – Sie sah errötend zu ihm auf.

»Nun habe ich eine Bitte an dich, lieber Hans.«

»Sprich, Liselotte. Ich werde glücklich sein, sie dir erfüllen zu können«, sagte er innig.

»Du sollst gleich nach Tisch mit mir in die ›Weiße Taube‹ gehen. Ich will dich meiner guten, alten Tante Schulz und meinem Freunde Heinrich als meinen Bräutigam vorstellen.«

Er lachte fröhlich.

»Das will ich gern tun, und ich bin sehr gespannt auf ihre Überraschung.«

Auch Liselotte lachte.

»Sie standen beide am Zaun, als wir vorüberfuhren, und guckten sich die Augen aus nach dem neuen Herrn von Bodenhausen. Ich habe ihnen geschrieben, es sei ein sehr guter Bekannter von mir. Damit sie mich nicht erkennen sollten, habe ich mich weit zurückgelehnt.«

Lori hörte das mit an, ohne die Nase zu rümpfen darüber, daß Liselotte ihren Verlobten einem Hausdiener vorstellen wollte. Sie war noch sehr kleinlaut.

Man ging nun zu Tisch. Das Festmahl, das man dem neuen Herrn von Bodenhausen hatte geben wollen, wurde nun ein Verlobungsmahl. Und bei Tisch saß Baronesse Lori neben Doktor Heller, der auch mit daran teilnahm, und fand, daß der alte kluge Herr auch sehr liebenswürdig sein konnte. –

Während die älteren Herrschaften nach Tisch ein ruhiges Plauderstündchen hielten und Lori mit dankbarem Herzen ihr altes Reich wieder bezog, schritten Hans und Liselotte Arm in Arm ins Dorf.

Erst hielten sie kurze Rast am Grabe von Liselottes Mutter, und Liselotte erzählte Hans, daß die sterblichen Überreste ihrer Mutter schon in den nächsten Wochen nach Schloß Hochberg überführt und dort feierlich beigesetzt werden sollten in der Familiengruft.

Dann ging das junge Paar in die »Weiße Taube«.

Da gab es natürlich ein großes Staunen. Frau Schulz weinte ein bißchen vor Freude und Rührung, und Heinrich wußte vor freudiger Verlegenheit gar nicht, wie er sich zu der vornehmen Komtesse stellen sollte. Ganz ehrfurchtsvoll nahm er ihr zartes Händchen in seine biedere Rechte und stammelte einen etwas verworrenen Glückwunsch.

Und dann fragte ihn Liselotte, ob er nicht einen recht großen Wunsch hätte, den sie ihm erfüllen könnte. Ob er vielleicht eine gute Anstellung in Bodenhausen oder Hochberg haben wolle.

Er schüttelte verlegen den Kopf.

»Nein, nein, Komtesse Liselotte, das geht nicht, ich muß bei Frau Schulz bleiben; es wäre sehr undankbar von mir, wenn ich sie verlassen wollte, sie braucht mich doch.«

Frau Schulz klopfte ihm auf die Schulter.

»Bist ein guter Mensch, Heinrich. Aber dir, meine liebe Liselotte, will ich was sagen, wie du dem Heinrich etwas Gutes tun kannst. Er möchte heiraten, die Trine Grützner, die er schon lange lieb hat. Aber es reicht noch nicht dazu, sie sind beide arm. Ich möchte mich gern bald zur Ruhe setzen und würde Heinrich die

›Weiße Taube‹ in Pacht geben. Ich ziehe dann auf Lebenszeit ins Giebelstübchen. Wenn du also ein gutes Werk an Heinrich tun willst, Liselotte, dann verhilf ihm und seiner Braut zu einer Aussteuer, daß sie heiraten können.« – Liselotte nickte vergnügt.

»Ich will es Großmutter sagen, sie wird dir sicher helfen, Heinrich«, sagte sie.

Der Bursche wurde noch verlegener.

»Ach, Komtesse, wie komme ich denn dazu? Nein, nein, wenn Sie nur immer freundlich an den Heinrich denken, dann bin ich sehr zufrieden«, sagte er bescheiden.

Aber Liselotte vergaß in ihrem Glücke niemand, der ihr einmal Gutes getan hatte, und bat ihre Großmutter, etwas für Heinrich zu tun. Diese sorgte dann auch in weitgehendster Weise für die Aussteuer und Heinrich konnte bald heiraten. Für Tante Schulz aber hatte Liselotte ein schönes Schmuckstück mitgebracht.

Ach, wie war sie glücklich, daß sie Freude bereiten konnte. –

Es wurden nun Verlobungsanzeigen gedruckt und eine derselben schickte Liselotte an Susi v. Bredow.

Unter den beiden Namen: »Baron Hans v. Bodenhausen – Komtesse Liselotte v. Hochberg-Lindeck« schrieb Liselotte:

»Die Komtesse Liselotte ist niemand anders als Deine treue Freundin

Bettelprinzeß.

Brief folgt mit Erklärung.«

Ein Jahr später wurde Liselottes Hochzeit in Schloß Hochberg mit allem Glanz gefeiert. Susi v. Bredow, Baronesse Lori – die sich sehr zu ihrem Vorteil verändert hatte – und noch einige andere junge Damen waren ihre Brautjungfern. Liselotte hatte längst gelernt, sich in der großen Gesellschaft zu bewegen, wie es einer Gräfin Hochberg zukam. Stolz und demütig zugleich schritt sie an der Seite ihres stattlichen Verlobten zum Altar, und niemals hatte es ein glücklicheres Brautpaar gegeben als Hans v. Bodenhausen und seine inniggeliebte kleine Bettelprinzeß.